一品指婚 2

風 文創 329

狐天八月 著

目錄

第二十五章

他不忍心殺孫女，可也不能讓知道這般要命的鄔八月留在京中。

山高皇帝遠，她即便說了什麼，也傳不回來，可要在京中，她一時疏漏，嘴上一鬆，對鄔家那可就是天大的災禍。

「你不接八月回來，老太婆我親自去接！還要聲勢浩大地去接！」

郝老太君見鄔國梁不語，脾氣便也上來了。「我就不信我曾孫女能幹那種見不得光的事！我就要給她撐腰了！我倒要看看滿朝文武怎麼議論你鄔老！非但如此，你們那地底下的老爹生前給我的這些東西，我全給八月，讓你們連個念想都想不著！由著你們後悔去！」

這話一出，鄔國棟率先出聲了。

「母親不可！」他乾巴巴地阻止了一句，卻一時之間想不出「不可」的理由。

老太君手裡的私房要真算起來，可是要比兩府現有的家財還要可觀。

這麼一大份惹眼的家業落到郝老太君手裡，自然是個香餑餑，誰不想分一杯羹？

「我的產業愛給誰給誰，有你什麼事？」

郝老太君瞪了鄔國棟一眼，冷哼一聲，一副「你們自己看著辦」的表情。

「你們要是把八月接回來了，今兒這事當我沒說過，我這東西呢，你們兩邊都有分，我也不偏著誰，反正都是我的子孫。」

老太君哼了一聲，轉而卻道：「要不把八月接回來，那我親自去把這些地契、房契、賣身契全送到她手上。你們要還是不許她回來，那得，我也就擱那邊待著，以後我要是死了，你們還要千里迢迢來抬棺。不嫌麻煩你們就這麼辦吧！」

老太君擺擺手，開始轟人。「都出去！」

兄弟兩人給老太君道了個安，一前一後出茅屋門。

鄖國梁還好，鄖國棟心中卻已有了另一番計較。

兩日後，大皇子竇昌泓大婚。

大皇子妃許氏比大皇子竇昌泓年長一歲，時年十五，端莊秀麗，談吐嫻雅。其父乃是翰林院掌院學士，論起來，還是鄖老門生。

大皇子在宮外的府邸雖已建成，但尚未掛匾。京中百姓多有議論，大皇子大婚後，這掛上去的匾額，指不定不是「敕造大皇子府」，而是「敕造某王府」。

畢竟大皇子學貫古今、聰慧俊彥，四位皇子之中他年歲最長，也最出眾；他若不封王，皇上不知道要等到何時才能給正宮兒子封王了。

許家府邸附近已聚集了眾多百姓，都等著看將來王妃出閣的盛況。

此時的儲秀宮，大皇子前來與麗婉儀辭別。

麗婉儀扶起他，微微濕了眼眶，一眾嬤嬤、女官、宮女已退了下去。

「大皇子今日娶親，可就是大人了。」麗婉儀輕輕拍著竇昌泓的手，頗為感慨。「待娶了皇子妃後，許也只在宮裡住上一段日子，便要出宮去新府。你也去瞧過了新府邸了吧？可還滿意？」

竇昌泓點點頭。

「一應亭臺樓閣、繡闥雕甍、屋宇器具，兒子都很滿意。建府工匠很用心，待入住新府後，兒子也會下撥一些賞賜。」

「母妃沒見過大皇子妃的真切模樣，只瞧過畫像，還算清雅秀麗。不過翰林學士之女，相貌倒在其次了，重要的是她自小受的教導，定能成為你的賢內助。」

麗婉儀拍拍竇昌泓的手。

「待她過門，你可要好好對她。」

鄔老之後，許翰林在文臣當中算得上是第一人，再過些年，誰說不會是文臣之首呢？

竇昌泓只一應點頭。

麗婉儀囑咐了又囑咐，眼見著時辰差不多了，再耽擱下去可會延誤迎親的吉時，這才送竇昌泓出儲秀宮。

然而竇昌泓臨出宮門時，卻轉身輕聲問麗婉儀。「母妃，您對鄔家那位姑娘，可曾覺得有一絲愧疚？」

麗婉儀當場愣住，竇昌泓盯著她的眼睛須臾，終究垂下眼簾，轉身踏步離開。

望著兒子的背影，麗婉儀漸漸攥緊了拳頭。

她不會後悔自己對那位鄔姑娘的陷害。

能以這麼一個幾可不計的代價，換取大皇子穩妥的封王，她不後悔。

何況，如今她在姜太后面前也算是得力之人，對大皇子來說，也是一分不可缺少的助益。

為了兒子，讓她做什麼都行。

麗婉儀的眼神漸漸堅定。

她轉過身，準備去抄抄佛經，希望菩薩保佑兒子能前程順遂，無病無災。

鐘粹宮中，金氏正陪著身懷六甲的鄔陵桐說話。

「雖說皇上極為看重大皇子大婚一事，但娘娘也不必為此憂慮。這畢竟是皇上的兒女當中頭一個成親的，皇上重視些也是人之常情。要臣婦說，皇上更為看重的，還是娘娘腹中的龍裔。今兒各宮娘娘都去賀喜了，皇上卻特意給臣婦下旨，說娘娘心思鬱結，讓臣婦來陪娘娘說話，也不讓娘娘奔波去給大皇子賀喜。」

鄔陵桐臉上便露出得意之色。「皇上恩寵，是我的福氣。」

金氏掩唇笑道：「也是我們鄔家的福氣。」

鄔陵桐略略頷首，面上卻又嚴肅起來。

「母親，有件事，女兒還想同您說說。」

「娘娘有何事吩咐？」金氏忙問道。

「八月的事……可還有些許轉機？」

鄔陵桐食指敲了敲桌面。「大皇子大婚這段時日，宮中對八月的流言又揚了起來，八月的名聲或許確是受了些流言所損，但我們鄔家可是有分量的。我再同皇上說說，在他面前哭上兩句，不怕皇上不應。」

金氏有些聽不明白。「娘娘在皇上面前……是要哭求什麼？」

「哭求什麼？」鄔陵桐笑了一聲。「母親可是在跟我裝傻？自然是求皇上給大皇子賜個側妃了。」

「這……」金氏有些不樂意。「何必幫著西府的人鋪路……」

「母親。」鄔陵桐不滿地低叫了一聲。「母親可別做那鼠目寸光之人。我若是有十個、八個親兄弟姊妹，哪怕是同個祖父的堂兄弟姊妹，我也不會拉拔西府的人。可誰讓我們東府人少呢？」

金氏訕訕地笑了笑。

「祖父在朝中沒什麼建樹，左不過就是頂著爵位領歲俸，除此之外，對我有什麼助益？叔祖父倒是在朝中很是說得上話，可他也沒了實職，人也到底老了，人走茶涼的道理不用我說，母親也該知道吧？過個幾年，怕是他也說不上什麼話了。父親和幾個叔父也都沒什麼大出息，我不拉攏幾個姊妹，又能怎麼辦？」

鄔陵桐暗哼一聲。「陵桃今後是陳王妃，要是八月能做皇子側妃，她們拉攏了陳王和大皇子，我也多點勝算。輩分上嘛，是有些亂，但皇家也不是沒有過先例。這幾年再讓叔祖父好好提拔提拔我們鄔家兒郎，宮裡我再使點計謀……」

鄔陵桐低下聲來。「母親懂我說的意思？」

金氏看著鄔陵桐，真為自己這胸有丘壑的女兒自豪。
這當然是一條險路，但富貴險中求，要是連這點冒險的膽量都沒有，那也注定永遠拔不了頭籌。
金氏重重點頭。「一切依娘娘的意思。那……臣婦這就安排接八月回來之事。」
鄔陵桐點了點頭，伸手撫了撫隆起的腹部。「皇兒可要爭氣，母妃一定會將天下最好的都捧到你面前來。」
金氏也盯著鄔陵桐的肚子。「娘娘腹中定然是個小皇子。」
鄔陵桐志在必得地一笑。
然而轉眼，她卻又瞪向金氏。「母親，陵柳的婚事到底是怎麼回事？您做事一向不會給人留話柄，怎麼會給陵柳安排個商戶的夫家？您可知自消息傳出的這些日子，宮裡明著暗著在我面前提這件事的人有多少？我臉都要被這門親事給丟光了。」
金氏無奈苦笑。「若有更好的辦法，臣婦也不會這般……」
聽金氏話中之意，似乎另有隱情。
鄔陵桐微微坐直了身體，問道：「到底是何原因？」
金氏嘆息。「娘娘也知道那死妮子是個什麼性子，她自己挑三揀四，田姨娘也拎不清事，在中間摻和，見娘娘入宮榮華富貴，她憋著一口氣也要和臣婦相較一個高下。這般挑挑揀揀，那妮子年紀大了，本就不好說人家。」
「再是不好說人家，許個寒門士子總還是行的，怎麼就偏偏選了個商戶？」

鄔陵桐皺了眉，腦中靈光一閃。「莫不是她不小心被那商戶瞧了身子？」聯想起鄔陵桃和陳王的婚事由來，鄔陵桐少不得往這裡思索。

金氏暗暗咬了咬牙。「若只是這般，那便也罷了。可她……」她壓低了聲。「她錯把魚目當珍珠，自己貼上去，還以為釣了個金龜婿，結果……」

鄔陵桐頓時驚怒道：「她倒貼的?!」

金氏趕忙伸手示意她噤聲。

「那商戶名叫錢良明，在南方也是首屈一指的巨賈，做的是茶葉生意，這當中利潤當然可觀，家底自然也厚，和娘娘您四姑母夫家亦是交好。您父親想著多結交些朋友，便把他請到家中來做客，想著往後與他許還有合作之機，對他便也殷勤。哪知那妮子便以為那姓錢的是大人物，竟就這般上了心，自作主張……」

金氏說不下去，嘆了一聲。「事後，那妮子便咬死了稱是那姓錢的輕薄於她，姓錢的自然知道是怎麼回事，他倒也樂得撿便宜，當著臣婦幾人的面便說會娶了那妮子，也允諾了會給一筆豐厚聘禮，萬不會辱沒了我們輔國公府。事到如今，我們也只能應了這門親事了。那妮子已不是完璧之身，還能嫁誰？」

鄔陵桐狠狠地一拍桌。「她怎麼就不去死呢！」

「娘娘當臣婦沒想過這招？」金氏無奈地道。「可她死了，對咱們也沒什麼好處。她嫁去南方，好歹咱們還能得一筆聘金。錢家財大氣粗，要娶我們輔國公府的女兒，即便是個庶出，那也不能敷衍了事不是？何況，田姨娘整日盯著，臣婦也不好下手。」

「那她自個兒知道那姓錢的出身商賈，還能願意嫁？」

「不嫁有什麼法子……」金氏冷笑一聲。「她知曉姓錢的空有財富，沒有權勢，嚎哭了兩天兩夜。哭過之後又鬧，田姨娘那個蠢婦，也跟著鬧。這次臣婦可沒由著她們撒潑，一人賞了幾巴掌，告訴她們不嫁就去死。她們倒也是貪生怕死，再不敢鬧騰了。如今她們母女都被臣婦關了起來，就等著把鄔陵柳給嫁出去。」

金氏陰冷地咬牙。「等鄔陵柳出了閣，就剩個田姨娘了……」

這些年有鄭氏護著，金氏真拿田姨娘沒辦法，只能任由她在自己面前蹦躂，還要忍受她在鄭氏和大老爺面前時不時上眼藥。

鄔陵桐悶悶一嘆。「她這做的叫什麼事……可是母親，她嫁商賈，到底對輔國公府名聲有礙。」

「娘娘放心。」金氏安撫鄔陵桐道。「現下京中諸權貴私底下都說我們輔國公府是賣女兒，那臣婦這次就賣給他們瞧瞧。錢家下的聘，臣婦定要讓這聘禮在京中轉上一圈，讓他們都瞧瞧錢家有多重視這門親事。待鄔陵柳出閣，我再送她十里紅妝……」

「母親！」鄔陵桐一聽此言，頓時不悅。

金氏笑了笑。「娘娘放心，臣婦當然不會給鄔陵柳豐厚陪嫁。左右這一路上她也不能將嫁妝箱子給打開來驗。等娶親隊伍到了南方，她自然知道我沒給她多少陪嫁，到那時候她哪還能鬧騰？還不是只能打碎了牙往肚子裡嚥。」

「可這如何能作假？」鄔陵桐心下一鬆，卻還是忍不住皺眉。「嫁妝不也要隨著迎親隊伍在京中轉上一圈嗎？」

「人們瞧嫁妝多寡，端看那抬嫁妝箱子的扁擔壓沒壓彎，看那運嫁妝箱子的馬車車轍深不深。這要作假也好辦，箱子裡擱幾個沈甸甸的石頭就行。至於那擺在面上的東西，能被人瞧見的，那就是她所有的嫁妝了。」

金氏暗哼。「田姨娘這些年暗地裡給臣婦下了多少絆子？這次輪到她女兒的終身大事，臣婦不好好『盡心』可怎麼行？」

鄔陵桐略想一輪，倒也沒說別的。

賀氏同裴氏、顧氏兩人去許翰林家吃了一頓酒席便回來了。

大皇子妃閨名許靜珊，賀氏去瞧了這待嫁的新娘子，誇了句靈秀。

她心裡忍不住將鄔八月和許靜珊相比，不得不承認八月比不得許家姑娘嫻靜。

許氏母親郭氏和賀氏不過點頭之交，關於鄔八月勾引大皇子的傳言，郭氏也聽過一耳朵。

但郭氏是不信的，她也告誡過許靜珊，讓她莫要輕信這等流言，因此事同大皇子生隙。

再打聽到鄔家姑娘隨父同往漠北的消息，郭氏還掬了一把同情淚。

所以待見到賀氏，郭氏表現得十分友好，一席之後，賀氏竟還交上了郭氏這個朋友。

賀氏自然也會掂量，郭氏是不是借此在她面前顯擺炫耀，以此侮辱於她。但想想自己和郭氏沒甚交集，又素來聽說這位翰林夫人為人正派、性子直爽，想必也不可能同她虛與委蛇，便將擔憂也放了下去。

回了鄔府，賀氏三妯娌前去給段氏請安。
沒想到老太爺這時候竟然也在老太太房裡。
「……罷了，便是接回來，也把她嫁遠些。」
賀氏挨近門簾只聽到老太爺說了這麼一句話，緊接著便見老太爺從裡屋出來。
賀氏等人趕忙行禮，老太爺目不斜視，徑直從她們身邊走了過去。
賀氏等人進屋，見老太太半坐在床上默默淌淚，陳嬤嬤在一邊低聲哄勸。
「母親。」
三人齊聲喚了一句，段氏拿絹帕按了按眼角，抬起頭來卻是露了個笑。「回來了？」
「是。」賀氏上前兩步，丫鬟端了繡墩給她坐了。
「母親這是……」賀氏擔心地問道。
「沒事，我高興呢。」段氏輕輕嘆笑一聲。「妳們父親鬆了口，八月能回京了。」
「真的?!」賀氏頓時驚喜地站起身。「母親可是說真的？」
「當然是真的。」段氏點點頭。「老太君那邊發了話，聽說八月伯祖父也幫了幾句腔。」
段氏頓了頓。「只是……他雖然鬆了口肯讓八月回來，我瞧他的意思，卻是想讓八月趕緊訂下一門婚事，遠遠嫁出去。」
賀氏定了定神，方才的欣喜若狂平復了下來。「沒事的，母親，事情總要一步一步來。如今八月能回來，兒媳已是十分知足了……」
裴氏和顧氏都對賀氏道喜，賀氏一一謝了，笑道：「老太君那兒多虧有陵梅幫著說話。等她回來，可要好好犒賞她。」

段氏也點頭。「這下可算是了了妳一樁心事了。」段氏輕輕拍拍賀氏的手，看向裴氏。「接下來就要抓緊準備梧哥兒的婚事了。」

裴氏點頭道：「借著八月能回來的喜氣，梧哥兒的婚事定然也能一帆風順。」

段氏笑了一聲，又開始憂心郞八月。

「居正媳婦兒，趁著這段日子，妳也趕緊物色物色京中兒郎，等八月回來，儘快給她訂下親事。」段氏嘆道：「可別真讓八月她祖父作了主，把她遠遠地嫁出去。」

賀氏當即點頭。

「這寒冬臘月的，路也不好走。我尋思著，等過了年，就趕緊讓人去接八月回來。到時候回京時正是春暖花開的時節，八月瞧著心裡也暢快明亮些。」

段氏囑咐了一番，有些疲憊。

但她還是強忍著問了一句。「今日妳們去許府，那邊可熱鬧？」

賀氏幾人均點頭。

「許夫人很好客，禮節周到。」賀氏評價了一句，裴氏接著話說道：「許家今日筵席大開，來此賀喜的女眷也擠得滿滿當當的，許府上下都喜氣洋洋，想必許家姑娘成為大皇子妃，許府諸人都與有榮焉。」

「這是自然。」段氏點點頭，半晌後輕輕嘆了一聲。

賀氏沒問她嘆什麼。她隱約能猜到，老太太這是又想起了八月。

若沒有之前那些事，八月出閣那日，想必也該這般讓人豔羨。
但如今，八月連歸於何處都是難題。
賀氏微微垂頭。她固然不想讓女兒攀附權貴，卻也不願意讓女兒太過低嫁。她的女兒，怎可讓人折辱？

第二十六章

燕京城中的詭譎離酈八月很遠，此時的她和酈居正什麼都不知道。

難得今日關內沒颳什麼風，酈八月裹得像個圓球，出了屋。

太陽懸在空中，皚皚白雪反射得四周十分亮堂。酈八月瞇了瞇眼睛，深吸一口涼氣。

「嗷嗚——」

月亮也裹了件小衣裳，在酈八月腿邊繞來繞去，狼爪扒拉著地上的積雪，不時嚎上兩聲，玩得不亦樂乎。

今日天氣好，酈八月想著父親也有一陣子沒回來了，今日應該會回來。

她讓朝霞去把酈居正屋子的門窗打開透透氣，再把炕燒上，將棉被都拿出來拍打過幾遍。

未時末，酈居正便早早地回來了。

天上這會兒開始飄起了小雪，酈居正的氈帽上覆了一層。

「父親！」

酈八月驚喜地迎上去，眼裡的高興毫不掩飾。「我就猜到父親今天會回來，沒想到這麼早就回來了。」

酈居正笑著點點頭。「軍營裡沒什麼事，我瞧著今日天色好，便回來瞧瞧。」他打量酈八月片刻，笑道：「胖了。」

「父親！」鄔八月拽了拽自己厚實的棉服。「我這是穿得多。」

她確實是胖了。這個冬天基本上都是吃了睡，睡了吃，門都極少出，哪能不胖？

胖些倒也好，鄔八月想著，她原本就太瘦，多長點肉，以後要是有機會再見到祖母和母親，也能向她們表明自己沒吃苦，省得她們傷心，覺得她受了苦。

父女倆窩在房裡下了兩盤棋，鄔八月都輸了。

她懊惱地敲敲頭。「要是那一手沒下那兒就好了。」

「輸了便輸了，還找藉口。」鄔居正笑話她。「落子不悔，妳別耍賴啊。」

「我哪有……」鄔八月嘟囔了一句，抱起月亮正打算撿子再來，朝霞卻掀簾進來說道：「老爺，軍營裡來人了，讓您趕緊回去。」

鄔居正一愣，鄔八月立刻站起身，緊張地問道：「又打仗了？」

朝霞搖頭。「兵大哥什麼都沒說，只是瞧著很著急。」

若真有什麼戰事，這也是不能對外透露的，傳話的兵丁自然也不會將軍情告訴百姓。

鄔居正站了起來，深吸一口氣道：「八月，父親先回去了。妳別擔心。」

鄔八月臉上鎮定，點點頭。「父親一路小心。」

送了鄔居正出門，鄔八月遙遙望著他坐的驢車走遠，嘆了口氣。

朝霞和暮靄都挨了過來。

鄔八月低聲道：「妳們說……是不是又打仗了？」

「奴婢覺得應當不會。」朝霞搖頭。「漠北關的守衛森嚴了不少，便是打仗，也只能是我們打北蠻吧。」

鄔八月微微放了心，吩咐道：「靜候消息。」

鄔居正在晚間卻又乘著夜色回來了。

一日之間往返軍營兩次，這還是頭一回。

鄔八月接過他外面披著的大氅，忙不迭地問道：「父親回去是何事？可是北蠻又進犯了？」

鄔居正搖了搖頭，摸了摸肚子。「家中可還有飯食？」

鄔八月忙道：「有。」一邊讓朝霞去熱了飯菜端上來。

父女倆坐了下來，鄔八月眼巴巴望著鄔居正等著他說話。

「明公子眼盲了。」鄔居正低嘆一聲，輕聲說道。

鄔八月頓時驚呼一聲，捂嘴道：「怎麼會……被箭射到了？」

鄔居正搖頭。「若被箭射到，那可就凶多吉少了。他是因盯著雪地看太久了，傷了眼睛。」

鄔八月關心地問道：「這能治嗎？」

「不是什麼疑難之症，敷上草藥，幾日應該就能緩解。只是近段時間眼睛要被紗布遮著，即便以後紗布拆了，也不能過度用眼。」

鄔八月聞言便鬆了口氣。「這樣還好……明公子年紀輕輕的，還未建功立業，要是就這般眼瞎了，可真是天妒英才。」

鄔居正也附和著點點頭，面上卻露出些許奇怪的表情來。

「父親，怎麼了？」

鄔居正搖搖頭，遲疑道：「為父見明公子和高將軍……他們二人之間似乎有些不對。」他摸了摸下巴。「高將軍向來沈穩自持，明公子眼盲，為父替明公子醫治，高將軍也候在一旁，不時問為父一些注意之事。而明公子明明知道高將軍也在，卻沒有同高將軍說一句話，和高將軍之間竟無交流。這著實讓人疑惑……」

鄔八月想了想，道：「是不是鬧彆扭了？」

「軍中行事，哪有那麼多彆扭？」

鄔居正低斥了鄔八月一句，見朝霞端上飯食，便住了口，專心填起肚子來。

漠北大營。

高辰複揮退了帳中侍衛、兵衛，看著雙眼蒙著紗布的明焉。

「這就是你同我作對的方式？」語氣中難掩失望和痛心。

明焉不語。準確地來說，自從那日高辰複同他挑明，他和鄔家姑娘無任何可能起，他就未曾與高辰複說過話。

高辰複深吸一口氣，坐到了明焉面前。「娶鄔家姑娘，是皇上的意思。」

見他的頭轉向，高辰複這才接著道：「你現在可明白了？不管我喜不喜歡，我也得娶。我同你一樣，沒有選擇的餘地。」

明焉對高辰複的解釋將信將疑。

高辰複不是話多之人，便是解釋之言，也只點到即止。

「你信也好，不信也罷，事實如此，我也言盡於此。」

高辰複站起身，又盯著明焉看了兩眼，收回了視線。

「這段時間你就安心養著吧，軍中一應事務，我會讓人接替你。眼睛為重。」

高辰複擱下話，掀了帳簾。

這時明焉卻是喚住了他。

「小叔。」大概是因為眼睛有疾的關係，明焉的聲音聽上去有些頹喪。「我有一個請求。」

高辰複回過頭道：「你說。」

「我……我要去鄔家養傷。」明焉雙手握拳，語調都有些顫抖。「眼睛好後，我不會……再提此事。」

高辰複久久沒有出聲。

看不見任何東西的明焉心中七上八下，心裡揣測高辰複會有的反應。

良久，高辰複方才道：「此事，你須取得鄔郎中的同意。」

然後，明焉便聽見帳簾落下的聲音，一股寒凜的風也鑽到了他脖頸中。

明焉忍不住打了個哆嗦。

鄔八月萬萬沒想到，第二日，家中竟然來了一個養傷病號。

明焉穿著常服，眼睛上被紗布纏了一圈，呆呆地站在院門口。

鄔居正對驚愕的鄔八月聳肩一笑，大概是覺得這動作不大雅觀，又握手成拳放在唇邊輕聲咳了咳。

「八月。」鄔居正喚了女兒一聲，道：「明公子從今日起就在我們家中養傷了。」

鄔八月愣神回轉，忙應道：「好的，父親，明公子……明公子請進前廳坐。」

鄔八月知道明焉現在看不見，話說完後就朝著鄔居正攤手、皺眉，露出疑惑不解的表情。

鄔居正比了個噤聲的手勢，指了指前廳。

鄔八月只能先不管原因，想著明焉會在家中住上一段時日，少不得要給他安排住處。

鄔八月喚了張大娘去整理了一間屋子出來，讓朝霞去明公子身邊伺候著。

見明公子穩穩當當地坐到了前廳椅子上，鄔八月忙不迭地拉著鄔居正避到一邊，聲音壓得極低，問道：「父親，怎麼回事？明公子怎麼會來我們家中養傷？」

鄔居正無奈回道：「是明公子找上為父，說他現在無法視物，多有不便，留在軍中也是讓軍中兄弟們擔心；正好知道我們家中有方成和洪天在，他便拜託為父，收留他一段時日。」

鄔八月皺了皺眉。家中陡然多出個大男人，即便是個眼睛不方便的，她還是覺得不妥，實在是宮中那次流言對她的影響太深了。

鄔八月面露為難之色。「父親，能不能……讓明公子另外尋處地方？」

鄔居正嘆息道：「妳是怕旁人說閒話？」

鄔八月點點頭。

「為父之前沒想到這點，當時見明公子言辭懇切，也沒多想便應了他。」鄔居正也很為難。

「這都答應了，再把人請出去……怕是有些給人難堪。」

「父親跟他解釋解釋，說清其中的原因，明公子若是個明事理之人，不會不理解的。」鄔八月道。「父親只管說是我的意思。明公子便是怪，也不會怪父親的。」

鄔居正還是有些遲疑。他不想女兒在漠北也聲譽受損，但他亦不想做個言而無信之人。

鄔八月見他為難，也不好再逼，想了想，她靈機一動，道：「我聽張大娘提過，三十里外的寒山上有座庵堂，遠近的婦人姑娘時常去那邊拜佛祈願。明公子要是留在我們家裡養傷……那我帶朝霞她們去寒山庵堂上避一陣，父親覺得可好？」

明公子不能走，那就她走。鄔八月覺得這個主意很不錯。

鄔居正略想了想，也覺得鄔八月說得有理。客人既來了，不好請人走。那就只有八月避開了。

「……就是委屈了妳。」鄔居正憐愛地看著鄔八月，鄔八月笑道：「哪有啊，父親，正好，我也能出出門，這些日子待在家裡，都要生霉了。」

「胡說八道。」鄔居正繃著臉訓了一句，到底是覺得女兒嬌俏可愛，終是笑出了聲。

鄔八月覺得直白地告訴明公子因為他來了鄔家，所以她要避開，這樣不好，所以誰也沒提這件事。

當晚明焉在鄔家用了晚膳，美滋滋地睡了一覺，他心裡還挺美，想著這段時日總還能和鄔八月再多接觸接觸。

可沒想到第二日，他因睡得太香起晚了，覺得院子裡靜悄悄的，問了洪天才知道，鄔家父女都已出門了。

鄔郎中自然是回軍營做事去，而鄔姑娘，則是帶了丫鬟去寒山庵堂禮佛。

洪天道：「姑娘一早就走了，昨兒倒是沒聽說……這鄔姑娘也真是，睡一晚上就想一齣。」

明焉坐在長凳上，因眼睛被遮著，倒是看不出來他有什麼情緒。不過他雙唇微微咬著，似乎已是怒到了極點。

鄔姑娘在避著他！

明焉很不想得出這樣的結論，但事實擺在他面前，由不得他不信。

他深吸了一口氣，狠狠捏緊了拳。靜坐了很久，方才慢慢站起身。

思索良久，他得出的卻是截然相反的結論。

他覺得，鄔姑娘的離開也是高辰複的手筆。

怪不得，高辰複不反對他來鄔家養眼傷；怪不得，鄔郎中聽了他的請求卻沒有拒絕。從昨日到今日，鄔姑娘要離開這裡的事，整個鄔家的人一點都沒有透露。

這是高辰複給他的一個下馬威，他在用實際行動告訴他：鄔家姑娘，他連妄想一二都不行。

明焉喉嚨裡咕嚕地笑了兩聲，聽著略有些嚇人。

「這招棋，好啊……」在視線一片漆黑中，明焉嚼著饅頭，含糊不清地道：「好得很啊……」

高辰複完全不知，他的一時心軟卻讓明焉的怨恨又上升了一個臺階。

他正忙著整理探索漠北關外礦脈帶整合出來的資訊，準備卸職回京時將其呈上御案。在此之前，若能夠獲得更多有關礦脈的資訊，無疑是錦上添花。

等他忙碌完畢，才發現天色又已經黑雲壓城了。

「將軍，吃點東西吧。」

趙前端著托盤，無奈地看向高辰複。

高辰複理清桌案上的東西，讓趙前把托盤放下。

「天色都晚了，你們也都站崗站了一夜了，還是早些去睡吧。」

高辰複端了粥，灌了一大口，眼神還在前方的兵書上流連。

周武上前道：「將軍，今日……是明公子去鄔家住的第二日，您……」

高辰複進食的動作微微一頓，抬起頭來。「怎麼，有什麼問題？」

周武道：「屬下就是不大想得明白，您既然知道明公子對鄔姑娘……有那份心思，為何又、又允了他去鄔家的要求？」

高辰複擱下了碗。這聲音並不重，落在周武耳裡卻讓他不由一個哆嗦。

高辰複微微垂著頭。

其實連他自己都不知道，當時為什麼沈默了那麼久，最後居然沒有拒絕明焉。儘管那已近乎是一個向他示威的無禮要求。

明焉只是個少年，他雖然叫高辰複小叔，但在高辰複的內心裡，卻是將他當弟弟一般看待。

若那個孩子還活著，或許也像明焉一樣，聰明任性，讓他頭疼……

這樣一個少年，又眼盲了，高辰複不想讓他傷心絕望。

他想，明焉說過，這之後，他再不提和鄔家姑娘之事。姑且信他一次。

「他一個眼盲之人，又能做什麼？」高辰複沈聲地道，也不知道是在給自己找理由，還是在回答周武。

周武訕訕地笑了笑，趙前接話道：「可是將軍，今兒一大早，鄔姑娘就帶著兩個丫鬟出門了。」

高辰複頓時一愣。「為何？」

趙前道：「說是去寒山庵堂禮佛。」

「禮佛……」高辰複更覺得奇怪。「寒冬臘月的天，去那麼遠的地方禮佛？」

「屬下估計，是鄔姑娘覺得明公子在家中，讓她不自在，所以才走的。」趙前分析道。「鄔姑娘似乎極為重視名聲，到漠北後都不與街坊鄰舍串門子。家裡住進一個血氣方剛的年輕男子，她自然不自在，避開也屬情有可原。」

高辰複恍然大悟。他對鄔八月在京中的遭遇也略知一二，大皇子和他同輩，論起來還是他的表弟；雖然有這麼一層關係，但高辰複和大皇子素無交集。

他離開燕京時，大皇子不過是個十歲出頭的少年。

沒接觸鄔八月之前，高辰複對他二人這段「軼事」還持保留態度，但接觸過之後，他卻覺得這樣一個女子，定然不會做那等事情。

有京中這段過往，鄔八月避男子如洪水猛獸倒也在情理之中。

高辰複輕嘆一聲，想了想問趙前道：「寒山……那裡平常時候可安全？」

趙前知機，回道：「倒是沒有聽說過有何作奸犯科之事。」

「那就好。」高辰複點點頭，伸手捏了捏眉心。「各自去忙吧。」

趙前和周武拱手施禮，退出營帳。

鄔八月到寒山上的清泉庵時已是下晌，付了香油錢，庵裡給鄔八月安排了廂房。幫忙趕車來的方成因是男子，尼姑庵不許他夜宿，方成只能宿在馬車中。

寒山並不大雄偉高聳，清泉庵坐落在寒山半山腰上，庵堂也並不大，但前來禮佛還願的香客還是很多。清泉庵如今也是一片白皚，不過從上山一路的情況來看，若是在春、夏、秋之季，定然也是綠蔭掩蓋、風景如畫。

早課結束，有女尼前來送了佛經。

鄔八月接過後有些不解，正想問，後背卻被人輕輕拍了下。

鄔八月回頭，面前的人對著她微微笑。

「妳好。」

那人是個瞧著比鄔八月略大些的姑娘，杏眼瓊鼻，看起來不像北方姑娘，倒似是江南溫婉的女子，是個十足的美人兒。

「妳……妳好。」鄔八月也懵懂地回了一句。

那姑娘笑容親和，說話卻很大方。「我剛才瞧了一圈，來清泉庵的姑娘裡就我和妳，還有妳身後的兩個妹妹。妳們是來清泉庵禮佛的嗎？」

鄔八月來到漠北關後，這還是頭一次有陌生的姑娘同她搭訕。

她愣了下，方才回道：「我們……來這裡暫住幾日，也算是禮佛吧。」

「真巧。」那姑娘呵呵一笑，聲音清靈。「我闖了禍，被我娘勒令到清泉庵來思過，我也在這兒住幾日。」

她伸了個懶腰。「早上還未睡醒，就被敲鐘聲給吵醒了。我去補眠去。」

說著打了個哈欠，眼睛裡溢出水光。

「我看妳拿著佛經好像有些茫然，妳頭一次來，不知道清泉庵的規矩吧？」姑娘笑了笑，道：「妳要借住她們的地方，就要向佛祖表達誠意。所以妳要同她們一樣，每日抄寫佛經，放到佛像腳下供奉著。」

鄔八月看了看經書又看了看那姑娘，道：「原來如此……」

「我叫單初雪，妳呢？」姑娘又偏頭問道。

鄔八月道：「我叫……鄔陵梔。」

「靈芝？」單初雪哈哈笑了兩聲。「還有人起這名啊？妳家莫不是開藥館的？」

鄔八月知曉單初雪是誤會了，笑道：「單姊姊說笑了，我名陵梔，不是妳想的那個靈芝。」

鄔八月攤手在手掌心寫下「陵梔」二字，單初雪恍然大悟道：「梔花時遞淡中香的梔。」

鄔八月眼前一亮。「單姊姊好才情。」

單初雪又是哈哈一笑。「這算什麼才情？背一背古人詩句，這不過也就是信手拈來罷了。」

她道：「梔梔啊，我先不同妳說了，左右我們都要在這兒待好些天呢，等我睡醒了我再找妳聊天啊！」

單初雪對鄔八月偏頭一笑，蹦蹦跳跳地從庵堂大廳跑遠了。

鄔八月有些愣神，暮靄湊上前道：「欸，姑娘，那單姑娘可真是自來熟啊！不過姑娘運氣真好，來這庵堂裡也能交到一個性子不錯的朋友。」

朝霞低聲對鄔八月道：「姑娘，奴婢去問問庵中的師父們，看看這位單姑娘是何來歷。」

鄔八月笑道：「朝霞，妳也不用太緊張了。這庵堂是個清淨之地，想必也不會收留不清淨之人。那單姊姊個性天真爛漫，倒是讓人羨慕。」

那般笑著的人，讓人生不出反感之心。

鄔八月將佛經抱在了懷裡，招呼暮靄道：「走吧，回去研墨，早些將佛經抄完。」

暮靄應了一聲，對朝霞擠擠眼睛。「朝霞姊姊可有得忙了。」

「死妮子，好好伺候姑娘。」朝霞警告地瞪她一眼，給鄔八月福了個禮，這才去找庵中師父打聽單初雪的來歷。

午膳前，鄔八月已經抄完了大部分經文。

朝霞也已打聽清楚了單初雪的背景，回來稟報給鄔八月。

「那位單姑娘今年十六歲，也是從燕京那邊過來的，和她娘住在寒山背面的小村落裡，來漠北已經有兩年了。庵中師父們說，單姑娘幾乎每隔一段時間就會來清泉庵，單姑娘的娘覺得她性子太像男孩，整日風風火火大大咧咧的，便讓她來這裡修身養性。不過……似乎沒什麼效果。」

朝霞輕笑了一聲。「這次單姑娘來清泉庵，聽說是因為把同村的兩個小子給揍了。單姑娘的娘認為她頑劣不堪，一生氣，便又把她扔到清泉庵來了。」

鄔八月雙手相叉握成拳，抵在自己下巴上，羨慕地道：「單姊姊依著自己性子而活，真好……」

朝霞輕聲道：「單姑娘那般惹她娘生氣，總是不對的。」

鄔八月理解地點點頭，不再評價單初雪之事。

第二十七章

用齋飯時，沒想到單初雪竟然來了她的庵房。

「梔梔妹妹，妳這手字寫得真好看。」

單初雪湊上前去仔細瞧鄔八月抄寫的佛經，誇讚道：「我娘讓我執筆寫字，可我練了好幾年了，字也就是能瞧得清寫的是什麼。要說什麼筆鋒啊、風骨啊，那是一點都沒有。」

單初雪看向鄔八月，眼睛微微彎了起來。「小梔梔，可不可以送一張給我？我拿去裱了收藏。」

鄔八月哭笑不得。「單姊姊，我這寫得……也不算好……」

「沒事，比我好就行。」單初雪連連擺手，道：「那就這麼說定了啊！」

鄔八月無奈，只能點頭應允。

朝霞端著托盤進來，擱上飯菜。

單初雪這才想起她也要去領餐食，立刻道：「梔梔，妳等我一會兒，我去領了齋飯過來，我們一起吃。」

單初雪說完話便沒了影，等她領了素齋，當真就朝著鄔八月這兒奔了過來，和鄔八月一起用了午飯。

雖然單初雪瞧著沒什麼規矩，行事也沒個章法，用飯時卻十分斯文。

鄔八月吃完後等了一會兒，她才慢慢放下筷箸。

然而放下了筷箸，她就又回到了原來的單初雪。

「啊，今兒的素雞很好吃，這豆皮的汁、味道都透進去了。」

單初雪意猶未盡地讚了一句，又問鄔八月。「梔梔，妳以前吃過素齋嗎？覺得今天這飯食怎麼樣？」

「挺好的。」鄔八月笑道。

單初雪性子活潑、大方，清泉庵中的師父們早已認識她，對她的評價都很不錯。大概是和鄔八月年齡相近，又同是待字閨中的姑娘，單初雪最喜歡和鄔八月待在一起。鄔八月來清泉庵不過三日的工夫，單初雪便和鄔八月混得形影不離了。

「梔梔，在幹麼呢？」

午後，單初雪裹了件老舊的大棉襖，端著一碟瓜子，又尋到了鄔八月的屋中。

鄔八月正在抄佛經，單初雪往她面前一坐，探了頭又去瞅她寫的字。

「抄經書啊。」鄔八月抬頭對單初雪一笑，又低頭抬手蘸墨。

「梔梔妹妹，妳每日都抄佛經，不累嗎？」

單初雪將瓜子碟擱到了桌案上。「歇會兒唄，我們一起嗑嗑？」

鄔八月無奈地抬頭道：「單姊姊，我今兒的佛經還剩一小部分沒抄完。」

單初雪笑了笑，一手撐了頭望著鄔八月。「梔梔妹妹，妳就是個老實孩子，師父們讓妳幫忙抄寫佛經，妳還就真抄了。我被逼著抄了兩頁，師父說我字寫得太醜，都不忍心再讓我抄寫。」

單初雪掩唇小聲笑道：「我猜她們是怕我這字太醜，供奉到佛像腳下，會冒犯了佛祖。」

鄔八月被逗得一樂，擱了筆，活動了下手指，笑道：「單姊姊明明才情很好，字寫得醜怕是裝的吧？」

鄔八月擠擠眼睛。「我猜妳就是為了躲開抄經。」

「欸欸，妳別亂說啊，我的字寫得不好這可是真的！」單初雪一板一眼地道：「我承認我是讀過很多書，不過我只喜歡看，不喜歡寫。」

「怎麼會呢？」鄔八月覺得奇怪。「通常來說，讀書寫字是該連在一起的啊。」

單初雪無奈地攤手。「照常理來說，的確是這樣，可是我讀書也是背著我娘讀的，我娘不會給我買筆墨紙硯的。打小我就不怎麼提筆寫字，這又不是能速成的，現在讓我寫，我當然寫不出來一手好字了。」

鄔八月更是納悶了。「單姊姊妳讀過很多書，家中藏書應該很多，又怎麼會光有書，沒有筆墨紙硯練字呢？」

單初雪便撇嘴解釋道：「我和我娘還在燕京府裡的時候，家裡是有很多藏書的，我看的書，也都是在府裡的時候看的。不過那時候也是偷偷地看。那會兒我娘還會背著人給我買了筆紙讓我寫字，我性子太活泛坐不住，練了好幾年也只能寫得讓人看得懂。」

單初雪對鄔八月笑了笑，笑容裡有種苦澀的味道。

「後來我跟我娘來了漠北，藏書沒了，更別說筆墨紙硯了，我娘也不許我再唸書和提筆寫字。村裡有私塾，我有時候也去聽聽，每次都被我娘給抓回來。」

「……所以令堂才覺得妳頑劣？」鄔八月偏頭問道。

單初雪點點頭，剝了顆瓜子吃進嘴裡，嚼嚼後嚥了，道：「我娘說，女子無才便是德，讓我有空多學學女紅家務，書這一類東西會教壞女子。」

鄔八月尷尬地看著單初雪。

單初雪一樂。「我娘這般說又不代表她就是對的，妳別好像是妳做錯了事一樣。」

鄔八月搖搖頭。「我只是覺得奇怪罷了。單姊姊的性子……似乎和令堂不大相同。」

「其實還是相同的。」單初雪滿不在乎地道：「我娘的才情極佳。唔，至少比我好得多吧。不過她很有才學，卻不允許我讀書識字。」

單初雪頓了頓。「她以前不是這樣。」

鄔八月意外地看著單初雪。

她以為單初雪的娘就應該是那種這時代絕大多數的婦人，大字不識一籮筐，只知道三從四德。沒想到，單初雪的娘竟然也是個才女。

可為何才女卻希望自己的女兒成為一個「草包」呢？

「唉呀，妳再不吃，我這碟瓜子可就吃完了。」單初雪指指所剩無幾的瓜子碟，望著鄔八月。

鄔八月搖搖頭道：「單姊姊吃吧，我不吃。」

「那我吃完了。」單初雪對鄔八月咧嘴一笑，幾下便將碟中的瓜子都解決了。

「梔梔妹妹，我來清泉庵好幾次了，這是頭一次看到妳。妳以前沒來過這兒吧？」

單初雪抖了抖身上的瓜子渣，一邊問道。

鄔八月點頭道：「我和單姊姊一樣，也是從燕京來的，到這邊也不過才數月光景。」

「也是從燕京啊……」單初雪偏頭思索了一下，問鄔八月。「那妳知道燕京的蘭陵侯府嗎？」

鄔八月正要執筆的手一頓。她回頭狐疑地看向單初雪。「蘭陵侯府？」

單初雪點頭。「我離京兩年了，很久沒有聽過蘭陵侯府的消息了。梔梔妳在燕京時可有聽過蘭陵侯府的事情？」

鄔八月坐直身體，沈默了半晌後道：「單姊姊之前說的府裡，難道就是蘭陵侯府？」

單初雪的身體有一瞬間的僵直，原本笑著的臉也微微沈寂了下來，凝眉不語。

「單姊姊若是不想說……」

「那我是不是就可以不說？」單初雪抬頭，認真地看著鄔八月。「梔梔可以不問這個嗎？」

鄔八月低嘆了一聲。她點了點頭，道：「單姊姊不想說，那我便不問了。」

鄔八月想了想。「至於蘭陵侯府，別的我知道的不多，不過蘭陵侯家的高二爺伴駕清風園圍獵的時候摔了腿，婚事作罷了。」

單初雪「啊」了一聲。「他的未婚妻我記得……」

「姓鄔。」鄔八月對上單初雪吃驚的表情，笑道：「單姊姊不用驚訝，妳問我蘭陵侯府的時候，我也很驚訝。」

兩人對視著沈默了有一盞茶的工夫，單初雪才打破僵局，哂笑道：「之前妳說妳姓鄔，我還以為是烏雲蔽日的那個烏。沒想到……」

單初雪認真道：「之前妳不問我，那如今，我便也不問妳。」

鄔八月點頭。「好。」

她們兩人彷彿達成了某種默契，皆不提旁事。

單初雪只是詢問了鄔八月蘭陵侯府的現狀。

「高二爺與鄔家的婚事作罷，聽說因腿殘了而頹喪。其餘的倒是沒聽說有什麼。」

單初雪默默地點頭，也不發表意見，只是感慨了一句「世事無常」。

單初雪陪著鄔八月又沈默地略坐了會兒，便起身說她餓了，想要早點去領齋飯。

鄔八月望著她比起往日要匆忙很多的背影，輕輕攏了眉頭。

單初雪到底是什麼人？她和蘭陵侯府有什麼關係？

她們雖然互相有了默契，不詢問對方的身分，但私下裡一定會有些分析和判斷。

單初雪可以從她姓「鄔」而不是「烏」來判定她是鄔家的人。

可鄔八月卻沒辦法透過單初雪的「單」來斷定她在蘭陵侯府的身分。

她從沒聽說過蘭陵侯府裡有這麼一個人物。

朝霞端了熱水伺候鄔八月淨面。

「姑娘從今日下晌就一直心不在焉的，可是有什麼事？」朝霞關切地探了探鄔八月的額溫。

「莫不是天寒，凍著了……」

「沒有。」

鄔八月拉下朝霞的手，將巾帕遞給她。「我只是有些疑惑……」

「姑娘有什麼疑惑？」

鄔八月頓了頓，問道：「蘭陵侯爺有多少美妾姨娘，妳可知道？」

朝霞搖搖頭。「雖說三姑娘之前和高二爺訂有婚約，但二太太去蘭陵侯府的次數還是屈指可數的。奴婢也沒聽二太太身邊的巧蔓和巧珍姊姊說過什麼。蘭陵侯府除了蘭陵侯夫人這個正室，就只有兩、三個沒有生養的姨娘。姑娘怎麼想起問這個？」

朝霞疑惑地看向鄔八月，鄔八月搖了搖頭。

大戶人家有姬妾也不是什麼稀奇的事，談子女婚嫁，妾室都是上不得檯面的，賀氏也定然不會知道得一清二楚，何況蘭陵侯府的姨娘都是沒生養的。

這條線索又斷了。

「就是隨便問問。」她敷衍地答道。

第二日見到單初雪，她還是那副瞧上去沒心沒肺的歡樂樣子，擠在鄔八月身邊聽師父講早課。

不知道是不是昨晚沒睡好，單初雪的腦袋一點一點，到最後，甚至直接栽倒在了鄔八月的肩上。

鄔八月無奈地輕輕搖了她兩下，實在是喚不醒她，便也只能替她遮掩著。

等早課完了，她半邊肩膀都麻了。

咚的一聲撞鐘，單初雪驚醒了過來。她下意識地抹掉嘴角的流涎，見四周人都開始散去，嘀咕了聲。「完了啊……」

「完了。」鄔八月好笑地指指自己的肩。

「唉呀！」單初雪怪叫一聲，趕緊伸手去擦，臉上滿是尷尬。「都流到妳衣服上了。」

鄔八月搖了搖頭，按住單初雪的手，示意她往高臺上看。

佛像下邊講課的師父正望著她這邊，見她看了過來，口氣十分沈重地道了句佛號。「阿彌陀佛。」

單初雪貼著鄔八月的耳朵說道：「師父肯定覺得，這姑娘沒救了。」

鄔八月繃不住，笑出聲來。

雖然知道單初雪和燕京城的蘭陵侯府定然有些糾葛，但鄔八月還是得承認，她很喜歡單初雪。

單初雪比她大兩歲，卻和她很談得來。

她的性子安靜，而單初雪略有些聒噪，卻又不是那種讓人厭煩的聒噪。她會聊天，雖然話題不斷，但總能讓人會心一笑，不會覺得她是沒話找話說。

「妳來清泉庵就是為了避開男人啊？」

放了氈簾的小亭子裡，單初雪盤腿坐在地上墊得厚厚的軟蒲團上，伸手撥著面前的炭盆。

炭盆之上懸吊著一個小鐵爐子，裡面是半融化的雪團。

鄔八月跪坐在單初雪的對面，伸了小杓去撥弄小鐵爐裡的雪水。

「嗯。」

她低應了一聲，道：「平日裡我父親不在家中，突然住進一個年輕男子，我出入也不大方便，所以就避開了。」

單初雪長長嘆了口氣。「真麻煩，還要替別人騰地方。那男人也不懂事，他難道不知道只有妳一個姑娘家住在家裡嗎？偏還死乞白賴地要到妳家裡住。」

單初雪頓了頓，鬼笑著往前湊。「梔梔，我猜那男人，肯定是喜歡妳，所以想方設法要住到妳家裡去。」

「不知道。」鄔八月搖了搖頭。「他什麼心思，我管不了。不過避開他，我總是能做到的。」

「倒是。我娘也說，女孩兒的聲譽何其重要，可不能讓人污了名聲。」

單初雪將撥弄炭盆的柴枝丟了進去，拍了拍手。「這還要煮多久？」

「雪水化開，再煮沸就行了。」

鄔八月抬頭對單初雪笑笑，從一邊拿了木夾子挾茶葉。

單初雪在一邊看著，笑道：「梔梔生活可真講究，我和我娘來漠北之後，都沒那麼用心煮過茶水了。」

鄔八月將茶甕中的茶葉挾到兩個密瓷茶盞中，等小鐵爐子裡的雪水開始沸騰了，便拿布包了柄，將鐵爐子提到了一邊，然後用小木舀從裡提水，灌注入茶盞中，三點三提，茶盞上白霧繚繞，清香四溢的茶味頓時在小亭子裡瀰漫。

單初雪瞇著眼睛聞了聞，點頭道：「好香。」

「我這茶煮得比較簡單，沒有那麼多複雜的程序。」鄔八月笑道：「那種工藝煮出來的茶水更香。」

「就妳這種就好了，我——」

單初雪話還沒說完，氈簾就被人從外面掀開。

鄔八月和單初雪都嚇了一跳——進來的竟是個粗獷高大的男人！

他一臉風雪，臉上留著一圈絡腮鬍子，戴了一頂大氈帽，將半邊臉給遮了起來，模樣一看便讓人害怕。

鄔八月瞪大眼睛，還沒來得及反應，單初雪騰地站了起來，伸手將更靠近絡腮鬍子的鄔八月拉了過來，讓她躲到自己的後面。

只是在這過程中，鄔八月愣了神，腳下一個沒注意，將旁邊的小鐵爐子給踢倒了，連帶著面前茶盞裡的滾燙茶水也被碰倒，濺了出來。

冬日穿得厚，便是濺到身上倒也無妨，可好巧不巧，鄔八月右手上也被濺到了，頓時紅了一片。

「啊！」鄔八月低叫一聲，迅速按住右手，額上頓時起了汗。

兩個姑娘往後退了一步，單初雪瞪大眼睛盯著絡腮鬍子，正要開口問他是誰，又進來了兩個身材健壯不亞於絡腮鬍子的男人。

最後進來的那個嘰哩咕嚕說了一通外族語，臉上露出志在必得的笑容。

還沒等兩個姑娘反應，之後進來的兩人便一人抓住了一個，同時，匕首也貼上了兩人的喉嚨。

這種從天而降的意外誰都沒有想到。鄔八月只知道，她和單初雪被劫持了。

為什麼？鄔八月不明白，說她心裡不恐懼是不可能的。這恐懼甚至已經讓她忘了手上的燙傷。

絡腮鬍子僵硬地說了句中原話。「別反抗，不傷害，妳們。」

「你誰啊！」本在觀察這三人到底是誰的單初雪見絡腮鬍子出聲，竟還是安撫之言，膽子頓時大了許多。「放開我們！」

「不行。」絡腮鬍子搖搖頭，轉身掀開氈簾，對他的同夥說了一句話。

鄔八月猜那話大概是──「走。」

因為緊接著，他們便脅迫著她和單初雪走出了小亭子。

這小亭子在清泉庵出庵之後往上走大概一刻鐘的地方，是個幽靜之地。鄔八月這幾日玩心重，跟單初雪提說要焚雪煮茶，單初雪立刻就想到了這個亭子，所以兩人便來了這邊。

朝霞擔心鄔八月凍著，回庵裡去給她多拿一件外氅。暮靄則帶著月亮留在了庵堂裡，怕月亮亂跑個沒影。

可沒想到，她們竟然會讓陌生男人劫持……

等下山拐了個彎，鄔八月總算明白他們為什麼要抓她和單初雪當人質了。

面前站了一排小鎮衙役，應當是追上山來的，這會兒全都氣喘吁吁地停了下來。

他們亮著白晃晃的大刀，視線聚集在絡腮鬍子身上。
因顧忌著鄔八月和單初雪，這群衙役一時之間都不敢動彈。
絡腮鬍子開口道：「退後，否則，殺。」
衙役中的領頭捕快抬了抬手，眾人往後撤退。
絡腮鬍子卻是沒有往前繼續走。他是倒退著走的。
「不許跟上來。」絡腮鬍子聲音僵硬。「否則，殺！」
有衙役不信，往前走了一步。
挾持鄔八月的男人手上頓時用力，鄔八月「啊」了一聲，脖子上露出一道血痕。
「姑娘！」抱著大氅往山上趕的朝霞被這一幕嚇得險些失了魂，顧不得別的，連滾帶爬地跑到捕頭跟前，厲聲道：「你們都別動！」
「別動！」捕頭也怕真弄出人命，只能穩住不動。
絡腮鬍子再次警告他們。「不許動，動一下，割一下。」
他們說得出，做得到。沒人敢再動。
鄔八月脖頸上的血痕倒是不深，出了些血後便止了。
她們也被迫跟著絡腮鬍子和兩人往寒山上去。
隔得遠了，鄔八月也不知道那群衙役會不會跟上來。
不知道過了多久，她覺得越來越冷。
鄔八月甚至都能聽到自己牙齒打顫的聲音。

沒有別的人，這三人開始用他們的語言交談起來。
大概也是覺得這時還劫持著她們純屬浪費力氣，那兩人將鄔八月和單初雪放開，一人走在她們前面，一人走在她們後面，讓她們自己往上接著爬。
單初雪將鄔八月抱住，搓著她的手臂，捂著她的臉，焦急道：「妳第一次在漠北過冬，自然畏寒，哪受得了……」
偏偏後面那人拿著大刀，用刀柄推了推單初雪，抬下巴示意她往前走。
單初雪只能將鄔八月摟在懷裡，希望自己的體溫能讓她好受一些。
這其間，那絡腮鬍子讓人給了她們一個饅頭，單初雪分了大半給鄔八月。
「單姊姊……」鄔八月嘴唇微微烏青，為難地看著她們僅有的饅頭。
「妳吃。」單初雪道：「我每天除了齋飯吃得一點不剩，閒著時還吃些零嘴兒，餓一會兒沒事。妳不一樣，妳吃得少，抵禦不了嚴寒的。吃吧。」
鄔八月嚥了嚥口水，很慢很慢地將饅頭嚥了下去。
天色漸漸暗了下來，不知不覺中，他們已經到了寒山頂。
城牆高聳，連接著寒山北端。城牆之外是一望無垠的白茫一片，一直往前延伸，似乎看不到盡頭。
單初雪緊緊挨著鄔八月，哆嗦著道：「你們……你們都到山頂了，能、能放了我們嗎？」
絡腮鬍子似乎也在望著這片白茫沈思，聞言，轉頭看向單初雪，搖了搖頭。「不行。」
「你……」單初雪瞪向絡腮鬍子。「我們兩個弱女子，你押著我們能、能幹什麼？再不丟了我們跑，他們、他們就要追來了！」

絡腮鬍子還是搖頭，轉身朝著寒山北端走了。

他的同伴，不，應該是他的屬下，又用刀柄推了單初雪，抬下巴讓她跟上。

單初雪咬咬牙，只能拉著鄔八月繼續行路。

看到了漠北寒關的磅礴大氣，果然震人心魂。如果不是在這樣的情境下，或許她的欣賞之情會更高漲些。

但短暫的清醒過後，鄔八月開始迷糊了。

她聽到單初雪跟她咬耳朵。「梔梔，怎麼辦？我們跑不了，只能跟著他們……梔梔！」

這是鄔八月昏迷前聽到的最後一聲。

第二十八章

鄔八月醒來的時候已經是深夜了。

他們在一個深山洞穴中，洞口燃著一堆火。

單初雪和她擠在最裡邊，兩人身上裹著衣裳，有一股強烈的男人汗味，應該是那三人給的。但很暖和。

鄔八月閉著眼睛，手腳動了動。她發現自己雙手雙腳都被捆了起來。

鄔八月心裡暗嘆一聲，微微睜開眼睛，望向洞口，聽著那邊的動靜。

除了領頭的絡腮鬍子，另外兩人也都是大鬍子，看不出樣貌。

一人正熟睡著，還打著鼾。另外兩人一個撥弄火堆，一人手上持了枝條，應當是在烤著什麼。鄔八月聞得到烤肉的味道。

聽了一會兒，她放棄了。

他們說的是外族話，嘰哩咕嚕的，可惜她聽不懂。

鄔八月動了動脖子。之前被大鬍子劃的那道口子應該已經無礙了。

不怕，再等等，等等就好……鄔八月在心裡給自己打氣。

小鎮上的巡捕一定會繼續追這三個男人，而同時，她被人劫持離開，朝霞也是看見了的。朝霞定會前往漠北軍營告知父親這個消息，父親也一定會想辦法救她。

最直接也是最有效的辦法，便是求高將軍相救。

鄔八月不知道高辰複會不會派人來救她，畢竟這三個男人興許也不過只是小賊。

但她心裡還是保有這樣一絲希望。

這般想著時，身邊的單初雪動了。

「梔梔？」單初雪輕喚了鄔八月一聲，鄔八月正要回話，洞口那邊的男人也聽到了動靜，迅速地站起身靠了過來。

單初雪想也沒想，挺身便擋在了鄔八月的前面。

「你們幹什麼？走遠一點！」單初雪衝著靠近的男人威脅地低聲怒喝。

鄔八月聽到那男人低沈一笑。「潑辣。」

這聲音鄔八月記得，是那個領頭的絡腮鬍子。

隨即他便又退後了幾步，坐了下來。洞穴前的草叢發出唰唰的聲音。

「你們到底要帶我們去哪兒？」單初雪咬咬牙問道。「你們該不是要翻過漠北關吧……」

鄔八月能感覺得到單初雪在發抖。

絡腮鬍子低沈地問。「妳，知道？」

「我不知道。」單初雪使勁搖頭。「可是你們不像中原人。尤其，你們現在在往南城高牆走。」

寒山北端連接著南城高牆，連接之處是一道絕壁懸崖，城牆依著寒山的天險，修築得極高。也正因為如此，那裡的布防便相對要簡單一些。再往北，漠北寒關便是依靠著白長山據守。

單初雪瞪大眼睛盯著絡腮鬍子。

「我們，去北秦。」絡腮鬍子低低回道。

「北蠻?!」單初雪一聲驚呼。

然而緊接著，她便「啊」的一聲慘叫。

鄔八月立刻瞪大眼，被捆綁的雙手伸向前，弓身去看單初雪的情況。

「單姊姊！」鄔八月只覺得心中的恐懼如潮水一般襲來。

「小心……妳的嘴！」絡腮鬍子惡狠狠地說了一句，站起身朝鄔八月重重踢了一腳。「老實，待著！」

鄔八月被踢得眩暈，她用雙臂的力量將單初雪拉了起來，兩人緊緊挨在一起。

角落裡太昏暗，剛才發生的事情讓洞穴頓時寂靜。連那個打鼾的大鬍子也安靜了下來，不知道是不是醒了。

「單姊姊……」鄔八月擔憂地問道：「妳沒事吧？」

「沒、事……」單初雪側頭往地上啐了口血沫，感覺到口中的鐵鏽味，這才覺得後怕，後背發涼。

「梔梔，他們是北……北秦人。」單初雪壓低聲音對著鄔八月說了，然後極快地又道：「北蠻人。」

大夏中原的百姓對漠北關以北的游牧民族統稱為北部蠻凶，簡稱北蠻，北秦人是他們的自稱。

鄔八月來了漠北關後，聽說了無數北蠻人凶惡殘忍的故事，雖然沒有經歷過，但如今的境遇，她再是鎮定也無濟於事。

她很怕，怕在這山林當中丟了性命。

「起來，走。」

絡腮鬍子和兩個大鬍子嘰哩咕嚕說了一通，走回來解掉了捆縛她們手腳的繩子，通知二人繼續趕路。

單初雪被打了個巴掌，鄔八月被踢了一腳，兩人都是嬌滴滴的姑娘，這會兒哪走得動？

絡腮鬍子一手拎了一個，交給兩個大鬍子。

他們的確是在趁著夜色趕路。

不知道是不是在夜晚行路的經驗豐富，離開那處洞穴後，他們滅了火堆，將在那裡逗留過的痕跡抹得乾淨，甚至趕路時連火把都不舉。

鄔八月和單初雪跟著這三個北蠻人，在這寒山之中走了四天。

他們會抓山裡的動物烤了吃。松鼠、蛇、山雞這類常見的，都成了他們的主餐。有時候等不及，他們便生飲了動物的鮮血。

鄔八月每每瞧見這種情況便不由自主地反胃。

每到夜晚，他們便會如同第一晚那樣，將鄔八月和單初雪綁起來。

南城高牆與他們已經近在咫尺了。

鄔八月和單初雪坐在一起，兩個大鬍子去找地方解決生理問題了，只有絡腮鬍子靠在一棵樹上微微沈著臉，也不知道有沒有注意她們。

鄔八月低聲問單初雪。「單姊姊，他們應該是想回北……北秦去的，可上了寒山頂，他們完全可以放了我們或殺了我們自己繼續趕路，又為什麼要帶著我們一起走呢？」

單初雪輕聲回道：「南城高牆雖然是天險，漠北軍駐紮在這兒的人相對較少，但也是有一定數量的。他們就三個，哪裡有勝算……帶著我們，就有籌碼。」

「漠北軍要是不顧及我們怎麼辦……」鄔八月擔憂道。

「不會。」單初雪搖搖頭。「漠北軍軍規極嚴，不會視百姓於不顧。他們也是知道如此，才會放心地利用我們。」

單初雪悶悶地道：「怕就怕……他們過了漠北關，卻還是不放了我們，將我們帶去北、北秦人的地界……」

單初雪將北蠻說成北秦仍舊不習慣。百姓口耳相傳的都是北蠻，換個稱呼也不能否認北蠻人凶殘的本性。

「過了漠北關，他們留著我們也沒用啊。多個人還多張嘴，何況我們又不能做……」鄔八月聲音越來越低。

不用單初雪提醒，她自己也知道。

北蠻缺糧食，但同時，北蠻也缺女人——不，或者說，女奴。

說話間，兩個大鬍子心情愉悅地回來了。

絡腮鬍子朝北指了指，大鬍子們都嗷嗷地喊了起來。

鄔八月和單初雪對視一眼，心裡都清楚。
他們恐怕是要行動了。
天色一點一點暗了下來，直到遠處，太陽的餘暉再也不見。
絡腮鬍子吹了個響哨，兩個大鬍子走近抓住了鄔八月和單初雪。
「幹什麼？放開！」單初雪掙扎了兩下，大鬍子給了她一個耳光。
本也想掙扎的鄔八月頓時放棄了這個念頭。
身處險境，孤立無援，這三個北蠻人若是要把她們當作人質，雖然不會殺了她們，卻也不可能好好對待她們。
鄔八月閉了閉眼。好死不如賴活著，這個時候還是只能靜觀其變，她只能寄望漠北關的守將守兵們能夠救下她和單初雪。
「老實點！」絡腮鬍子警告地瞪了單初雪一眼，貓著腰往前走去。
單初雪和鄔八月被捆上雙手和雙腳，嘴被蒙住，大鬍子拎著她們後頸處的衣裳，把她們拎起。
南城高牆依寒山懸崖而建，他們現在所處的位置還在懸崖之上，要想下到漠北關上，總有一大段距離。
飛下去？自然不可能。
兩個大鬍子將人丟到了一邊，除掉她們嘴上塞的布。
絡腮鬍子警告道：「不許大聲，否則，殺。」

兩個大鬍子自顧自地開始扯拉軟藤，試探它們的韌度和承受度。

絡腮鬍子則將他們扒拉到一起的藤條，一股接著一股地編了起來，就像是在編草蓆一樣。

月亮慢慢升了上來，他們不疾不徐、有條不紊地分工合作。

單初雪打了個哆嗦，拿下巴蹭了蹭鄔八月的肩。

「梔梔，他們在做什麼……」單初雪顯然是知道的，只是她仍舊抱有一線希望。

鄔八月艱難地道：「他們……打算借著軟藤，從懸崖上……下去。」

鄔八月之前一直懷疑，這麼高的地方，他們要怎麼帶著兩個大活人下到漠北關？沒想到竟然是這樣危險的方法。

絡腮鬍子望了她們一眼，拉著手上越來越粗壯的藤條股朝她們走了過來。

單初雪和鄔八月都往後挪著。

「怕？」絡腮鬍子從胸腔裡笑出聲來。

雖然和這三個北蠻人相處了也有幾日，但鄔八月還從沒見到過他們的真顏，只能從他們說話的聲音中判斷，他們並不老。

「當然怕！」單初雪惡狠狠地道：「你們到底要怎麼樣?!」

絡腮鬍子不答，手卻伸向單初雪，渾厚的大掌在她臉上摸了一下。

「你！」單初雪驚愕地望著他。

絡腮鬍子的笑聲更愉悅了。

「聽話，不動。」絡腮鬍子點頭道：「安全。」

鄔八月朝單初雪蹭了蹭。「單姊姊……」

單初雪強忍著噁心，緊緊貼著鄔八月。

絡腮鬍子倒也沒再動作，只一心編著自己的藤條。

這其間，兩個大鬍子提了兩隻已經烤過的山雞來，和絡腮鬍子一道吃了整整一隻半，剩下半隻，他們粗魯地餵給了單初雪和鄔八月。

現在他們給她倆吃什麼，她倆都能閉著眼睛塞進嘴裡。

沒辦法，若是不吃，她們便會餓肚子，到時候難受的還是她們。

吃過了飯，兩人的嘴又被堵上了。

接著，這三個北蠻人又開始爭分奪秒地動作了起來。鄔八月瞪大眼睛看了一會兒，實在是撐不住，歪了頭開始打盹。

睡得正熟時，卻被一陣大力的搖動驚醒了。

鄔八月驀地瞪大眼睛，大鬍子已經將她扛了起來。接著，藉由幽幽月光和地上積雪的照耀，鄔八月能看到她前面，另一個大鬍子也扛著單初雪，往懸崖邊靠攏。

絡腮鬍子已經趴在了懸崖邊上，大概是在觀察下方南城高牆上的漠北軍守衛情況。

他身邊放著大捆大捆的藤條。

扛著單初雪的大鬍子走過去小聲嗚嗚嗯嗯了一陣，絡腮鬍子點了點頭，拉過身邊的藤條開始往下放。

放到一定的高度後，他停了手，將另一端的藤條開始纏繞在附近幾棵粗壯的樹上。

絡腮鬍子對兩個大鬍子點點頭，做了幾個手勢。
然後他首當其衝，率先開始拉著藤條往下爬。
別看他身材高大、體形魁梧，但攀爬懸崖的動作卻十分輕盈，儘量減輕藤條的負擔。
鄔八月伸直了脖子想要看得更仔細，奈何她身下的大鬍子卻有了動作。
和扛著單初雪的大鬍子一樣，兩人都將肩上扛著的姑娘給放了下來，拉住她們的雙手繞到他們的脖子上，竟是將她們揹在了身上。
那大鬍子還要掰鄔八月的雙腿，鄔八月嚇得一個大駭，但無奈的是，她們根本就拗不過大鬍子的力氣，只能以一種詭異的姿勢趴伏在大鬍子的身上。
兩個大鬍子等在懸崖上，不知道等了多久，或許是得到了絡腮鬍子發出的信號，揹著鄔八月的大鬍子開始行動了。
他怕鄔八月半途摔下去，還用藤條在她腰上多綁了一下。
當他雙腳凌空，掛在藤條上時，鄔八月整個人都驚恐了，無意識地劇烈晃動著雙腿。
大鬍子卻顯得很淡定，不管鄔八月怎麼動，他都按部就班地爬著藤條慢慢往下滑著。
他們做的這藤條很結實，直到落在實地上，藤條都沒有出狀況。
大約一刻鐘後，揹著單初雪的大鬍子也下來了。
鄔八月渾身發軟，大鬍子似乎也沒打算將她們放下來。
一勾彎月之下，南城高牆觸手可及。
絡腮鬍子開始動了。他手攀著岩壁，竟是亦步亦趨地漸漸到了距離城牆牆體最近的地方！

鄔八月在原地看得目瞪口呆。
突然，絡腮鬍子一個縱身，穩穩地攀住了牆體，手往上一撐，悄無聲息地就上到了城牆上。
黑暗之中，鄔八月頓時朝單初雪望了過去。
雖然看不見彼此的表情，但她們心裡清楚，此時她們的慌張已經到達了何種程度！
這三個北蠻人真的有實力可以突破漠北關！
有絡腮鬍子打頭，兩個大鬍子便也毫無畏懼地依樣前行。
揹著鄔八月的大鬍子穩穩地站到了城牆上。
而當揹著單初雪過來的大鬍子要上城牆時，卻遇到了意外。
或許是因為之前已被兩人都踩過，岩壁有些承重不住，那大鬍子踩的時候，竟然滑了一下，岩塊泥土簌簌地落了下來。
絡腮鬍子幫了把手，將那大鬍子拉了過來。
單初雪嚇得雙眼都湧出了眼淚。
本以為這一點小動靜不算什麼，但轉瞬之間，好幾個舉著火把的漠北守兵跑過來視察情況，在這光禿禿的城牆上，他們無所遁形。
「敵情！」
偵察兵立刻大喊一聲，訓練有素的漠北軍人即刻湧了過來。
他們本可以一箭便將人射殺掉，但當看到被他們劫持在手裡的姑娘時，漠北守兵們猶豫了。
絡腮鬍子開口道：「讓道，我們，要回北秦。否則，殺。」

大鬍子配合地舉著手中的匕首，尖銳的刀鋒貼著兩個姑娘的脖子。在雖沒什麼風，卻仍舊寒冷無匹的夜晚，更加讓人心寒徹骨。

漠北軍無奈，只能讓道。

絡腮鬍子還不許有人跟在他們身後，所有的漠北將士只能被漸漸逼退。

下至南城高牆底，有個守將似乎有了點動作，絡腮鬍子頓時拔刀在鄔八月的臂上劃了一道。

鄔八月嘴被蒙著，只能重重地悶哼一聲。

「再動，就殺。」

守將冷吸一口氣，再不敢有所舉動。

鄔八月可就慘了，脖子上的淺口刀傷才好，胳膊上又挨了一刀，這刀還不算淺，她都已經聞到鐵鏽味了。

「退！」絡腮鬍子冷喝一聲，讓人只打開了城門縫隙，和大鬍子等人鑽了出來。

他們不急著往北蠻的地界跑，恐怕也是知道，一現身，估計就會被亂箭射死。

雖然可以將兩個姑娘揹在背上替他們擋箭，但還差一人，再者，跑也是跑不過馬的。

絡腮鬍子有些懊惱。若是不出意外，他們可以不用驚動漠北軍，直接用藤條下到城牆底，借著深夜逃脫。

絡腮鬍子心裡不禁慨嘆，原本以為選了一個人最犯睏、最容易鬆懈的時候逃，漠北的守兵肯定不會注意，沒想到就這麼一點動靜，他們也能反應那麼快。

「薩主，走？」柯索問了。

柯真愧疚地道：「薩主，都是我不好，要不是我踩滑了，岩塊掉落下去發出聲，我們也不會被發現……」

絡腮鬍子搖了搖頭。他從來不會怪別人，這些情況也都是在他們行動之前預計到的。

「你們兩個，揹著這兩個女人，他們有顧忌，不會射箭，就是射了，你們也有擋箭的。夜色深，他們瞧不出。」

「那薩主您呢……」

「我用跑的。」絡腮鬍子咧了咧嘴。「科爾達的勇士，怎麼可能還跑不過幾枝箭？」他沒有猶豫。「再耽誤他們人更多。跑！」

他一聲令下，自己便當即往前跑去，速度如風，矯捷如狐，兩個大鬍子望塵莫及。

大鬍子也開始往前跑了，因為背上還負重著一個姑娘，他們跑得更慢些，但也努力跟上絡腮鬍子的腳步。

可他實在太快了。

奔跑的絡腮鬍子在心裡默默地道：薩蒙齊，你是科爾達的勇士，你絕不能在這裡倒下——

第二十九章

飛馳的速度顛簸得鄔八月腦中如一團漿糊。

鄔八月儘量配合著身下大鬍子跑步的頻率和動作，讓自己能舒緩一些，放勻了呼吸，腦子裡開始思索對策。

她不知道這三個北蠻人覺得徹底安全了之後，會怎麼對待她和單初雪。

據鄔八月所知，北蠻人的統治更傾向於奴隸制社會，落後是自然的，但更讓人害怕的便是其殘忍。這三人若是不殺她們，她們的命運大概就是要成為女奴吧。

想到這兒，鄔八月狠狠咬了咬牙。

不知道過了多久，三人方才停了下來。

大鬍子將單初雪和鄔八月都放了下來，與絡腮鬍子氣喘吁吁地交流。

單初雪撕心裂肺地咳嗽了起來，鄔八月擔心地看著她。

絡腮鬍子望了單初雪一眼，對一個大鬍子做個手勢。大鬍子立刻點頭，朝著遠處飛奔而去。

他又對另一個大鬍子說了一段話，然後兩人就朝她們走了過來。

鄔八月擋在單初雪身前，心臟劇烈狂跳。

絡腮鬍子伸手將單初雪從雪地上拽了起來，將她揹到了背上。

鄔八月也被大鬍子給揹了起來。

當天邊曙光漸漸大亮的時候，鄔八月瞇起眼睛，驚愕地發現，前方如黑雲一般湧來了一群人。

他們慢慢地向她們靠近。

絡腮鬍子停下了腳步，把單初雪放到了地上，一手叉腰，一手按住腰間別著的大刀。

大鬍子激動地嘰哩咕嚕了兩句，將鄔八月丟到了地上。

鄔八月摔得疼，卻也顧不得自己，只望向單初雪。

單初雪半昏半醒的，見到鄔八月望過來的眼神，神情頓時清明了兩分。

她抬手狠狠揍了自己兩拳，和鄔八月一起向著對方挪動。

「梔梔……」單初雪的嘴沒有被堵上了，她擔憂地看了看鄔八月受傷的手臂。「疼嗎？」

鄔八月這才想起，自己還受了傷。

她微微側頭看了看衣裳上的血跡都已乾涸了的手臂，面色略顯得蒼白，但還是搖了搖頭。

「梔梔，妳——」單初雪剛開口，便聽到身後響亮的嘯聲。

那群朝他們湧來的牧民身上穿著毛皮衣，每人腰間都別著大刀，看上去十分凶煞。在距離絡腮鬍子十步之遙地方，他們停下了腳步。

然後，所有人雙膝跪地，雙手舉天，頭也上仰，表情一片敬畏和虔誠，欣喜地唸唸有詞。

大鬍子也下跪了，再看那絡腮鬍子，他也雙手舉天，只是沒有跪著。

鄔八月和單初雪震驚地互看一眼。

那絡腮鬍子恐怕在北蠻中有一定的身分地位。

絡腮鬍子說了一句話，眾人都站了起來。

大鬍子拎起鄔八月和單初雪，隨著絡腮鬍子融入到了牧民之中。

每個人望著她們倆，都露出讓人不寒而慄的笑。

鄔八月縮了縮脖子，只覺得更冷了。

她回頭望向漠北關，可是隔了老遠，竟然有些瞧不真切了。

「梔梔，不怕。」單初雪狠狠吸了口氣。

事到如今，鄔八月也不覺得有什麼可怕的了。

孤立無援，叫天天不應，叫地地不靈，還能有什麼更糟糕的情況？大不了就是一個死字。

鄔八月輕輕地嘆笑了一聲。

然而絡腮鬍子卻是停了下來。

他看向單初雪，眼中似乎帶著些許讚賞。

「她是，妳妹妹？」

單初雪抿著唇看著絡腮鬍子，也不敢貿然再對他怒罵吼叫。

她不回應，絡腮鬍子似乎也並不怎麼生氣，又或許是因為見到了他的部下，覺得徹底安全了，所以也並未因單初雪的不敬而發怒。

他甚至伸手摸了摸單初雪的臉，跟那次在寒山上時一樣。

這種略帶了些輕佻的動作引得周圍的人頓時發出哄笑。

單初雪氣憤地紅了臉，鄔八月則是煞白了臉。

下一刻，絡腮鬍子從大鬍子手裡拽過單初雪，將她攔腰抱起，哈哈大笑著大步朝前走。

單初雪掙扎不已，怒叫：「放開我！放開我！」

然而她的力量只如蚍蜉撼樹，根本奈何不了絡腮鬍子半分。

大鬍子瞧得有趣，拖著鄔八月緊緊跟上。

走了不多遠，便有馬群映入鄔八月眼中。這些人騎了馬，帶著她們馳騁離開。

從旭日東昇到烈焰當空，氣溫上升了些許，他們也翻過了一座矮坡。

這裡的地面沒有積太多的雪，也能見到人煙。

一個個蒙古包一般的帳篷形成了一個聚居區。

人們歡欣地騎著馬跑了過去，帶著鄔八月的大鬍子還是跟在絡腮鬍子身後。

鄔八月瞧見絡腮鬍子直直往看上去最大的那個帳篷而去。

他下了馬，抱下已經掙扎得筋疲力盡的單初雪，拴好馬後就拽著單初雪往帳篷裡去。單初雪自然不願，最終被絡腮鬍子攔腰一摟，整個人被抱了進去。

大鬍子哈哈大笑。

鄔八月能聽見單初雪在大聲叫著、哭著，甚至有衣物撕裂的聲音穿透進她的耳裡。

大鬍子笑得更是開心。

鄔八月渾身開始發抖。

大鬍子笑夠了，另一個大鬍子不知從哪兒跑了過來，吆喝了一聲。

鄔八月也被他從馬上拽了下來。

她閉了閉眼，儘量讓自己整個人放空，不去聽這大帳裡的聲音，也不去管這兩個大鬍子會做什麼。

她覺得咬舌自盡肯定很疼。這一刻，她甚至有些麻木。

所以當她意識到大鬍子只是把她綁在大帳子外面時，她甚至都有些靈魂脫體。

然後，她看到兩個大鬍子勾肩搭背笑嘻嘻地離開了。

緊繃的身體緩緩放鬆，她軟軟癱在原地，雙目無神，連身體的冷和疼都沒什麼感覺了。

不知過了多久，帳內的絡腮鬍子一臉饜足地走了出來。

他視線敏銳，一眼就朝鄔八月望了過來。

然後他似乎是思考了一下，朝鄔八月走了過去。

鄔八月身體一縮，瞪大眼睛。

她沒想到，絡腮鬍子卻是解了她手上腳上的藤繩，將她推到了帳子裡。

然後他又衝著外面喊了兩句什麼，立刻就有兩個人走了過來，點點頭，守在了外面。

鄔八月不敢再想，她伸手掩好門簾，深吸一口氣轉身。

地上扔了一地的碎衣，都是單初雪身上的。她側著頭躺著，雙眼盯著門簾的方向，臉上依稀可見淚痕。

「單、單姊姊……」

鄔八月往前走了一步，不敢再動，眸中也湧上了水氣。

她有一種單初雪出事了，自己卻沒有出事的愧疚感。

單初雪輕輕地眨了眨眼睛，然後她擁著厚厚的毛皮被坐了起來。

「梔梔……」因為哭叫，她的聲音有些嘶啞。「妳沒事吧？」

鄔八月搖了搖頭。

單初雪輕緩一笑。「那就好……」她指了指鄔八月的手臂。「妳的傷，該處理一下。」

鄔八月和單初雪跟著這群北蠻人又走了三天，越往北走，氣候越冷。回去的希望也越來越小。

他們似乎是一個牧民聚居部落，絡腮鬍子便是他們的頭領。部落裡不單有北蠻漢子，還有北蠻女人。

比起大夏的女子來，北蠻的女人高大而健美，力氣甚至比得過一個普通的大夏男人。她們也會放牧，性子剽悍，敢和男人對抗。

鄔八月瞧見過，北蠻漢子為了征服喜歡的女人，和女人動武的場景。

他們停了下來，今晚準備在此停留一夜。男人們開始紮帳篷，女人們則生火做飯。

屬於絡腮鬍子的大帳篷首先搭了起來，絡腮鬍子又扛了單初雪進去。

北蠻女人過來揪了鄔八月的耳朵，在她耳邊罵罵咧咧。

她右肩到右胳膊上被劃拉的刀傷已經包紮起來了。北蠻人的醫術簡單而粗暴，鄔八月只能將就著。

等絡腮鬍子從大帳篷裡出來了，鄔八月就硬著頭皮提了清水進了帳篷。

單初雪已經穿好了衣裳，坐在了地氈上面。

鄔八月擰了帕子，遞給單初雪。

單初雪擦了擦臉，長吐出了一口氣。

「梔梔……」單初雪輕聲道。「妳還想回大夏嗎？」

鄔八月愣了愣，還是老實地點頭。

單初雪有些難堪地低頭瞧了瞧自己渾身上下，輕聲道：「我卻是沒臉回去了……」

「對不起……」鄔八月低了頭。

「妳別覺得我遭了這難妳卻沒有，就是對不住我。」單初雪搖頭道。「我很慶幸，妳還能保全。」

單初雪望著帳篷口的氈簾，呼了口氣。「除了我娘，我也算是無牽無掛。我就是有些……捨不得她。」

「等我們回去……」鄔八月剛開了口，單初雪就又是搖搖頭。「除非有能與他們抗衡的人來救我們，否則我們哪有可能回去。」

單初雪伸手拉住鄔八月，定定地看著她。「我對此已經不抱希望了，唯一的辦法，只有我求薩蒙齊，讓他放了妳。能回去一個，就回去一個。」

絡腮鬍子叫薩蒙齊，這是他自己告訴單初雪的。

鄔八月立刻臉露焦急之色。「單姊姊，妳……」

「我沒事。」單初雪抿了抿唇。「梔梔，妳若是真能回去，能不能幫我照顧我娘？」

鄔八月愣愣地看著單初雪。

「我娘只我一個女兒，要是連我也不在她身邊了，她可怎麼辦……」

單初雪輕嘆一聲，強擠出一個笑。「梔梔，真是這樣，那就拜託妳了。」

鄔八月怔怔望了單初雪良久，終是哽咽地應了聲。「好。」

薩蒙齊對單初雪很不錯，至少在鄔八月看來，他雖然粗魯野蠻，但占有單初雪之後，他卻是將單初雪當作妻子一樣對待。

吃的喝的，但凡是他有的，單初雪也一樣有。

北蠻女人對待單初雪與她也有天壤之別。那些對她吆五喝六的女人，在面對單初雪的時候，雖然臉上有些嫉恨和不滿，卻不敢當面對單初雪惡言相向。

在這個牧民部落，所有人都服從強者為王的原則，對薩蒙齊有絕對的忠心。同樣，對薩蒙齊目前喜歡並占有的女人，即使是個大夏女人，他們也不敢有半分不敬。

單初雪也不是蠢人，自然看得出來她在這部落中略不尋常的地位。

在第一日的絕望哀慟之後，她振作了起來，多半時候都陪在鄔八月身邊，擔心鄔八月受人欺負。

但薩蒙齊也不是能隨意糊弄的主，到了日落時分，鄔八月就只能眼睜睜看著單初雪被他拖進大帳篷。

部落不斷地往西北方向移動。

這日傍晚，單初雪又被薩蒙齊帶進了帳篷。
鄔八月被幾個北蠻女人斥罵著收拾了晚飯的殘局，拖著疲憊的身子進了一頂小帳篷。
每日睡覺時，鄔八月都覺得筋疲力盡，強撐的意識只在這個時候才會稍微放鬆一些。
睡到夜半時分，四周忽然嘈雜一片。
鄔八月猛地睜開眼睛，卻見帳篷外面燈火通明。
鄔八月趕緊將身上衣物穿好，動作太大，右肩到胳膊上的刀傷又綻了開。
她果斷地從帳篷角落拿起了石斧。
雖然不知到底是誰圍住了這部落，但好歹讓她心裡有個安慰。
這暫時的歇息地已經被人團團圍住，圍住他們的人大多數都舉著火把。
火光太耀眼，隔得又有些遠，鄔八月一時之間看不清到底是什麼人。
薩蒙齊已從大帳篷裡出來了，單初雪鬢髮鬆散，鄔八月趕緊朝她靠了過去。
薩蒙齊回頭看了她們一眼，並沒有放在心裡。
單初雪握著鄔八月的手在微微發抖，鄔八月還將注意力放在那圍困部落的人身上，只一個勁兒地說道：「單姊姊，不怕，不怕……」
「梔梔……」單初雪狠狠地捏了捏鄔八月的手，鄔八月頓時一個激靈，不解地望向她。
「梔梔……」單初雪臉上竟是流了淚。「是漠北軍，是漠北軍來了……」
鄔八月頓時一愣，然後她猛然轉頭盯住發出光亮的火把方向。
是了，是了，他們這些人的打扮，戰馬、黑甲、還有那冷肅的風格，不是漠北軍是誰？

薩蒙齊的部落族人漸漸地圍攏在了中央，薩蒙齊帶著當日挾持單初雪和鄔八月的兩個大鬍子柯索和柯真迎了上去。

「漠北大將。」薩蒙齊開了口。

整個部落裡就只有薩蒙齊會說漢話。

鄔八月朝薩蒙齊的方向直直望過去。

他正對著的，是騎著一匹棗紅色高頭大馬的將軍，威武不凡，器宇軒昂。

那將軍披著戰甲，戴著頭盔，瞧不出面目。

但鄔八月卻從他渾身的氣度，認出了他是誰。

漠北守將高辰複。

高辰複穩穩地坐在馬上，聞言冷肅開口。「薩蒙齊，逃出漠北關倒也罷了，我漠北軍棋差一招，甘拜下風。但被你擄走的兩名女子，你必得歸還！」

薩蒙齊皺了皺眉。「如果，我拒絕？」

「你無法拒絕。」高辰複沈聲說道。「你若拒絕，這裡你所有的族人，都會為此付出代價。」

薩蒙齊頓時目眥欲裂。

「你若返還她們二人，我發誓，不會動你們一根寒毛。」

薩蒙齊頓時厲喝一聲，扭頭直直朝單初雪和鄔八月走來。

兩個女孩握緊彼此的雙手，眼中都有劫後重生的喜悅。

方才高將軍說了什麼話，她們聽得一清二楚。

薩蒙齊停在了她們面前。

漠北軍人說到做到，薩蒙齊不擔心他們會出爾反爾。

但是……薩蒙齊看向單初雪，眼中卻是流露出了一絲不捨。

他站立半晌，方才伸了手。

他將單初雪撥開，抓住了鄔八月，拎著她的後頸，又走回到了高辰複面前。

沒有遲疑地，他將鄔八月往高辰複懷裡一拋。

高辰複始料未及，卻還是伸手穩穩地將人抱進了懷裡。

「這個，還你。」薩蒙齊立在地上，聲音很穩。「另一個，不行。」

單初雪呆愣在原地瞪大眼睛，有兩個北蠻女人拽著她兩隻胳膊，防止她逃脫。

被扔得頭昏腦脹的鄔八月一聲嚶嚀。「單姊姊……」

高辰複望著懷裡的鄔八月，緩緩鬆了一口氣。

他又望向薩蒙齊。「我說了，是兩個姑娘。」

薩蒙齊搖頭。「她不會跟你走的。」他頓了頓。「她現在是我的女人。」

高辰複頓時瞪大眼睛，惡狠狠地瞪著薩蒙齊。

薩蒙齊朝後招了招手，北蠻女人將單初雪帶了上來。

薩蒙齊摟過單初雪的細腰，對高辰複道：「我的女人，肚子裡可能，有我的娃。」

單初雪呆呆地看著高辰複，半晌才哆嗦著聲音道：「辰複……哥哥……」

高辰複眼中頓時一驚一痛。「彤雅，竟然是妳……」

鄔八月有片刻的呆滯。

高將軍和單姊姊是認識的？彤雅是誰？

她腦中忽然靈光一閃。

記憶中，鄔、高兩家訂親的時候，賀氏仔細打聽過高家的人。

除了蘭陵侯高安榮、侯爺夫人淳于氏，出走漠北的高辰複、玉觀山上的平樂翁主高彤絲，以及和鄔陵桃曾有婚約的高辰書外，淳于氏還給蘭陵侯爺生了兩個女兒。

鄔八月見是見過，二姑娘高彤蕾與她同歲，三姑娘高彤薇比她小兩歲。

再加上平樂翁主高彤絲，蘭陵侯家女兒的名字中間都是一個彤字。

這彤雅……難道是蘭陵侯的女兒?!

單初雪一聽高辰複喚她，頓時淚盈於眶，淒婉地點了點頭，嘶啞著聲音道：「是我，辰複哥哥……」

高辰複頓時咬了咬牙，望著薩蒙齊厲喝道：「你竟然敢！」

薩蒙齊心下不悅，他自然也聽得出來，這二人一早認識，摟著單初雪的手不由又收緊了幾分。

「我的女人。」薩蒙齊霸道地對高辰複宣告所有權，一雙虎目瞪著單初雪，強調道：「妳肚子裡，有我的娃。」

薩蒙齊指了指鄔八月。「這個女人，你可以帶走。」他又指了指單初雪。「這個，不行。」

高辰複摟著鄔八月的手收緊，渾身的冷意讓鄔八月忍不住打了哆嗦。

他正要抬手，下令漠北軍進攻，遠方卻傳來隱隱約約的馬奔之聲。聽聲音，馬兒數量不下一千。

薩蒙齊鬆了口氣，他的族人也全都露出歡欣的表情，不少人都舉了雙手念念有詞。

薩蒙齊對高辰複道：「我們人多，你們不走，要死。」

高辰複坐在馬上沒動，冷冷地看著薩蒙齊道：「你當我怕你？」

薩蒙齊搖搖頭。「漠北鐵軍從不害怕，從不退縮。但是，我們來的，是狼騎軍。」

高辰複臉上一肅，隨侍在左右的趙前、周武頓時面露焦急之色。

高辰複定定地看著薩蒙齊。「你到底是誰？」

「科爾達的勇士，薩蒙齊。」薩蒙齊對高辰複行了一個同輩間的尊敬之禮。「高將軍，不走，沒活路。」

單初雪呆愣地望著高辰複，忽然奮力掙扎了起來，撕心裂肺地對高辰複喊道：「大哥！快走！快走！別管我！快走！」她一邊說一邊流淚。「我娘還在寒山腳，大哥要是憐憫彤雅，就幫彤雅照顧我娘……彤雅失身於他，只能跟他走了！」

鄔八月渾身一震，不可置信地望向單初雪。「單姊姊，妳……」

她當然知道單初雪說的話不是事實。她們前不久還在說逃走的事情，單初雪性子堅強，並沒有因為被外族人玷污而喪失了活下去的勇氣，她還是萬分渴望要回到中原大夏的。

可是，她現在竟然對高辰複說，她對此妥協了？

「彤雅！」

「大哥，快走！」單初雪掙扎著朝她的身後望去，黑濛濛的，看不見狼騎軍的身影，但那漸行漸近的馬蹄聲讓每個人的心都隨著那有節奏的踏馬聲劇烈跳了起來。

若是換了往常，漠北軍自然不會撤退。

但如今形勢不同，他們只有這點人，硬拚狼騎軍委實勉強。何況過漠北關為的不過是找兩名女子，若眾將士在此陣亡，漠北軍人豈不是要聲譽掃地？他們可是要保家衛國的軍人！

「大哥，快走吧……」單初雪閉眼，伸手抹了抹淚，再睜眼時，眸中滿是一片堅強。「彤雅在這兒，也會活得很好！」

高辰複望著跟隨他而來尋人的軍中弟兄，他們都沒有作聲，只等著他下令。離開，然後活下來；又或者，留下，然後一場九死一生的廝殺。

高辰複幽幽的目光最終定格到了單初雪臉上。

「彤雅。」他輕輕開口。「大哥對不起妳。」

聲音嘶啞，單初雪卻是搖了搖頭，眼睛晶亮。「今日是我作的決定，和大哥無關。」

高辰複閉了閉眼，摟緊鄔八月拉了拉韁繩，厲聲道：「整兵！回關！」

圍困在此的漠北軍人頓時齊聲應和，高辰複最後看了一眼單初雪，輕聲道：「單姨，我會照顧。」

單初雪眼中露出欣喜的笑意。

鄔八月側坐在高辰複的馬上，隨著他一個迅疾的拉韁，她猝不及防地倒在了他的懷中。

然後她伸長脖子去望單初雪，大喊：「單姊姊！」

單初雪嘴巴微微動著，陣陣馬蹄聲中，鄔八月聽不見她在說什麼，只隱約見到她一開一合的嘴。

她彷彿在說——「梔梔，珍重。」

第三十章

高辰複的身體很僵硬，人很冷，但胸膛很熱。

在顛簸的馬上，鄔八月感到不適。她的肩膀和胳膊很疼，寒風沁骨，她不由自主地伸出尚能動作的那隻手，緊緊地抱住了高辰複的腰。

她感覺得到自己燒得厲害，甚至開始說胡話了。

「單姊姊，別留下，回來……放我們走，放開……父親，八月不怕、不怕……我沒有勾引大皇子，我是被陷害的……祖父，你把祖母置於何處……你怎麼會是這樣的人……」

鄔八月囈語了一路，高辰複感覺得到懷裡的人身子滾燙，也知道她難受，但是他不能停。

只有走得夠遠，他們才足夠安全。

從深夜一直奔跑到了黎明，尋到一處山坡，他們方才停了下來。

趙前上前拉住高辰複的馬兒，周武從高辰複懷裡接過鄔八月。

甫一落地，高辰複便接回鄔八月，命令道：「休息片刻，派二十人輪流站崗巡邏。」

「是！」

趙前立刻應了一聲，轉身剛要走，目光不經意瞥過鄔八月，卻是驚呼道：「將軍！鄔姑娘她……」

高辰複頓時低首望去，只見她整個右肩到右胳膊上已經糊了殷紅一片。

高辰複眼神一暗，頓時低聲道：「生火、燒水，取乾淨的紗布來。」

趙前為難地道：「將軍，兄弟們來時只帶了乾糧，紗布……」

高辰複咬了咬牙，道：「立帳子。」

趙前立刻應聲，即刻吩咐兄弟們拉好帳子。

他知道，將軍這是要給鄔姑娘脫衣療傷了。

周武生了火、燒了水，打趣道：「這下，鄔姑娘是只能嫁給將軍了。」

但趙前沒半分笑意。

「怎麼了？」周武撞了撞他。

趙前搖頭。「你沒看到將軍的臉色嗎？沒救回來的那姑娘，對將軍來說肯定有重要的意義。而鄔姑娘……咱們不吃不喝日夜兼程，最快也還要行上一日才能到關隘。鄔姑娘失了那麼多血，也不知道她能不能撐得過去……」

周武聞言也是心下惻然，低聲道：「要是鄔姑娘有個三長兩短，那鄔郎中可該怎麼辦才好……」

一時間，趙前和周武都沒了聲，默默做自己的事。

立起的帳子裡，高辰複將鄔八月抱了進去。

他抿唇猶豫了片刻，還是伸了手開始解鄔八月的衣裳。

她的傷從右肩到右胳膊，刀傷很長，瞧如今這流血的情景，恐怕傷口也不淺。

高辰複循著蛛絲馬跡找到南城高牆時，南城高牆的守將正派了人要去稟報他這消息。

跟隨而來的鄔郎中聽到那兒的守兵說，北蠻人挾持了兩個女孩，其中一個女孩兒被劃了一刀時，差點沒暈厥過去。

他乍一見到鄔八月和單初雪，竟差點忘了此事。

而一直安靜待在他懷裡的鄔八月更是對受傷之事未曾吭一聲。是怕自己的傷勢耽擱了他們行軍速度吧……

想到這兒，高辰複望著鄔八月的眼中便閃過一絲柔和之色。

他慢慢解開鄔八月的衣裳。

露出她光潔的脖頸、圓潤的肩時，饒是見過不少大場面的高辰複也禁不住有些赧然。

解開衣物難免會牽扯到她的傷處，高辰複小心緩慢地動作，鄔八月還是會時不時嚶嚀兩聲。

總算將她的傷處都露了出來，高辰複一看，頓時緊鎖眉頭。

有的地方已經開始化膿，有的地方還少少地淌著血。

「水！膏藥！」高辰複往帳外喚了一聲，一直等候在外的趙前立刻將東西送了過來。

接過藥膏，高辰複回轉身來，正對上鄔八月清冷的眼睛。

高辰複那一聲喚，將她驚醒了。

兩人都有片刻的僵硬，鄔八月微微哆嗦了一下，然後垂了垂頭，待看到自己裸露的雙肩和右臂時，更忍不住倒吸了一口氣。

高辰複眼中閃過一絲尷尬的情緒。

「鄔姑娘。」他抿了抿唇，沈聲道：「得罪了。」

鄔八月自然知道他這是在為自己療傷，或許她該慶幸，高辰複沒有將她丟給某個陌生的將士？

輕輕呼了口氣，鄔八月啞聲道：「將軍是為救人，不必道歉。」頓了頓。「有勞將軍。」

高辰複擰了帕子，儘量避開鄔八月傷處之外的肌膚，輕輕擦拭著她的傷口附近。

換了兩盆水，方才將血跡給擦了乾淨。

鄔八月本就滾燙的身子越發灼熱，她也開始昏昏欲睡起來。

高辰複低聲說了一句「得罪」，探手撫上她的額頭、臉和肩頸。

他的目光頓時一沈，顧不得別的，迅速清理她傷口上的髒東西，再敷上膏藥，然後扯了鄔八月的夾衣撕成寬條，將她的傷處包紮好——女子的衣裳，總比他的衣裳要乾淨。

如此一來，鄔八月身上便只著了雪白裡衣，看起來甚是嬌弱。

高辰複沈了沈氣，將厚厚的外衣鋪在地上，翻過鄔八月讓她趴著，開始抓雪擦她的身。

若是不降溫，即便她沒被燒死，也會被燒成個傻子。

高辰複沒有別的辦法，只能機械地擦拭著她的背和後頸，希冀她身體的溫度能降下來。

這般忙碌了足有小半個時辰，高辰複才覺得她身體沒那麼滾燙了。

將鄔八月扶了起來，高辰複輕輕喚了她兩聲。

看她的樣子，卻像是睡著了。

高辰複沈沈地呼了口氣，拉過一邊的厚氅給她蓋上，隨後出了帳篷。

漠北軍即便是休整寐睡，警覺性也極高。

高辰複坐在帳篷外，啃著乾糧，間或喝點兒溫水。喝完後，他又去取了一羊皮袋子的水，快步走回帳篷，餵給鄔八月喝。

帳篷內，甫一觸到溫熱的水，鄔八月便趕緊挺身，急切地要喝。高辰複忙扶住她的後頸，慢慢地將羊皮袋子裡的水盡數餵到了她的嘴裡。

鄔八月從喉嚨裡滿足地輕哼一聲，呢喃了兩句又沈沈睡去。

又過去了兩個時辰，鄔八月總算是醒了。

她先是迷茫地左右望了望，頓時恍然大悟，伸手觸到自己右肩和胳膊上的刀傷，無聲地齜了齜牙。

她伸手探了探額溫，呼了口氣，便要去掀帳篷門簾。

說是帳篷，其實不過是個小帳子，頂多只能容得下兩個人，她不用坐起身就能伸手夠到門簾。

剛碰到門簾，門簾便被人從帳外掀開了。

鄔八月愣了一瞬，臉色紅了紅，收回手道：「高將軍。」

高辰複點點頭，抿抿唇道：「醒了？」

鄔八月頷首，慢慢坐了起來。

高辰複道：「妳稍等。」便鬆了手快步走遠，沒一會兒又回來，手裡端著一碗溫水，上面放著一個饃饃餅。

「吃點吧。」高辰複道：「離關隘口還有一日的時間。」

鄔八月謝過他，也不客氣，接了饃饃蘸水細細咬著，吃了一半便停了下來。

高辰複一直守在帳篷口，也不進去，就堵在那兒，似乎是在給鄔八月擋風。

此時離正午還有大半個時辰，漠北軍輪流換班，或休息或巡邏，也已經換了一輪。

高辰複道：「妳若是吃好了，我們便繼續趕路。」

鄔八月微微點了點頭，為難地看著剩下的半個饃饃餅。

「不吃了？」高辰複皺了皺眉頭，覺得這女子的食量太小了。

鄔八月尷尬地道：「高將軍，我的確是吃不下。」

高辰複也不多問，讓她將剩下半個饃饃餅收著。

他低著頭道：「妳將衣裳穿上，一會兒後我們就出發。」

鄔八月忙說好。

這次高辰複牢記著鄔八月身上的傷，他也知道因為她右邊胳膊使不上力，所以她穿衣裳都沒有套右胳膊。

將鄔八月抱到馬上坐好，高辰複儘量護著她的右臂。

「馬兒奔跑途中，難免顛簸震動。妳若是有什麼不妥，記得出聲。」

高辰複交代一句，鄔八月咬了咬牙，點頭應下。

但一路走走行行，鄔八月愣是沒有吭一聲。

她的臉色越發蒼白，高辰複看得清清楚楚。在他心裡，對鄔八月多了一層敬重。

最後一次休整，再行兩個時辰，便能到漠北關隘。

鄔八月仍舊有個小帳子，她面前還堆了火堆，供她取暖。
高辰複坐在一邊，閉目養神。
鄔八月有心算了算，從她見到高辰複起到現在，他閉眼休息的時間加起來總共不超過一個時辰。
「高將軍？」鄔八月試探地喚了一聲，高辰複頓時睜開眼睛，盯著她。
鄔八月嚇了一跳，哆嗦了下，訕訕道：「抱歉，我還以為你睡熟了……」
高辰複微微彎了彎唇。「是睡了，不過沒睡熟。」
他既醒了，也沒有再閉眼休息的意思，詢問鄔八月道：「餓了嗎？」
鄔八月搖搖頭，想著過了漠北關，就能有熱騰騰的飯菜吃，不由得嚥了嚥口水。饃饃餅實在是太難以下嚥了。
高辰複似乎也瞧出了她的意圖，只微微笑了笑，眼睛瞧著火堆，也沒說什麼。
鄔八月沈默了片刻，心想到了漠北關，怕是再沒有和他單獨相處的時候了。
她心裡的疑問要是不問，恐怕也沒有機會再問了。
想到這兒，鄔八月沈了沈氣，低聲道：「將軍，單姊姊她……還能回來嗎？」
高辰複目光一頓，看向鄔八月。「妳喚她單姊姊？」
鄔八月點頭。
高辰複頓了頓，又問：「她可有告訴妳名字？」
鄔八月又點點頭。「她說她叫單初雪。」鄔八月遲疑了下。「可是我聽將軍喚單姊姊……彤雅。」

高辰複輕輕一嘆，點了點頭，道：「她是初雪時節出生的，原名叫高彤雅。」

「高彤雅……」鄔八月喃喃唸了一句。「她……是將軍的妹妹？」

高辰複點了點頭。

確定了心中所想，鄔八月有些難過地低下頭。

母親沒有從高家那邊打聽到單姊姊，想必高將軍這個妹妹，也是不容於人的吧？

「彤雅是單姨的女兒。」

高辰複低沈地開口，鄔八月有些意外地看著他。她沒想到高辰複竟然會聊起高家的人。

高辰複望了她一眼，許是覺得她這驚詫的模樣有些可愛，不由笑了一聲。

鄔八月訕訕地縮了縮頭。

「妳姊姊曾與辰書有過婚約，想必也打聽過高家之人。但我想，妳們必然沒有打聽到單姨和彤雅吧。」

高辰複望向鄔八月，鄔八月點點頭。「我母親只知道蘭陵侯爺膝下有三女二子，都是嫡出，雖有三個姨娘，但都無所出，沒聽說過有單姊姊這個人……」

高辰複輕笑一聲。「自然不會有，侯爺和淳于氏養著彤雅，卻不認彤雅這個女兒。」

鄔八月又是驚詫。

不過她驚詫的卻是高辰複對蘭陵侯爺和侯爺夫人的稱呼。

不喚「父親」，卻是生疏地喚他「侯爺」；不喚「母親」，卻是冷漠地喚她「淳于氏」。可見高將軍對父親和繼母的積怨有多深。

高辰複繼續說道：「算一算年月，彤雅今年也有十六歲了，只比辰書小一歲不到。」

鄔八月頓時在心裡盤算了下時間，恍然大悟道：「單姊姊是在侯爺夫人臨盆前後有的？」

高辰複笑了笑。「辰書百日時，百花樓的老鴇派了小廝來，說是樓裡的幽蘭花魁蒙了侯爺厚愛，已身懷有孕三個月，來詢問侯爺此事如何處置。淳于氏要在侯爺面前裝賢慧大方，自然是讓人接了那幽蘭花魁來。」

「幽蘭花魁……就是單姊姊的母親？」

「單姨名喚單幽蘭，是犯官之女，當年她因才情絕佳，在當年的京中很是出名。侯爺嘛……能征服這樣的女子，對他而言自然也是一項談資。」

鄔八月尷尬地笑了笑。

蘭陵侯爺風度翩翩，即便如今已是不惑之年，仍舊在京中享有美名。

若非有個好皮相，又如何能讓靜和長公主一見傾心？

「侯爺花了大價錢贖人，但因淳于氏說，大張旗鼓迎個青樓女子，於侯爺名聲有礙，是以侯爺封了百花樓樓中之人的口，只將人悄無聲息地迎回來。起初，侯爺對單姨還是十分好，但後來——」

高辰複目光幽遠，透露著十足的嘲諷和鄙夷。「後來，淳于氏有意無意在侯爺面前暗示，百花樓那等地方，出入男子多，侯爺不可能整日守著那幽蘭花魁，誰能確定那幽蘭花魁腹中之子便是侯爺骨肉？再加上單家有旁支之人尋到單姨接濟，單姨心軟，沒想到救濟之舉落入侯爺眼中，侯爺更認為單姨不忠。等彤雅出生，肖似單姨，卻沒太多與侯爺相像的地方，侯爺更是懷疑彤雅的血脈。」

高辰複輕嘆一聲。「此後，侯爺對單姨和彤雅便疏遠了很多，但因仍存有一分疑惑，怕彤雅確是他的女兒，是以也未曾將她們母女攆出府，只將她們拘在一個破舊的小院落中，管著一日三餐。下邊的人見風使舵，伺候得並不精心，若非我時常去瞧瞧她們，帶彤雅去翻閱翻閱府中藏書，讓下人們不敢怠慢，恐怕彤雅還長不到這般大。」

鄔八月頓時恍然大悟。「怪不得單姊姊說，以前在燕京的府裡藏書很多……」說著，她遲疑道：「但單姊姊曾言，她娘後來不允許她讀書識字。」

「單姨她一直清高孤傲，來了蘭陵侯府之後，也生過要將彤雅教養成一個不遜於侯府嫡女的大家閨秀的念頭。但後來，或許她明白了，侯爺不是她的良人。女子無才總好過慧極必傷。」

鄔八月默默地低頭，輕聲道：「那單姊姊和她娘，又如何會來漠北？」她頓了頓。「單姊姊說她們已在寒山腳下住了兩年了。」

「兩年……」高辰複輕輕地蹙了眉頭，隨即低嘆一聲。「她們來了漠北，卻沒來尋我。兩年前，到底發生了什麼事……」

他微微搖了搖頭，語氣有些蕭索。「我離京四年，想來也錯過了很多。」

鄔八月定定地望了望他，兩人皆是不語。

要談到高辰複離京之事，就不得不提到蘭陵侯府的事情，包括平樂翁主被攆到京郊玉觀山上之事。

而一提起平樂翁主……

鄔八月忍不住雙眉攏起，臉色又蒼白了兩分。

高辰複朝她望了過來，低聲道：「再熬兩個時辰便能到關隘，那裡已有大夫準備著，一到那兒，便有人為妳醫治。」

鄔八月點了點頭，忽然望向高辰複，直愣愣問道：「將軍，你離京四年，是否再未與平樂翁主聯繫？」

高辰複被問得猛地一驚，厲眸頓時射向鄔八月。

鄔八月未躲未避，仍舊直勾勾地望著他，視線太過逼人，高辰複竟也覺得自己有片刻怔忪。

「是。」高辰複點了點頭，收回視線盯著火堆。

鄔八月緊接著便又問道：「為什麼？」

高辰複眸光一頓，卻是未答話，只從懷中摸出一串白玉菩提子佛珠，一下一下地撚著。

「這世上，將軍和翁主乃一母同胞，怎麼會生了嫌隙……」鄔八月淡淡地輕嘆一聲。「翁主在玉觀山濟慈庵中，過得並不快活。」

高辰複低語道：「那亦是她自己的選擇。」

「話雖如此……」鄔八月想起那個有些瘋狂、執拗得讓人害怕，但同時卻又讓人無法不同情的平樂翁主，終究化為輕輕的一嘆。

「妳見過她。」高辰複輕輕抬眼，語氣肯定。

鄔八月頷首，頓了頓，輕聲道：「臨走前，平樂翁主讓我給將軍帶句話。」

她低聲道：「翁主說，將軍想了數年，應該也想通了。報仇的時候，到了。」說出此話，鄔八月頓時覺得鬆了口氣。

高辰複輕撚著佛珠，良久不語，半晌後才輕聲問道：「世人總說，以眼還眼，以牙還牙。鄔姑娘覺得此話可妥當？」

鄔八月略想了想，輕輕搖頭，嘆笑道：「這不過是人們的美好願望罷了。人生在世，自然不願吃虧。但總不可能那麼如意。人若犯我，有時根本無法還擊，又何必耿耿於懷？到頭來，心中怨憤的不還是自己？」

鄔八月想到姜太后對付自己的種種，一時之間卻只覺得姜太后太可悲。

「人生短短數十載，何必在乎那麼多。」鄔八月斟酌了一番用詞，又道：「可翁主說，靜和長公主、將軍、翁主，還有你們那早夭的弟弟，都是如今的蘭陵侯夫人所害。若果真如此，將軍不為母報仇，似乎也說不過去。」

高辰複臉上仍舊掛著淡淡的表情，對鄔八月這番話不以為忤，他只輕聲地道：「的確，可是，事到如今，也未有任何證據表明，當年之事便是淳于氏所為。無證據，又何以給人定罪？」

高辰複低頭望著手上的佛珠。「時過十八年，母親當年因產子而亡，有眾多產婆、宮中嬤嬤的證詞，淳于氏是否在其中做了手腳，早已查不清。便是一樁命案，她一日不承認，此事便一日無法結案。」

鄔八月怔怔地望著他，半晌方才道：「將軍……是個內心很柔和的人，是個好人。」

他本是鐵血將軍，並非殺人不眨眼的魔頭。

鄔八月聯想起聽到的有關高辰複的坊間傳言，不由對他又敬佩了幾分。

北蠻人若不進攻，他從不主動出擊殲滅外族；他關愛、佑護百姓，嚴格約束漠北軍，不允許發生軍、民相離的事情；他也保護著自己的屬下，明明親妹就在他面前，卻忍痛整軍離開，也不願讓他的屬下冒險。

如今再聽到他不肯為了平樂翁主毫無證據的指責而對蘭陵侯夫人展開報復，鄔八月頓時覺得，此人值得讓所有漠北百姓敬重有加。

高辰複聽得她這誇讚，卻是失笑。「我哪有妳說得那般好。」

他不承認也無妨。她認為他是這樣的人就好了。

鄔八月微微笑，問道：「翁主的話，將軍是不打算理會了？」

高辰複卻還是搖了搖頭。「寒冬一過，我便要卸職回京了。」

鄔八月恍然。回了京，很多事，高將軍怕都是身不由己了吧……

想到這兒，她不禁重重一嘆。

第三十一章

兩個時辰聽上去並不長，但對鄔八月來說卻是度日如年。

被拘束在高辰複身前，馬背上的鄔八月一路顛簸著，神智一直很清醒。

既有即將見到家人的喜悅，又有逃出生天的慶幸。她腦海裡十分興奮，也一直提醒著自己不能睡過去。她深怕自己一睡便醒不過來了。

高辰複縱馬馳騁，時不時低頭看一看懷裡的女子。

她眼睛瞪得大大的，眼中卻沒什麼神采，似乎是僅憑著一口氣而堅持到現在。

高辰複心裡有些微微的酸楚，揮舞著長鞭，胯下的馬兒跑得更快了。

遙遙的，一馬平川的雪原上，冒出了若隱若現的高牆影子。

鄔八月頓時直了背，瘦骨嶙峋的身體迎著風，讓人不禁懷疑她這般會不會因風而攔腰折斷。

「到了……」

鄔八月喃喃地唸了一聲，興奮地回頭，連她的唇擦過了高辰複的臉都渾然未覺，只睜著眼睛道：「將軍，到了！」

這一路，人人的臉都被風雪吹颳著，整張臉都如結了冰般麻木，高辰複對鄔八月這個意外之吻也不會有任何感覺。

但他還是不可遏制地，心跳陡然停了一下。

短暫地一愣過後，高辰複低聲道：「坐好！」

鄔八月趕緊回頭，雙手也學著高辰複握上了馬韁。

隨著他一聲清嘯——「駕！」馬兒如離弦之箭，迅速地朝著目的地飛奔。

南城高牆，到了。

鄔八月一看到欣喜若狂朝自己奔來的鄔居正時便昏厥了過去，此後的事，她渾然不知。

鄔居正見到失而復得的女兒激動不已，沒想到上前接人時，女兒卻又陡然閉眼，讓他嚇得魂不附體。

「鄔叔莫慌，她許是精神一下鬆弛，又因與您重逢，所以一時激動，這才昏迷了過去。」

高辰複下了馬，將鄔八月打橫抱給了鄔居正。

朝霞和暮靄齊齊湊上前來，兩人眼眶都是紅的。

鄔居正顧不得對高辰複道謝，抱著鄔八月匆匆地往旁邊的石屋而去。高辰複在他身後緊跟了兩步，沈聲道：「令嬡右手有傷，鄔叔要好好給她包紮下才好。」

鄔居正點點頭，頓時加快速度朝著石屋奔了過去。

高辰複撣了身上的落雪，看向身旁的趙前。

「差人去打聽打聽，寒山腳下村莊之中，有一對兩年前來漠北的母女，姓單。」

趙前憶起未救回來的那位姑娘，心下有些了然。但他也不細問，點了點頭說道：「屬下這便去。」

隨後，高辰複打發走一干不相干的人，尋了個石屋附近的凸起石頭坐了下來。

足足坐了半個多時辰，石屋的門總算打開了。

鄔居正一臉疲倦地走出來，直直對上了高辰複的視線。

他稍稍猶豫了片刻，朝著高辰複走了過去。

高辰複只覺得他的眼神有些奇怪、有些複雜。

鄔居正走到高辰複面前，先是伸手朝他行了一個大禮，高辰複要扶，鄔居正卻是執拗地愣是將禮行了個完整。

「高將軍。」鄔居正聲音有些沙啞，語氣中滿含感激。「小女能得救，多虧高將軍肯出兵前去救援。否則，小女恐怕再無生還之機……」

高辰複抿了抿唇，總算將鄔居正扶了起來。「鄔叔客氣了。」

鄔居正緩緩一笑。「將軍仁善。」

面對著鄔居正，高辰複的心情多少有些複雜。

他喊著鄔叔，鄔居正卻是謹守上下尊卑，只稱呼他為將軍。

高辰複暗暗呼了口氣，問道：「鄔叔，不知鄔姑娘如何了？傷處可有大礙？」

鄔居正的臉上極快地閃過一絲不自在，有些尷尬地看了看高辰複的臉色，方才緩緩道：「小女有些低燒，這幾日怕是吃了許多苦，身上的傷也確有兩分嚴重，傷口有幾處已潰爛化膿，但好在醫治之人……嗯，還算用心。」

鄔居正咳了咳，藉機窺看高辰複的表情。

高辰複眼眸頓時一暗。

「鄔叔。」高辰複恭敬地給鄔居正行了個禮，道：「有件事，小姪還要向鄔叔告個罪。」
鄔居正頓時有些緊張地看著他。
高辰複定定地道：「小姪定會為此事負責。」
鄔居正一愣。「將軍您說什麼？負責？」
高辰複點頭。「是，若是鄔叔不嫌棄，小姪自當迎娶鄔姑娘過門。」
「你……」鄔居正有些傻了。
高辰複低聲道：「小姪找到鄔姑娘時，她並未受到別的侵犯。救了鄔姑娘後，因又遭遇意外，小姪不得不帶著整隊人倉皇行軍。許是因為行軍速度太快，鄔姑娘難以承受，兼之右臂有傷，發了高熱；為了給鄔姑娘降溫、療傷，小姪不得已，脫了鄔姑娘的衣裳，所以……」
高辰複吐了口氣。「所以，小姪將鄔姑娘的傷包紮好，再輔以積雪給鄔姑娘降溫。」
鄔居正認真地聽著，待高辰複說完，他仍舊沈默了很久。
高辰複也是沈默著。雖是形勢所迫，但他冒犯了鄔家姑娘也是實情。
半晌後，鄔居正長長地嘆了一聲。
「將軍大義，此事也不怪將軍。若非將軍施救，小女恐怕也難逃一死。小女……自當不會以此事威脅將軍娶她。」鄔居正低了頭，輕聲說道。
高辰複微微一頓，卻道：「鄔叔高義，但此事，三百漠北軍皆知。小姪定然會給鄔姑娘一個交代。」
石屋之中，鄔八月緩緩醒來。

鄔居正守在床頭，聽得響動立刻起身查看。

「八月……」見女兒醒轉，鄔居正忙伸手將她扶了起來。「可是渴了？」

鄔八月彎了彎唇，聞言乖乖地點頭。

鄔居正便喚了一聲朝霞，朝霞立刻趕了過來，倒了溫水輕輕餵鄔八月喝了下去。

鄔八月清了清嗓子，虛弱地道：「還能見到父親，真是太好了。」

「妳這孩子，說什麼傻話……」鄔居正也微微紅了眼，卻是欣慰地道：「回來就好，回來就好……」

鄔八月赧然地想抬手摸臉，卻扯到了右臂的傷。

「別動！」鄔居正忙輕聲喝了一句，道：「妳這手臂上的傷少說也要養上一、兩個月才行，萬不可輕舉妄動。」

鄔八月點點頭，沈吟了片刻後問道：「父親，您有代我謝過……高將軍嗎？」

鄔居正臉上表情一頓，不動聲色地點了點頭。

鄔八月低嘆了一聲。「若非高將軍前來相救，女兒恐怕是回不來了。」

鄔居正輕撫她的頭道：「如今妳已平安回來了，就別再想其他。」

「可是父親，與我一同被抓去的那位姊姊……沒回來。」

鄔八月眼中蒙上了一層悲傷之意。「若非那位姊姊一路護著我，我恐怕——」

「好了，不說了。」

鄔居正打斷鄔八月的話，將她的雙手握在自己掌心。「父親很自私，別人如何父親管不著，父親只希望妳平安。」

鄔居正緊緊握住她的手，定定地看著她。

說話間，暮靄已去端了熱騰騰的飯菜回來。

「姑娘餓壞了吧，快趁熱吃點，墊墊肚子。」

朝霞搬了炕桌，將暮靄手中托盤上的飯菜都擱了上去。

暮靄眼巴巴地遞上筷箸，眼中卻是染了一層水氣。

鄔八月柔聲問道：「暮靄，這是怎麼了？父親罰妳們了？」

朝霞和暮靄都搖了搖頭，暮靄低泣道：「奴婢是看著姑娘能平安脫險，心裡高興……」

朝霞也雙手合十道：「姑娘大難不死，必有後福。」

鄔居正端了碗，挾菜餵鄔八月，一邊道：「父親在八月心裡就是這般是非不分？此事與妳這兩個婢女本就毫無干係，父親又怎會遷怒她們？」

鄔八月乖乖張口，嚼嚼嚥下，笑道：「是，父親向來恩怨分明。」

「妳啊……」鄔居正無奈地搖了搖頭，卻是用心餵起鄔八月吃飯來。

吃了半碗，鄔八月便吞不下了。鄔居正囑咐她多喝點水，說等她再睡一覺起來，他們便一道回家。

鄔八月欣然應允。

高辰複也在此處閉目休息了兩個時辰。

醒來後，高辰複不由有些出神。

找到單姨後，要怎麼同單姨說彤雅的遭遇呢……他沒有救彤雅，單姨會不會因此恨他？

高辰複一想到這兒，便忍不住皺起眉頭。

周武前來稟道：「將軍，鄔郎中似乎準備動身離開了。」

高辰複抬頭道：「準備馬匹，我們也動身回營。」

他說完話便起身走了出去，周武跟了上去，剛出門便看見朝這邊走來的鄔居正。

見到高辰複，鄔居正臉上閃過一絲不自在。

他頓了頓，方才走到高辰複面前說道：「將軍，我們打算回小鎮上了。」

高辰複點頭道：「小姪送鄔叔。」

鄔居正扯了扯嘴角笑了笑，也沒說什麼，只點了個頭便轉身走了。

高辰複立在原地，周武去牽了馬來。

不一會兒，鄔居正便從石屋中出來，他身後兩個丫鬟扶著鄔八月上了馬車。

鄔居正一行走在前，高辰複騎馬跟在後面。

回到小鎮，鄔居正帶著鄔八月徑直回了家。

下車前，鄔八月猶豫地問道：「父親，明公子可還在家中養傷？」

鄔居正一愣，赧然道：「這……為父得知妳遇險的消息便一直擔憂妳，也未曾回來過，自然也不知道家中的情況……」

鄔八月了然地點點頭，暮靄上前叫門，好一會兒後，張大娘方才開了門。

「姑娘！」

張齊家的驚喜地喚了鄔八月一聲，道：「姑娘可算回來了！」

「大娘。」鄔八月對她點了點頭，張大娘要接過朝霞的手去扶鄔八月，卻不小心碰到鄔八月受傷的胳膊，鄔八月頓時「嘶」了一聲。

張大娘忙收回手，有些忐忑地問道：「怎、怎麼了？」

鄔八月搖搖頭。「沒事，手上有些小傷。」

她也不多話，只讓朝霞和暮靄扶她進去，一邊輕聲問張大娘。「大娘，明公子在家裡住得可還習慣？」

張大娘張了張嘴，道：「姑娘去寒山第三日，明公子眼睛就好些了，他帶人離開了，也沒留什麼話。我本想著親自去寒山接姑娘回來的，只是羅兄弟自個兒卻回來了，說姑娘在寒山上住得舒服，要再多待一段日子。」

鄔八月聞言便看了朝霞一眼，朝霞點了點頭。

鄔居正開口道：「去整治一頓豐富些的飯菜吧，八月回來吃頓好的，山上庵堂恐怕淨是吃素了。」

張大娘忙笑道：「姑娘瞧著是瘦了一圈。我這就去準備。」

張大娘匆忙跑開了，鄔居正送鄔八月回了房，朝霞說道：「老爺、姑娘，那時事情緊急，奴婢讓羅師傅去通知了老爺後，便讓他回來穩住家中的人。奴婢當時想著，要把這件事情給瞞著……」

鄔居正點點頭，吁了口氣道：「妳做得對。明公子也是走得及時……」

鄔八月微微低頭，咬了咬唇道：「可是父親，這件事情又瞞不過去。寒山庵堂的人、漠北軍的人、小鎮徭役……他們都知道我被劫之事。」

雖然不想承認，但鄔八月還是知道的。出了這樣的事，她的名聲算是已經被毀了個徹底。但好歹命還在，她只能這般樂觀地想。

「八月放心，有父親在。」鄔居正伸手輕輕在她頭頂拍了拍。「父親會為妳打算好一切的。」

鄔八月有些疑惑地抬頭看了看鄔居正，只是鄔居正沒有看著她。

回到營中的高辰複也接到了一個有些驚愕的消息。

「什麼？」高辰複蹙起眉頭。「明焉走了？」

周武點點頭，遞上一封信，道：「這是下邊的小兵送來的。明小將說他在漠北歷練夠了，要回京大幹一番事業。」

高辰複捏了捏信封角，平氣了好一會兒才道：「知道了。」

趙前隨後也回了營。「將軍讓屬下查探寒山腳下村落單姓母女的下落，屬下已找到，並派了兩人在其周圍待命。」

高辰複聞言一頓，想了片刻，道：「讓那兩人先在原地等著，待我想個周全之法。」

「是。」

高辰複將明焉的信放到了身前，沈默了一會兒，方才慢慢地將信拆開。
明焉留給他的只有八個字。
「你不予我，我必奪之。」
高辰複將薄薄的信紙放到了案桌上，手指屈起在「奪」字上輕輕敲擊。
趙前瞧得心驚，上前道：「將軍，明公子……」
高辰複卻是抬手打斷了趙前，道：「下去吧。」
趙前和周武相視一眼，都從對方眼中看到了無奈。
明公子可是執念太深。
「屬下告退。」
趙前和周武退了出去，偌大的營帳裡又只剩下高辰複一個人。
他輕輕嘆了一聲，將明焉的信收好，仰靠在交椅上。
一燈如豆，照得他整個人顯得寂寥非常。
半晌後，高辰複睜開眼睛，起身走出營帳。
帳外已是半黑的天，高辰複牽了馬兒步出軍營，往鄔家的小院而去。
得知消息的鄔八月前來迎客，有些意外地看著孤身一人的高辰複。
「有一件事，想要拜託妳。」高辰複沈了沈氣說道。
鄔八月請了高辰複進來，讓朝霞上了茶水點心。
她右肩和右臂上纏著綳帶，但好在手上受傷，不影響走路。

鄔八月和高辰複斜對坐著，鄔八月抬頭望向上首的高辰複。「將軍有什麼事，只管吩咐。」

高辰複沈吟片刻，眼中有流光閃過。

「彤雅沒有救回來，是我無能。」高辰複輕聲道。「但我既已知單姨的下落，自然就不能讓她繼續孤獨生活在寒山腳下。只是軍營重地，軍規嚴謹，單姨不能入內，我即便想要照顧她，怕也是力不從心。」

鄔八月想起仍在北蠻人手中的單初雪，一時間也是眼睛微濕。

她輕聲道：「將軍的意思，我明白了。單姊姊對我諸多照顧，於情於理我也該照顧伯母才是。將軍只管將伯母送來我這兒，我定然將她當作親生母親一般敬重。」

高辰複本也不是話多之人，鄔八月既這般說了，他便只一句「多謝」。

「將軍何必客氣，此事本也是我該做的。」鄔八月輕聲嘆了一句。「我現今無法報答單姊姊，替她照顧伯母這點事，我還是能辦到的。」

高辰複默默地吐了口濁氣，端了茶盞飲了口茶，遠比軍營中醇香濃厚的茶汁也無法讓他心情好轉。

兩人靜默地坐著，鄔八月想了想，尋了個話題，問高辰複道：「對了，將軍，之前明公子在此處養傷，只是我回來後，家中大娘告知我說，明公子已離開了。不知道明公子眼傷如何了？」

高辰複頓時掃了鄔八月一眼，對她眼中純粹的關切看得清楚，心中的憂慮立刻放了下去。

「他回京了。」

鄔八月鬆了口氣。

話已說完，高辰複也沒了理由繼續待下去。

他起身告辭，鄔八月出於禮貌，留客道：「將軍為了我的事，勞頓了這幾日，我一直不知如何報答。將軍既來了，那不妨留下來吃一頓便飯，權當我感謝將軍。」

高辰複下意識要婉拒，話要出口的瞬間，那一句「不用了」卻硬生生拐了個彎。

高辰複道：「既如此，那就叨擾了。」

話一出口，兩人都是愣了一下。

高辰複沒想到自己這般「厚顏」，鄔八月也沒想到他竟然會應了下來。

尷尬了一瞬，鄔八月率先笑著開口道：「那還請將軍略坐片刻。」

鄔八月對高辰複點了點頭，出去喚了洪天和方成，讓他們陪高辰複說話。

她則去了廚房，探看張大娘那邊準備得怎麼樣了。

鄔居正曾吩咐了張大娘要整治一桌好的飯菜，如今雖是多了一個人，食材卻也不缺，不過是要加副碗筷罷了。

鄔居正帶著羅鍋子和靈兒回了鄔家小院，得知高辰複來「蹭飯」，也有些意外。

「將軍……」鄔居正尷尬道。

高辰複起身，拱手對鄔居正行了個晚輩之禮，無奈道：「鄔叔喚我辰複就好。」

鄔居正到底有些不自在，伸手請高辰複坐。

高辰複讓出上位，坐到了下方。

有朝霞和暮靄的幫忙，很快就將菜上了桌。

世家大族都有食不言寢不語的規矩，比起鄔家這等半路出家的世家新貴，高辰複父族蘭陵侯高氏一族，是傳承百年的世家大族，世家規矩遠比鄔家多得多。

出身高貴的高辰複比鄔家人更守規矩，用膳講究適量、適度。鄔八月偷偷看了他兩眼，覺得這人連吃個飯都給人賞心悅目之感。

飯畢，朝霞捧上漱口茶。

桌上的殘羹冷炙被撤下去後，高辰複也就勢起身告辭了。

「家中幫婦手藝自趕不上京中名廚，讓將軍見笑了。」鄔八月福了禮，高辰複虛扶一把，道：「道理如此，但已比軍中伙夫所燒飯菜可口得多。」

鄔八月聞言莞爾一笑，高辰複也微微彎了彎唇，借著屋內的燈光看了看她，側臉輪廓柔和，似乎籠罩著一層微光。

偏巧這時鄔居正輕輕地咳了咳，高辰複立刻收回視線，給鄔居正施禮。

「叨擾了，鄔叔。」

「既喚我一聲鄔叔，辰複就不用這般客氣。」

鄔居正伸手做了個請的禮，道：「天色已黑，路途昏暗，我送你一程。」

高辰複道：「有勞鄔叔。」

此時的小鎮已經寂靜無聲。走在巷中胡同，鄔居正和高辰複久久沒有說話。

這條路走盡，便是主街道了。

鄔居正停了下來，高辰複也跟著頓住腳步。

「辰複。」鄔居正這次沒有用敬稱，甚至連那種尊敬的語氣都沒有。

高辰複正色道：「鄔叔有話請說。」

鄔居正點了點頭，夜色中，他們二人都看不大清對方臉上的表情。

「之前你說，會迎娶八月過門。」鄔居正頓了頓。「這話……不知是否仍舊作數？」

話畢，鄔居正解釋道：「八月……是小女小名。」

高辰複不由自主地露出一記微笑，隨後應聲道：「男兒一諾千金，鄔叔放心，此話小姪既然說出了口，自然一直作數。」

「好。」鄔居正點點頭，伸手拍上高辰複的肩。「我信你是個頂天立地的男兒，這話，我記下了。」

高辰複不明白鄔居正的意思，是以問道：「鄔叔……這是同意了此事？」

鄔居正輕嘆一聲。「小鎮衙役、寒山庵堂中人，還有你帶出關的那三百漠北軍，均知八月被人擄走，那三百軍將更知……」

鄔居正頓了頓。「到如今這地步，除了你，我再找不到別的人，肯相信八月清白又能毫無芥蒂地娶她。」他緩道：「雖是如此，但此事還有待斟酌。」

「鄔叔此話……」

「辰複，抱歉。」鄔居正歉意道。「此事我還未同八月說過，亦不知她是何想法。」

高辰複恍然，理解地點頭，道：「小姪自會靜待鄔姑娘答覆。」

鄔居正再次拍了拍他的肩，嘆道：「辰複，多謝。」

第三十二章

送走高辰複，鄔居正回了小院，仍舊沒有同鄔八月提起此事。

鄔八月並不覺有異，見鄔居正回來，還上前挽住他，問起鄔居正今後幾日的打算。

「再過幾日便是年三十，也不知道軍營那邊會不會過年……」

鄔居正搖了搖頭。鄔八月便有些遺憾。「女兒還以為，到時父親能歇幾天。」

「北蠻人可是不會管我們歇不歇的。」

鄔八月頓時靜默不作聲。

一提起北蠻，她就忍不住想起單初雪來。

「對了，父親，有件事……要同父親說一下。」鄔八月看向鄔居正言道：「今日高將軍來，將一位婦人暫時託付給女兒照顧。父親也知道，北蠻人擄的人不止我一個。還有一個對我頗多照顧的單姊姊……那婦人是單姊姊的親娘。」

鄔居正聞言一嘆。「照妳說來，那單姑娘也算是妳的恩人。照顧恩人之母，理所應當。」

鄔居正點了點頭，轉身欲走，卻是忽然頓住，回頭有些詫異地問道：「既是妳的恩人之母，怎麼會由高將軍來此，將她託付給妳照顧？」

鄔八月張了張口，方才將她所知道的單初雪和高辰複的關係和盤托出。

鄔居正坐了下來，靜靜聽完後半晌才道：「如此看來，那蘭陵侯府的確不是個好歸宿……但儘管如此，還是比那陳王府要好些。」

鄔居正這是想起了長女鄔陵桃。

鄔八月無奈，此時也只能靜靜地坐在一邊。

「過幾日年三十，妳估摸著多準備些吃食。軍中將士雖然沒有過節的習慣，但為父也想趁著這次機會，給這段時間對為父頗多照顧的軍中弟兄表達一點心意。」

鄔八月立刻點頭，明白地道：「女兒知道了，父親放心。」

鄔居正欣慰地點點頭，又道：「之前為父在南城高牆那兒等妳數日，已經好久沒在軍營中待著了，實是不該如此。這幾日，為父就先不回來了。妳好好養傷，為父已經叮囑了朝霞為妳每日換藥。」

鄔八月再次點頭，有些不捨地道：「那父親可得記得，年三十那日一定要回來。」

鄔居正笑著頷首道：「父親什麼時候食言過？」

翌日一大早，鄔八月送走了鄔居正，小院裡又一下子空落落的了。

小雪狼繞著鄔八月的腳轉圈，興奮地直哈氣。

鄔八月蹲下身輕輕彈了彈牠的額頭，又伸手撓牠頸子的癢，月亮發出嗚嗚的叫聲。

鄔八月笑了笑，又有些落寞。

朝霞瞧著日頭，尋上來道：「姑娘，該換藥了。」

鄔八月點點頭，隨了朝霞進屋。

右臂的紗布被揭開，一條猙獰的傷口觸目驚心地橫在肩頭到手肘的位置。

朝霞吸了吸氣，小心翼翼地給鄔八月搽藥。

幾下將藥換好，已出了一背的冷汗。

這時屋外卻有人敲門。

「姑娘，外頭來了個軍爺，帶著個嬸子。」暮靄揚聲喊道。

鄔八月忙整好衣裳，出來迎客。

那婦人提著個包袱立在院門口，鄔八月正好與她打了個照面。

幾乎只一眼，鄔八月便斷定她就是單初雪的娘。她們母女長得果然十分相像。

只是比起單初雪來，婦人經歷過更多滄桑，整個人顯得十分沈靜。

而現在，她眼中更是有了些許的茫然無措，淡漠得讓人覺得她似乎已生無可戀。

鄔八月默默提了提氣，上前對她拜道：「可是單嬸嬸？」

婦人虛扶一把，淡淡地點了個頭。

鄔八月抿抿唇，道：「單嬸嬸可知道……您為何會來這兒？」

婦人又點了個頭，輕輕開口說道：「初雪她……下落不明，辰複那孩子擔心我一個人無人照顧，便讓我來這兒了。」

婦人對鄔八月輕輕頷首，道：「今後有勞姑娘了。」

「單嬸嬸說的什麼話……」鄔八月臉上頓現了愧疚之色。「單姊姊一路護佑我，如今我平安歸來，她卻……照顧單嬸嬸也是我應當的。」

婦人低嘆一聲，對鄔八月躬身行了個禮。「今後住在姑娘居所，多多叨擾了。」

鄔八月苦澀一笑，只能回道：「單嬸嬸不用客氣……」

她頓了頓，又道：「單嬸嬸若是不嫌棄，稱呼我一聲八月便好。」

婦人點頭。「八月姑娘。」

鄔八月張了張口，輕嘆一聲。「八月今後喚您單姨可好？」

婦人又點了點頭。

鄔八月瞧得出來，單初雪的娘親似乎並不想和外人多打交道。她也有些不知如何和她相處，說了幾句沒營養的寒暄話後，鄔八月便讓朝霞帶她去給她準備的房間。

單氏進去後便沒再出來。

鄔八月也不想繼續待在屋裡，瞅著今日天氣不錯，讓朝霞端了炭盆在屋簷下烤火，與月亮有一搭沒一搭地玩著。

張大娘提著兩扇豬肉和一簍子菜回來，見到鄔八月就在廊簷下，笑道：「姑娘怎麼不在屋裡歇著，跑到外邊吹風了？」

鄔八月起身迎著張大娘一起去了廚房，吩咐張大娘道：「大娘，今日多做點兒吃的，家中添人了。」

張大娘問了是何人，得知是高將軍拜託鄔八月照看的人，臉上便有些曖昧。

「行，沒問題。」張大娘笑道：「也不知道她想吃點什麼……姑娘，要不我去問問？」

鄔八月淡笑道：「不用了，大娘只管做點拿手的就好。等用午膳的時候，我再介紹單姨給妳認識。」

張大娘應了一聲，便熱火朝天地開始準備午飯。

鄔八月離開廚房時，卻見單氏那間房門「吱呀」一聲打開了，單氏站在門口，淡淡地看著她。

鄔八月迎上前去，柔聲詢問道：「單姨可是有什麼吩咐？」

單氏搖了搖頭，她往前走了兩步。「那邊便是廚房吧？我去幫忙打打下手。」

鄔八月讓到一邊，動了動唇，在單氏身後道：「家裡幫工的是張大娘。單姨想要吃什麼，也只管和張大娘說。」

單氏輕輕點頭。

單氏在鄔家小院中住了下來。

她性子很冷清，平日裡鮮少說話，也鮮少出門。

鄔八月跟她說不上什麼話。

不過這樣相安無事地相處著，倒也沒什麼不好的地方。

鄔家小院裡的生活平靜地過著，很快就到了年三十。

鄔八月依著鄔居正的吩咐，提前一日買了足量的麵粉和肉、菜餡，朝霞、暮靄、張大娘連同單氏都一起包起了包子。

包好的包子一籠屜一籠屜地擱到了院子裡，一個時辰多就能凍上。

幾人圍成一桌，嘴上不停，手上也未曾停，院子裡的籠屜越壘越高。

「明兒個不知道要蒸多少包子……」張大娘望著那一籠籠的包子，嘴角含著笑。「希望今年，人人都能過個好年……」

單氏包包子的手微微一頓，眼中快速劃過一絲落寞。她的神情正好讓鄔八月瞧了個正著，一時之間，鄔八月心裡也不大好受。

足足包了三鍋籠屜疊起來放的包子，幾人方才將包子和餡料包完。

伸了個懶腰，鄔八月對張大娘道：「明兒一早就讓人將包子都運到軍營外邊去，在那兒現蒸，免得在這邊蒸好了，拿到那邊去又涼了。」

張大娘響亮地應了一聲。「姑娘放心吧，這事交給我了。」

朝霞打水來兌了溫水，幾人將手給洗乾淨了，又忙活著整理起桌上的東西來。

第二日，年三十，一大早張大娘便和羅鍋子將凍好的包子運往軍營。

鄔八月起了個大早，拿了鏟子鏟角落裡的雪，等靈兒出來了，又催促他去洗漱、用早膳。

朝霞和暮靄巴著院門，手上拿著掃帚掃院門頂上的積雪。

靈兒洗漱完畢，端了新鮮出籠的包子啃著，一邊含糊不清地問鄔八月。「陵梔姊，今天年三十，漠北會不會放煙花？」

這倒是把鄔八月問住了。她看向朝霞和暮靄，她們二人也是一頭霧水地搖頭，表示不知。

鄔八月便回靈兒道：「我們在漠北還沒過過年呢，自然不知道了。不如等張大娘回來，你問問她？」

靈兒點了點頭，一側卻傳來單氏的聲音。

「漠北一帶不會放煙花。」單氏淡淡地說了一句，手裡握了鏟子，似乎也要鏟雪。

靈兒瞪大眼睛忙問道：「為什麼漠北不放煙花？」

單氏看了靈兒一眼，說道：「漠北與北蠻相鄰，北蠻落後，不知煙花為何物。他們若是看到煙花，定會以為這是大夏發出的什麼信號，從而引起不必要的誤會。」

鄔八月對單氏點了個頭，笑道：「單姨也起身了。」

「八月姑娘。」單氏頷了頷首，回答後，自顧自地開始鏟起雪來。

鄔八月笑道：「單姨才起身，不用這般忙。先去用早膳吧，一會兒再忙活也不遲。今兒事多，有些地方還要仰仗著單姨呢。」

單氏默默地點了點頭，淡淡地用了早膳，稍稍地將廚房裡一應善後雜事處理妥當，又走了出來，繼續鏟雪。

鄔八月望了望她，不由一嘆。

闔家團圓的日子，單姊姊不在，單姨想必心裡很不好過吧……

一想到單初雪現在過的日子，鄔八月心中便難受。

她被劫的事並沒有傳揚開，一是那日之事發生在寒山庵堂，鄔八月是個外來戶，認識鄔八月的人極少；二要歸功於高辰複。

漠北小鎮縣衙那兒他打過招呼了，漠北軍裡的人也被下了封口令。

至於寒山庵堂，吃齋唸佛的出家人自是不會議論這些八卦的。

是以此事也並沒有鬧得太大。

鄔八月一邊想著，見單氏也忙活半晌了，便柔聲開口道：「單姨先歇會兒吧，這地上的冰也不是那麼容易就鏟完的。」

單姨抬頭看了她一眼，也不作聲。

鄔八月摸摸鼻子，心裡嘆息自己是熱臉貼了冷屁股。

臨近正午時分，張大娘總算是回來了。

「羅師傅在那邊待著了，下晌會和老爺一同回來。」張大娘笑容滿面地徑直往廚房裡去。午膳吃得都比較簡單，重頭戲自然是放在了晚膳上。

鄔八月下午一直待在廚房，幫張大娘打下手，單氏也在，整個廚房卻是沒了朝霞和暮靄兩個正經下人下手的地方。

「依我看哪，高將軍對姑娘許是有些上心的。」

張大娘突然蹦出這麼一句，鄔八月愣住，單氏也是霍然抬頭。

「單妹子，妳說是不是？」張大娘對單氏擠了擠眼睛。「妳可是高將軍親自來拜託姑娘，讓姑娘照顧的人。妳說，將軍對姑娘是不是有些別的心思？」

單氏垂下眼，道：「我同高將軍也沒什麼交情。」

「大娘，妳越說越離譜了。」鄔八月嘆息一聲。「只不過是因為父親的關係，高將軍正好知道我這兒有個可以安置單姨的地方，方才將單姨託付給我，哪有妳說的那些有的沒的。」

張大娘笑笑，仍是一臉曖昧，讓鄔八月又是一陣氣悶。

朝霞喚張大娘出去，廚房裡只剩下單氏和鄔八月。

鄔八月正在揉麵，感覺到一股若有似無的視線落在身上，她抬起頭，正好看到單氏望著自己。

被發現了，單氏也並沒有露出別的表情。

她頓了頓，卻是問鄔八月道：「妳同高將軍……真沒有張姊說的那種……」

鄔八月張了張嘴，有些哭笑不得地搖了搖頭。

張大娘打趣人的話，單姨居然記上心了？

「單姨別當真，那是張大娘的玩笑話。」

「我瞧著，不是玩笑話。」單氏放下手中正揀著的菜，正色道。

這還是她頭一次用認真的表情看著鄔八月。

「高將軍很好，妳別錯過。」

單氏望著鄔八月，半晌後吐出這麼一句讓她丈二金剛摸不著頭腦的話來。鄔八月尷尬地垂下了頭。

時間緩緩而過，似乎一眨眼的工夫，天色就黑了下來。

鄔居正在天黑前趕回了小院，讓鄔八月意外的是，同行的竟然還有高辰複。

鄔八月此時見到高辰複，便生出兩分不自在，再一想起被高辰複從北蠻人手中解救，到回南城高牆的那兩日，更加覺得尷尬。

喚了一聲父親，鄔八月硬著頭皮去給高辰複行了個禮，也不多話地退到一邊。

今兒是大年三十，闔家團圓的日子，高將軍怎麼會來這兒了？她心裡不禁嘀咕了起來。

但轉念一想，單姨在這兒呢，高將軍前來陪單姨過年，也是說得通了。

這般一想，鄔八月便鬆了口氣，面上也自然許多。

「晚飯可都準備好了？」鄔居正很高興，臉上因為趕路回來而有兩分紅潤。他笑望著鄔八月，抽動了下鼻子。「為父已經聞到香味了。」

「父親回來得正好，飯菜剛上桌，熱騰騰的呢。」

鄔八月扶過鄔居正往屋裡走，高辰複對單氏作了個揖，請單氏走在前面。

幾人坐了下來，剛好一人坐了方桌的四邊。

「也只是些家常小菜，單夫人和高將軍不用客氣。」

高辰複謝了一聲，單氏只淡淡地點了個頭。

鄔居正揮退了朝霞等人，讓他們也自去團圓，不留他們伺候。

飯桌上有單氏在，氣氛總有些冷清，雖說在一起用飯也是向來不說話的，但既然無下人伺候，鄔居正便也不拘這些規矩，和高辰複有一搭沒一搭地說著話。

兩個男人講的多半都是軍營中的事，鄔八月也插不上什麼話，只能在一邊聽著。

他們說著，話題便轉到了開春高辰複回京之事。

「京中已下了御函，敲定了動身的日子。」

高辰複擱下筷箸，輕聲說道：「鄔叔，我一走，也有一批將士要跟我一路回京。」

高辰複側頭望了鄔八月一眼，又看向鄔居正。

鄔居正無聲地張了張口，半晌後微微搖了搖頭。高辰複便知，鄔居正還沒有問過鄔八月的意見。他心裡嘆了一聲。

若是他回京之前還沒有將和鄔八月的婚事給訂下來，恐怕會生出很多變數。
尤其是鄔八月如今在漠北，而今後他會留在燕京。
一頓飯，四人都吃得各懷心事。
飯畢，張大娘帶著朝霞等人來收碗盤。鄔八月趁著這時機靠近鄔居正，輕聲問道：「父親，高將軍也要同我們一起守歲嗎？」
鄔居正一愣，看向高辰複。
高辰複耳力極佳，鄔八月自以為很小聲的聲音他也能聽得一二。
許是見鄔八月臉上略有為難之色，高辰複本打算留下的念頭便熄了。
他上前同鄔居正和鄔八月辭別。
「今日託鄔叔的福，軍中各將士吃上了熱騰騰的包子，也當是過了年。我身為主將，也該去陪他們守歲了。」
高辰複給二人行了個禮，鄔居正笑道：「那我就不留將軍了。」
「鄔叔留步。」高辰複點點頭，又看向單氏，道：「單姨可否送我一程？」
被點到名的單氏微微愣了下，定定地看了看高辰複，緩緩地點頭。
鄔家小院外，高辰複提著燈籠，單氏舉著一把小傘，二人並肩行著。
他們走得很慢，高辰複忽然輕聲開口。「單姨可是因為彤雅之事，對我耿耿於懷？」
單氏雖沒料到高辰複會在這時候問起此事，卻也料到他遲早有此一問，是以也不怎麼驚奇。
「沒有。」單氏輕淡地道：「初雪那孩子是自己捨棄了回來的希望，與你無關，與其他人也無關。」她頓了頓，站定原地，轉身看向高辰複，道：「我帶初雪出來，便給她改了名。她姓單，名初雪，不叫高彤雅。」

高辰複微微張了張嘴，嘴角扯出一絲苦澀的笑。「單姨，不管如何，她是我妹妹。」

單氏極輕地露出一個笑。「也只有你認她是你妹子罷了。」

「兩年前……到底出了何事？」高辰複蹙眉，輕聲問道。

「也不是什麼大事。」單氏露出嘲諷的笑容。「那會兒，二爺的婚事剛敲定，不知道夫人怎麼的，忽然就想起初雪來。初雪那時十四，正是說親的時候。夫人同侯爺說，雖然沒辦法斷定初雪是否為侯爺之女，但孩子大了，總要尋個歸宿，問了侯爺的意見，找了好幾家人讓我挑。呵，那算什麼人家，要麼年歲大死了原配，要麼身有殘疾體弱多病，要麼便是那等上不了檯面的紈袴，家世好一些的還只能做妾。夫人還說，因無法給初雪正名，只能讓她以蘭陵侯義女的身分出嫁。」

「所以，單姨便帶著彤……帶著初雪來漠北了？」高辰複問道。「可既來了漠北，單姨為何不來尋我？」

單氏淡淡地笑了笑。「來漠北，本就沒有存要尋你的心思。」

單氏道：「我與初雪商量過，她說，兄弟姊妹之中，她只認你是哥哥，既要走，便去你待的地方，她心裡總覺得更為安心一些。」

單氏看向高辰複。「我們並非是不來尋你，而是在我帶著初雪離開蘭陵侯府的那一日起，就沒有再回蘭陵侯府的打算，也沒有讓初雪認祖歸宗的想法，更沒有與高家任何人聯繫的念頭。」

高辰複渾身一震。

單氏表情仍舊是淡淡的。「也包括你，高將軍。」

「單姨……」

高辰複知道蘭陵侯府對她虧欠良多，他是存了心要彌補單氏的，卻沒想到單氏竟早就生了要與侯府斷絕往來的念頭。這倒也罷了，可為何要與他也生分了？

單氏輕輕地嘆了口氣。「一別四年，高將軍還是這麼心境純良……」她的語氣頗為感慨。「你在夫人底下生活了十多年，只在大姑娘去京郊玉觀山時行為舉止失常了一次，然後便遠走漠北，再未歸家。在此之前，我冷眼旁觀著，一直以為你已被夫人養廢了，還道你是個優柔寡斷的軟弱之人，其實不然。」

單氏目光漸趨柔和。「或許你只是隨了靜和長公主的性子，溫柔善良，是個心底深處柔軟之人。大善，而非軟弱。」

高辰複默然不語。

單氏眼中的柔和卻猛地一變。「可是高將軍，如今二爺已廢，夫人不會眼睜睜看著你比她的兒子過得好。你要早作打算。」

高辰複眼中流光一閃。「我回京後，自會自立門戶。」

「於孝道不合。」單氏淡淡地道。

頓了頓，她又說道：「將軍應當知道，我寄居的這戶人家，便是之前同高家二爺訂婚的那戶人家吧。」

高辰複點了點頭。

「二爺的前未婚妻，便是那位八月姑娘的親姊。」單氏緩緩地道。「將軍若是要和八月姑娘喜結連理，倒也算能彌補遺憾了。」

「單姨……」

單氏對高辰複笑了笑，道：「你是個面上冷淡、心內柔軟的人。若非是你重視之人，今日這般特殊的日子，你不會來這兒。我或許是你來這兒的理由之一，但絕不是全部。你看向八月姑娘的眼神有朦朧的情愫，這一點，我還是瞧得出來的。這般也好，高家與鄔家本就有婚約，如今作罷，你能續上兩姓之好，也是一件兩家喜聞樂見的事。」

單氏低了頭。「我雖對夫人厭惡至深，卻也不得不承認，夫人養了個不錯的兒子。二爺是個好孩子，只可惜夫人作惡太多，報應終歸會來。原本的兒媳婦沒了，而將來，你卻娶了她訂的兒媳婦的妹妹，這也是她的報應。她的報應，輪也該輪到了……」

第三十三章

鄔家小院中，鄔居正拉了鄔八月坐下說話。

「八月。」鄔居正仔細打量了鄔八月一番，笑道：「等到了子時，便是萬樂十五年，妳也長了一歲了。」

冷不防聽到鄔居正說自己的歲數，鄔八月心裡有些不安。

「父親，我十五歲可要等到夏末秋初呢……」

鄔居正笑了笑，也不辯駁，卻是緊接著嘆了一聲，道：「如今妳在漠北，妳母親不在身邊，倒是不知道妳將來會有個什麼樣的歸宿。」

提起這個，鄔八月只有緘默的分。

鄔居正沈吟了片刻道：「八月，妳打小便有主意，每每讓父親母親心驚膽戰。如今妳大了，性子也沈穩了些，便是妳拿主意，為父也只有欣慰的分。妳同為父說說，此事……妳是怎麼打算的？」

鄔八月意外地看了鄔居正一眼。「父親此話……何意？」

鄔居正輕輕咳了咳，道：「此次妳被北蠻人擄走，萬幸的是沒有被北蠻人糟踐。只是……妳回來時受傷、發高熱，高將軍……」

鄔居正停頓了一下，讓他這般直白地對女兒說這件事，他還是有些不好意思。

「……嚴格說來，高將軍看過了妳的身子，妳……」

「父親！」鄔八月哭笑不得。「女兒不是說過了嗎？高將軍不過是救人心切。女兒已經深受高將軍救命之恩，難不成還要以此事要脅高將軍對女兒負責不成？那女兒成什麼了……」

鄔八月上前，伸手挽住鄔居正，一臉孺慕地道：「女兒將來若是嫁人，不求門第高貴，但求能尋個如父親一般只娶一妻的夫君，與他相濡以沫、相敬如賓。」

鄔八月的一番話逗得鄔居正也不由露了笑臉，到底還是笑罵她道：「這麼大一個姑娘了，說這種話也不害臊。」

說著卻是又想起鄔陵桃來。

他嘆了一聲。「妳三姊姊再過兩、三月便要出嫁了吧，不知道她進了陳王府，能否掌控得住那一府眾多的陳王侍妾……」

鄔八月言道：「父親放心，姊姊是聖上賜婚，陳王斷不敢虧待了姊姊。再說，大姊姊在宮裡聖眷正隆，至少在大姊姊誕下皇嗣之前，陳王府裡的人一定不敢對姊姊不敬。」

鄔居正點點頭。「說得也是。」

他又笑望向鄔八月，定定地看了看她面如銀盤的小臉，嘆道：「妳與妳祖母長得越發像了。」

鄔八月摸了摸臉，也不知道有這麼一張臉是幸還是不幸。

「八月。」鄔居正忽然說道。「高將軍找過父親了。」

鄔居正看著鄔八月淡淡地笑了起來。「高將軍主動來說，會為此負責。」

鄔八月喃喃道：「高將軍他……」

她不可遏制地想起高辰複這個人來。

他運籌帷幄、武藝卓絕，氣質儒雅內斂，對敵時卻又霸氣外露；愛兵如子，軍民擁之，這些都是他表面上的好。

讓鄔八月覺得難能可貴的是，即便他出身高貴，如今又是身居高位，卻仍舊有一顆純良之心。

他不願意在沒有確鑿證據的情況下，便定一個可能與他有殺母之仇的人的罪，他對捨棄了異母妹妹而保住了漠北軍將士的命而愧疚有加。

如今，他多半也是為了保住她的名聲和清白，所以打算娶她。

他善良，或許沒多少人知道；而知道的人，比如說他的親妹妹平樂翁主，卻將他的善良曲解。

鄔八月忽然想，這樣的高辰複會不會覺得寂寞？

「父親……」鄔八月有些遲疑地道。「您同意了？」

鄔居正搖了搖頭。

「為父確也覺得，錯過了高將軍，恐怕八月今後再難覓得如此佳婿。但不管如何，若是妳不同意，為父也定然不會勉強妳。」

鄔居正正色道：「此事妳務必謹慎考慮後，給為父一個確切的答覆，為父還得去回高將軍的話。」

鄔八月愕然。

「要為父說，這真是一門好親事。」鄔居正目光微微迷離，算日子給鄔八月聽。「高將軍開春即要返京，從為父這兒得了確切答覆之後，他便能去鄔府提親。屆時，八月妳定然能回京。有妳祖父在，父親在漠北也必定待不長久，興許還能回來送妳出嫁。可若妳不應……」鄔居正頓了頓。「高將軍回京自會當此事不曾發生，為父回京仍舊是遲早之事，便只剩下妳一個……」

鄔居正憐惜地看著鄔八月。「於情於理、於公於私，為父都希望，八月妳能應下此事。」

鄔八月澀然地張口。

這樁婚事的好處明晃晃地擺在她的面前，換作任何一個人，想必都無法拒絕這些好處的誘惑。

只有天知道，她有多怕回京。

回京，意味著今後她會無時無刻不被祖父和姜太后盯著、提防著，甚至迫害。

她的不幸，會不會牽連到高將軍身上？

高將軍是當今宣德帝的外甥，宣德帝想必不會動他。

可姜太后不一樣，姜太后雖也是高將軍的外祖母，卻沒有一點血緣關係。

鄔八月又不禁想起在清風園發現祖父和姜太后姦情時，姜太后說過的話，似乎宮中太妃們暗地裡在聯合起來對抗她，而皇后、嬪妃也要分她的宮權。

而姜太后想對付高辰複，卻也是毫無障礙。

鄔八月越往下深想，越覺得後背冷汗涔涔。

她不由自主就要開口拒了此事。

但一抬頭，她便看到了鄔居正期待的目光。

鄔居正無疑是希望她能同意此事。誠如他所說，錯過了高將軍，鄔八月想要再找到這般讓人滿意的佳婿，是沒什麼可能了。

鄔八月怔怔地盯著鄔居正看了半晌，終究緩緩笑了起來。

「父親，女兒願意。」鄔八月輕輕地回道。

鄔居正頓時大笑起來。「八月，為父真高興。」鄔居正又輕輕拍了拍她的頭。「八月能回京了。」

鄔八月極緩地點頭。

祖父又如何，宮中的麗婉儀又如何，即便是姜太后又如何？

她避往漠北並非是因為怕了他們，只是以親人要脅而無可奈何。

如今上天既讓她有機會回京，與父母弟妹團圓，那她就不該錯失良機！

姜太后和祖父已不年輕了，可她還年輕，她會活得比他們都長！

若終究是避不了，何不迎難而上？

新年伊始，燕京城又是一番新氣象。

宣德帝並不眷戀後宮，每月初一、十五，照例是在皇后宮中度過，其餘日子有十日是待在乾清宮的寢殿中，剩下的日子，幾個稍微得寵些的嬪妃每月分得個兩、三日，不得寵的降了大運便能分得一日。

僧太多，粥卻只有一個。後宮的女人個個都跟老虎一樣，每到敬事房太監端了綠頭牌給宣德帝翻牌子的時辰，便雙眼發綠地等在宮門口，盼著敬事房太監差人來，只為了那捏著嗓子的一句——「皇上今晚駕臨某某宮，某某人某某時辰接駕侍寢。」

後宮無疑是滋生嫉妒的溫床。

而現在，處於這溫床中心的，無疑是身懷龍裔卻隆寵不衰的鄔昭儀。

這不，今晚宣德帝又沒翻牌子，卻是擺駕了鐘粹宮。

鄔陵桐稍稍打扮了一下，帶著一眾宮人在鐘粹宮門口迎接。

鄔陵桐已有孕六個月，腹中龍胎出生應在初夏時節。

時至初春，春寒料峭，天氣還很嚴寒。鄔陵桐站在殿外，穿的衣裳卻並不大厚實，顯得肚子鼓囊囊地挺起。

宣德帝到時，便看到在寒風中有些瑟瑟的鄔陵桐。

他眸色轉深，立刻龍行虎步地朝鄔陵桐走近，臉上現出關切之色，語帶埋怨。「在殿內等著便是，怎地到殿外來了？不知會凍著嗎？這些伺候的奴才都是怎麼當差的！」

鐘粹宮前頓時烏壓壓地跪了一大片。

鄔陵桐就勢伏在宣德帝攬住她的臂膀上，一邊柔聲細語地說道：「陛下，不關他們的事，是臣妾定要在這兒等著陛下的。他們也拿臣妾無可奈何。」

鄔陵桐堪堪揚起細白的脖頸，看向宣德帝，眼中一片柔情。「臣妾在這殿外等著，只要陛下來了，便能第一眼看到陛下。陛下的時間太珍貴，臣妾能多看陛下一眼，便值了。」

宣德帝嘆了一聲，低罵了她一句「傻子」，卻也沒有再提責罰宮人的事，只攬了鄔陵桐進殿。

殿外跪著的一眾宮人方才鬆了口氣。

昭儀娘娘果然得陛下盛寵啊……

殿內，鄔陵桐伺候著宣德帝換了常服，捧上熱茗。

「陛下，臣妾身子越發重了，陛下來臣妾這兒……」鄔陵桐咬了咬唇，臉上一片壓抑的泫然欲泣。「陛下來這兒，臣妾沒法伺候陛下，也是對不起宮中姊妹……」

宣德帝飲了口茶，安慰她道：「愛妃這說的什麼話？朕愛去哪個宮，便去哪個宮，愛妃這可是在趕朕走？」

「當然不是！」鄔陵桐忙搖頭，一臉羞意。「臣妾當然希望陛下常來臣妾這兒……」

「那不就是了？」宣德帝笑了一聲，撫了撫鄔陵桐的臉，心疼地道：「在殿外等了這一段時間，可不是臉都凍冷了？」

宣德帝一邊說著，一邊喚宮人給鄔陵桐加衣、加炭。

鄔陵桐心滿意足地起身享受宮婢的伺候，水汪汪的眼睛目不轉睛地盯著宣德帝。

「瞧朕做什麼？」宣德帝頓了頓，笑了起來。「今明兩年連開恩科，已擇定許文英為主考，朕讓鄔老任閱卷官。說起鄔老，若是朕沒記錯，鄔老也還有幾個孫女吧？」

鄔陵桐面上的表情一頓，隨即笑道：「回陛下，是，叔祖父家和臣妾同輩的有四個妹妹。」

「鄔老的長孫女許給了陳王，這個朕倒是記得。」宣德帝輕輕一笑，似是閒話一般同鄔陵桐說起。「不知道鄔老另外三個孫女，可都許了親了？」

鄔陵桐心裡頓時疙瘩一起，心下計較起來。

陛下問此話到底是何意？八月勾引大皇子之事，陛下是否有所耳聞？

畢竟陛下沒有在她跟前提起過，今日這般陡然提起，鄔陵桐對此也是毫無準備。

不過是電光石火一般的時間，鄔陵桐綻出笑靨，說道：「回陛下，未曾。」

緊接著，她偏頭笑道：「陛下既然問起，那臣妾求個恩典，不如陛下為臣妾的堂妹賜門好親？」

宣德帝把玩著茶盞，似笑非笑地道：「愛妃既然提了，那朕自然是無所不應。」

鄔陵桐心中歡喜，臉上又泛起羞意。

「只是，愛妃說的這『好親』，可有個具體的人選不曾？」宣德帝摸了摸下巴，道：「鄔老的孫女想必也是不可多得的女子，一家有女百家求，指給誰家卻是個難題。」

鄔陵桐細細思索了片刻，回道：「叔祖父家的妹妹，到談婚論嫁年齡的也就只有三妹妹和四妹妹兩人。三妹妹許了陳王為妃，就只剩下四妹妹了。」

鄔陵桐一邊說，一邊打量著宣德帝的表情。見他一副洗耳恭聽的模樣，鄔陵桐便接著說道：「三妹妹得嫁皇親，四妹妹總不能嫁低了……」

這話裡的暗示，精明如宣德帝又如何聽不出來？

他笑了一聲，擱下茶盞道：「那依愛妃看，什麼樣的人家，才不辱沒了妳那堂妹？」

鄔陵桐見宣德帝毫無怪罪，心裡頓時鬆了口氣。

「不瞞陛下說，早前臣妾那妹子來宮中陪伴太后時，曾見過大皇子……喔不，現在應該稱為軒王爺了。」

鄔陵桐笑著，將此事當作玩笑話一般說給宣德帝聽。「也不知道怎麼的，麗婉儀姊姊偏說我妹子妄想軒王爺，倒弄得我妹子無地自容。後來她出了宮，便也沒再進宮來。」

鄔陵桐覷了宣德帝一眼，做出一副恍然大悟的表情。「是了是了，麗婉儀姊姊想必是怕我妹子和大皇子有瓜葛，讓許家不高興吧。」

許家便是大皇子妃、即如今軒王妃的娘家，軒王妃之父許文英，便是由鄔國梁推薦、宣德帝欽定的今年恩科取仕的主考官。

鄔陵桐這話說得巧，淡化了那次宮中對鄔八月的迫害，既表達了鄔家的委屈，又暗示了麗婉儀的氣度狹小。

若是宣德帝再往深處想，想必還會覺得麗婉儀有所圖謀。

宣德帝淺淺一笑。

「聽愛妃這意思，是想讓朕作主，將妳妹子許給泓兒了？只是——」宣德帝有些意味深長地道：「妳與她乃姊妹，朕與泓兒乃父子，這般婚配，怕是於禮不合。就算不計較這輩分混亂，泓兒已有許家女為王妃，愛妃難道希望妳妹子入府便低人一頭，為泓兒側室？」

鄔陵桐忙道：「陛下，若能得軒王爺垂憐，臣妾妹子想必也不計較這些。」

鄔陵桐此話便是應了對這樁婚事的認可。

宣德帝「唔」了一聲，不說應，也不說不應，只道：「容朕斟酌斟酌。泓兒新婚，立刻就賜側妃給他，想必許家也會有微詞。」

「許家乃是陛下的臣子，陛下決議，許家只有遵循照做的分，哪敢有微詞？」

鄔陵桐順杆往上爬，笑咪咪地接道：「況且臣妾一直耳聞軒王妃大度從容，陛下賜她一個姊妹相伴，軒王妃定然歡喜。」

宣德帝朗笑一聲，道：「愛妃說的是。」

宣德帝招人重沏了茶，撇開這樁事，和鄔陵桐說起別的來。

聊得最多的，自然是鄔陵桐腹中龍裔。

「待皇兒出來，朕一定悉心栽培，讓他得享世間繁華。」

宣德帝探手摸向鄔陵桐的肚腹，鄔陵桐一臉滿足，笑容深深。

新年剛過，本就沒多少年味的漠北關，已經全無過年的氣氛。

自從那晚應了鄔居正所提之事，鄔八月更是深居簡出。

而鄔居正，自然也將鄔八月的回覆傳達給了高辰複。

鄔居正對高辰複道：「一切都還只是口說無憑，我信任將軍，既應了此事，還望將軍回京之後，能儘早安排提親事宜。」

「小姪回京後，定然第一時間前往鄔府提親。」

高辰複鄭重地拱手施禮。鄔居正這次沒有避，安安心心地受了他這一禮。

娶鄔八月，他心裡已沒有任何障礙，即便這是皇舅的旨意。

「將軍。」趙前輕喚了他一聲，道：「下月二十六，將軍便要回京了。」

高辰複抬起頭，趙前頓了頓，道：「北蠻手中那位單姑娘，仍是沒有消息……」

北蠻人本就居所不定，單初雪落在他們手中，到現在為止還生死未卜，高辰複再一走，估計單初雪回來的可能就更低了。

除了高辰複，還有誰能帶著漠北軍去北蠻搜尋，只為了一個女子？

高辰複想到這兒，心裡便是一痛。

高辰複是認這個妹妹的，在他十幾年的成長過程中，他只有兩個妹妹，一個是高彤絲，一個是單初雪。

高彤絲對他從來都是不滿和指責，但凡他做錯一點，高彤絲便會對他嗤之以鼻。

而單初雪剛好相反。無論他做了什麼，單初雪都會一臉崇拜地看著他。

一個貶他，一個褒他，便是在這樣的鞭策和鼓勵之下，他才能在繼母無孔不入的捧殺中，仍舊保持著本性，沒有長成一個紈袴，也沒有成為一個廢物。

只是這兩個妹妹，一個帶髮修行，一個杳無音訊。

「北蠻那邊，讓人繼續打聽消息……」高辰複啞聲開口道。「礦脈一事，待我回京之後，看陛下如何處理。若打算和北蠻以礦脈而握手言和，她……興許還有救回來的可能。」

趙前和周武互視一眼，都從對方眼中看到了無奈。

雖說將軍發現了那條狹長、儲量龐大的礦脈帶，但北蠻和中原的矛盾由來已久，漠北關世世代代都有朝廷的兵馬駐守，想要緩和這個矛盾，談何容易？

高辰複卻是擺了擺手，道：「你們下去吧，我想一個人靜一靜。」

趙前和周武拱手施禮退下，營帳中，只剩下高辰複一個人。

要回京了，即將離開待了四年的這個地方。

雖然荒涼、偏僻，生活殘酷，甚至幾次九死一生，但高辰複還是更喜歡這個地方，勝於燕京城。

因為這裡，遠比燕京城乾淨得多。

高辰複不由又想起這四年間的種種。

「報仇的時候，到了……」

這是鄔家姑娘告訴他，高彤絲讓她轉告的話。

高辰複喃喃地重複了好幾遍，眼中殺氣頓顯。

他迅速地捋下手臂上的佛珠，在手心一顆一顆地撚著。

慢慢地，他眼中的殺氣褪了去，眼中又恢復了一片寧和。

「無證據，不能定罪，也不能殺人。」

高辰複口中喃喃，不斷地撚著佛珠。

沒有證據，高辰複不會給淳于氏定罪。

但他自己也知道，母親難產亡故，幼弟身亡，十有八九都是淳于氏的手筆。

儘管那時候她還沒有過門，還只是個小小的伯府嫡女。

或許連他自己都不知道，在他的內心深處，一直害怕著母親真正死因曝光的那一天到來。

因為這件事一旦確定是淳于氏所為，那他就真正是個孤兒了。

母親在他年幼時便離開了他，而父親早在那之前，就拋下了母親，成為了別的女人的港灣。

在這之後，也成為了別的孩子的父親。

他們夫妻和睦，子賢女孝；而他，沒有了母親，也早已沒有了父親。

高辰複合上眼，再睜開眼時，眼中已是一片平靜。

「將軍。」許是有什麼突發之事，趙前在帳外出聲稟報道。

高辰複揚聲道：「何事？」

「稟將軍，鄔郎中剛離開了軍營。」

高辰複一愣，疑惑道：「鄔郎中為何突然離營？」

「屬下聽說，似乎是京城鄔家來人了。」趙前回稟道。

第三十四章

京中送年節禮的人在路上耽誤了，這會兒方才趕到漠北，休息一陣後又要趕回去。臨走的時候，京中鄔府卻又來了人，竟是府裡派人來接她回去。

「四姑娘離京後，老太太心裡鬱結，一直纏綿病榻不起。老太君知道了此事後作了主，讓老太爺接四姑娘回去。」

「祖母病了?!」鄔八月聽得段氏纏綿病榻，頓時慌神，迭聲問道：「祖母可還有哪兒不適？情況嚴不嚴重？請了大夫嗎？大夫怎麼說？」

「四姑娘也知道老太太身體一直不好，藥也一直吃著，只是這次因四姑娘離家，老太太傷心狠了，所以才臥床不起。不過二太太、四太太和五太太天天在老太太跟前輪流伺候著，老太太有幾位太太細心照顧，也無大礙。大夫自然是請了，但也是那些陳詞濫調，囑咐老太太放鬆心情，別憂思過重……」

鄔八月緩緩鬆了口氣，頓了頓，又遲疑地問道：「老太爺也同意我回去？」

「老太爺自然也知道的。老太爺說了，等四姑娘回京，便著手籌備四姑娘的婚事。」

「婚事？」鄔八月一愣。

「是的，老太爺曾說，等四姑娘回來，便趕緊給四姑娘找個乘龍快婿。」

鄔八月聽了此話，皺起眉頭，臉上毫無喜悅，竟然是有些凝重。

鄔八月有些不情願回京，但鄔居正卻相當高興。

他本就不希望女兒一直待在漠北，還以為女兒要回京，至少也要等到高辰複回去向鄔府提親之後。現在還未待高辰複提親，鄔家便派人來接女兒，可見之前京中女兒身上發生的事情已逐漸淡化。

但鄔八月卻不這麼想。她肯定，祖父一定會在她回京之後，儘快將她遠嫁掉，說不定還等不及高將軍回京提親，她的婚事就已經被祖父給訂下來了，到時候就算高將軍前來提親也是太遲了。

鄔八月不想冒險，唯一的辦法大概就是拖延回京的行程。

在父親的觀念裡，高將軍是一個十分讓人滿意的女婿、孫婿人選，他一定認為，只要她將高將軍會來鄔家提親之事告知祖父，祖父一定會放棄別的孫婿人選，等著高將軍提親下聘。

但鄔八月很清楚，祖父一定會把她遠遠嫁掉。

若是最初的她，生不起和姜太后、祖父抗衡的勇氣，也許就真的聽從了祖父的安排，走得遠遠的，再不回燕京。

但她到底不是最初的她了。

父親待她這般好，母親即便是在千里之外也牽掛著她。更讓她無法遠離燕京的，是那位慈愛和藹、身體虛弱的老太太。

她絕對不會遠離燕京，至少在祖母有生之年，她一定要待在祖母一喚她，她就能及時出現在祖母面前的地方。

遭人誣陷，這個仇她可以不報，但姜太后若想對祖母不利，她萬萬不能答應！

鄔居正定下了鄔八月的歸期，在五日之後。

「府裡派人來接妳了，也算是了了父親一樁心事。」鄔居正笑道。

鄔八月低頭不語。

鄔居正望著她，遲疑地問道：「八月難道不想回京？」

鄔八月愣了愣，還是老實地點了點頭。

「也不是不想回……」她道。「就是不想現在這時候回，留父親一個人在這兒。」

鄔居正頓感欣慰。「不用替為父擔心，妳祖父雖已致仕，但在朝堂之中還是有幾分勢力，要把為父召回京城，只需要再多等一些時間。」

鄔居正嘆了一聲。「為父本想著待高將軍回京，向府裡提親之後，府裡才會來人將妳接回去。但這樣，到底有些讓人說閒話，對妳不好。如今妳先行一步，回京後待字閨中，逢高將軍上門提親，倒也恰是時候，更十全十美。」

鄔八月動了動嘴，喉嚨裡堵著話，卻是一個字也說不出來。

鄔居正遲疑了下，對鄔八月道：「八月，為父雖覺得高將軍可堪良配，但那蘭陵侯府到底不是高將軍一人當家作主。他回京後，必定會在京中成親，而妳嫁給他，不管將來你們會去往何處，蘭陵侯府卻是必須要先待上一陣子的。」

鄔八月點了點頭。她當然也想過。

「之前因妳姊姊和高家二爺之事，蘭陵侯府對我們鄔家定然是頗有微詞。這倒也罷了，內宅之中，妳與蘭陵侯爺乃是翁媳，除了每日晨昏定省，想來沒多少交集。只是那侯爺夫人……」

鄔居正有些為難。他向來不喜背人說閒話，提到侯爺夫人時，他梗了片刻，方才繼續道：「……因寧嬪娘娘之事，想必侯爺夫人對為父已心生怨恨。兼之妳姊姊執意要和蘭陵侯府退婚時，曾說起那侯爺夫人非良善之人，為父擔心，妳今後在蘭陵侯府中，恐會生活不易。」

鄔八月低低一笑。「父親不用多想，兵來將擋水來土掩，侯爺夫人若是欺凌女兒，女兒也自然不會坐以待斃。」

鄔居正頓時朗笑道：「是了是了，妳如今性情溫和了，為父倒是忘了，妳從前可是相當潑辣的姑娘。」

「父親！」鄔八月萬萬沒想到鄔居正竟這般打趣她。

鄔居正拍拍她的頭，憐愛地道：「別一味退讓，因為退讓會讓人覺得還未觸碰妳的底線，從而得寸進尺。該硬氣的時候，還得硬氣。」

鄔八月鄭重道：「女兒記下了。」

高辰複從趙前處得知了鄔家來人的消息，待鄔居正回軍營後，特意尋了這位未來岳丈探問了番情況。

「五日後？」高辰複有些訝異。

鄔居正笑道：「是。」

高辰複點點頭，卻有些遲疑地道：「鄔叔的意思是，讓鄔姑娘一人回京？」

「她身邊也有兩個丫鬟伺候，還有京裡來的人一路護送，應當無礙。」

高辰複皺了皺眉頭，卻也不好說什麼，得知有鏢局護送，倒也放了兩分心。

時隔一日，高辰複卻從趙前處得知，鄔姑娘要見他。他先是一愣，再是一喜，又是一思。

雖然鄔姑娘應了這門親事，但高辰複還不至於自大到認為她對自己有些什麼別樣的情愫。在他眼裡，鄔姑娘一直是個謹守禮數之人，貿然來見他，和她的性格不符。

趙前道：「將軍，鄔姑娘是悄悄來尋將軍的，並囑咐了屬下，不要讓鄔郎中知曉。」

高辰複更覺意外。

但既然鄔姑娘尋來了，他自然沒有避而不見的道理。

高辰複避了人，只帶了趙前、周武前去見鄔八月。

鄔八月卻是沒有帶丫鬟，但總不能一人出門，是以請了單氏作陪當幌子。

「高將軍。」

鄔八月對高辰複施了一禮，想著兩人今後會為夫妻，略有些不自在。

高辰複表現得比她沈穩些，點頭道：「鄔姑娘。」

「小女子求見高將軍，是有一事相求。」

高辰複點頭道：「鄔姑娘請說。」

鄔八月緩了緩氣，方才慢慢說道：「京中鄔家派人接小女子回京，小女子心下估算了一二，縱使將軍腳程快，但小女子比將軍提早近一個月時間先行，想必將軍到京也在小女子歸家半月之後了。」她微微咬了咬唇。「小女子冒昧，想懇請將軍說服家父，讓小女子等到將軍回京時，同將軍一路回京。」

鄔八月此話一出，在場的另外四人都愣住了。

單氏算是長輩，她先開口道：「八月姑娘，這般做恐怕有失規矩。」

鄔八月微微紅臉，卻堅定地道：「今日來見高將軍，便是想請高將軍應下此事。小女子不能這時候回京。」

趙前和周武對視一眼，周武朝趙前擠了擠眼睛。

那眼神彷彿是在說，鄔姑娘這般做，怕是想要和將軍單獨相處。有戲，有戲喲！

高辰複卻不這麼認為。

在他的眼裡，鄔姑娘便是一個恪守規矩之人，她明事理、懂人情，將來做為妻子，也定然會是一個賢內助。即便沒有皇上的意思，他看過鄔姑娘的身子，高辰複也覺得自己理當娶鄔姑娘為妻。

至於心中，或許他自己並未發現，他對娶其為妻一事，已經心甘，更開始情願。

高辰複凝眉思索，鄔八月靜靜等待他的應答。

「鄔姑娘。」高辰複輕呼口氣，眉頭微微蹙起。

鄔八月忙應道：「將軍請講。」

高辰複沈聲問道：「姑娘可否告知在下延遲歸期的原因？」

他很篤定，鄔八月今日前來請求，重點不在於「和他一起」，而在她「不想立時回京」。

高辰複想到的原因是，鄔八月是因為掛念鄔郎中，不想先行回京，留鄔郎中一人在漠北。

但這個理由，細細推敲之後卻站不住腳。

若是這個原因，鄔姑娘自可以直接同鄔郎中說。女兒向父親撒個嬌，這事便算成了，鄔郎中性情溫和，延遲回京歸期也並非是什麼大事，鄔郎中完全可以答應。

但鄔姑娘卻繞過了鄔郎中，尋到了他這兒，不得不讓高辰複疑慮了。

高辰複眼神犀利，鄔八月望了他一眼，卻覺自己在他眼中似是無所遁形。

她猶豫了片刻，深吸了口氣，道：「將軍可否借一步說話？」

高辰複揚了揚眉，揮手讓趙前和周武退遠些。

單氏看了鄔八月一眼，不待鄔八月開口，便主動地走遠了。

「鄔姑娘請說。」高辰複道。

鄔八月提了提氣，緩緩地道：「我還記得，將軍救我回來時，和我聊過單姨的事。蘭陵侯府有些不可對外人道的秘辛，鄔府自然也有。」

高辰複有些意外。他看向鄔八月，道：「據我所知，鄔姑娘在鄔家頗受寵愛。聽鄔姑娘的意思，倒像是怕回京後被人所害。」高辰複沈吟道：「但以鄔姑娘在鄔家的地位，鄔家總不會對鄔姑娘不利。」

頓了頓，高辰複道：「即使有之前宮中對鄔姑娘捕風捉影的傳聞，鄔家如今也派人接鄔姑娘回去了，足以想見那件事情已漸漸淡化。」

鄔八月笑了聲，有些沈重。「將軍說得倒也對，但我心裡卻始終不踏實。」她正色道：「不瞞將軍，我臨出京前，祖父曾對我說過，讓我永遠不要回去。我也早做好了永遠不回燕京的準備，如今突聞鄔家來人要接我回京，我也十分震驚。我聽來人說……祖父準備待我一回京，便給我訂一門婚事，將我遠遠嫁出去。」

高辰複皺眉。「妳可以告知鄔老，待我回京，不日便會前去鄔府提親。」

話音剛落，鄔八月和高辰複都微微紅了臉。

兩人這般堂而皇之地討論親事，著實有些赧然。

「……咳，父親也是這般說的。」

鄔八月率先打破沈默，道：「可是，我很清楚地知道，祖父定會將我嫁得遠遠的，不會讓我留在燕京城中。」

高辰複正待問為什麼，鄔八月卻搶先說道：「將軍不用問原因，我編不出謊話來欺瞞將軍，卻也無法告知將軍實話。我只能說……若我幾日後隨府裡來人回京，那等將軍到京時，興許我已成備嫁之身。」

高辰複緊鎖眉頭。

他自然想不透這其中的關節。將孫女遠嫁，對鄔老有什麼益處？

望著鄔八月認真的神情，高辰複到底是說不出拒絕的話。

他輕嘆一聲，思索片刻後道：「鄔姑娘既然這般說，那我也不好再多問。令尊那兒……我會嘗試著提一提。至於令尊是否答應，我就無法篤定了。」

「謝謝高將軍。」

鄔八月對高辰複施了一禮，略微鬆了口氣，道：「另外，今日我來尋將軍的事，還請將軍……當作不曾發生過。」

她對高辰複笑了笑，高辰複點了個頭。

鄔八月道：「今日勞煩將軍了，小女子不打擾將軍處理軍務，這便回去了。」

「路上小心。」高辰複禮節性地叮囑了一句，目送鄔八月和單氏漸漸離開。

趙前和周武聚了過來。周武擠眉弄眼地問高辰複道：「將軍，鄔姑娘這一顆芳心可是都付與將軍了……」

「你看起來精神很好嘛。」高辰複淡淡地道。「不如再繞著操練場跑上十圈？」

「將、將軍……」周武頓時哀嚎一聲，高辰複揚了揚眉。「嫌少？」

周武忙叫道：「不少了，不少了！屬下這便去！」

周武一臉如喪考妣的模樣，朝著軍營操練場跑了過去。

高辰複彎了彎唇角，和趙前返回軍營。

回去的路上，鄔八月心情雀躍。

單氏走在她身邊，有些欲言又止。

「單姨可是有話要說？」鄔八月笑著望向她道。

單氏撇過臉，低聲道：「我只是想提醒八月姑娘，主動要求隨男子一路同行，在別人眼中，有些不矜持。」

鄔八月認真地點點頭，不顧單氏的冷淡，拉過她的手，笑道：「單姨面冷心熱，八月受教了。只是……」她輕吐了口氣，無奈道：「只是我現在真的不能離開漠北。」

「八月姑娘與鄔老爺父女情深，姑娘是捨不得鄔老爺吧？」單氏了然地點點頭。「但就算如此，延遲一段時日回京，也不需將行程特意安排與高將軍一起，這總會引人非議。」

鄔八月笑了笑。若是剛好時間撞到一起，她和高將軍一路同行，還讓人理解。但她特意將時間調到與高將軍同路，就免不得讓人說道。

她倒是想等高將軍啟程回京之後再走呢，就怕這時間拖得太長，父親不會答應。

晚上，鄔居正回來，眉頭微微蹙起，似是有心事。

鄔八月忖度著，應該是高將軍尋他提過了。

「今日高將軍也同為父商量，說能不能等他啟程時護送妳回京。」鄔居正沈思道：「妳覺得如何？」

鄔八月立刻做出一個訝異的表情，然後拊掌笑道：「我正想多陪父親一段時間呢，高將軍思索得真周到。」

鄔居正一笑，正待說話，鄔八月搶先道：「父親，高將軍定是考慮到了女兒，才說要護送女兒回京。」

鄔居正頓時奇怪道：「此話怎講？」

鄔八月一本正經地胡謅。「父親也知道高將軍要娶女兒的原因，但回京後，他總不能在提親時將這理由宣之於口。別人定然會問他，怎麼會認識鄔家女兒，又為什麼要娶鄔家女兒？如果高將軍回京順帶捎上女兒，他大可以說和女兒便是這般認識的，提親也便順理成章。」

鄔居正恍然大悟，但仍舊有些疑慮。「若是這般說，對妳的閨譽恐也有影響。」

鄔八月想了想，道：「父親此話有理，但高將軍既然提了，父親也總不好拂逆了他的好意。」

鄔居正便面露為難之色。

他的確也因為這事是高辰複親口對他提出的而不好拒絕，方才有些遲疑。

「父親。」鄔八月偏了偏頭，輕聲道：「父親應了高將軍吧！女兒能多在父親身邊待上一陣，女兒也高興。」

鄔居正喟然一嘆，心裡暖和，到底還是答應了下來。

鄔八月心願達成，狠狠地鬆了口氣。

一切塵埃落定，跟隨京中人來漠北的鏢局師傅們雖有怨言，但看在銀子的分上，對僱主也還算客氣。

轉眼，一個月的時間便過去，高辰複的行裝也整理妥當，翌日便啟程回京。

他這次會帶走三百親衛，都是跟隨著他出生入死，和他有過命交情的兄弟。

離開的前一天，高辰複去了鄔家，和鄔居正定了會合的時辰，又見了單氏，說要接她回京，奉養她終老。

單初雪被北蠻人擄去，即便是不死，想來也不會回來了，母女二人今生恐怕也不再有相聚團圓的那一日。

高辰複又怎會讓她一個人留在漠北，孤零零地終老此生？

單氏對回京有些牴觸，鄔八月從而言稱和單初雪分別時，高將軍答應了單初雪會照顧單氏。鄔八月誠懇地勸說。「單姨想待單姊姊有朝一日回來，能見到她，不一定要在漠北等著。單姊姊肯定希望能見到健康安樂的單姨，您又怎麼忍心讓她的心願落空？」

單氏低低一嘆，抬頭望了望漠北廣袤無垠的碧藍天，道：「我雖來這兒兩年，一年之中有一半是冷颼颼的，但待在這個地方，卻覺得比任何一個地方舒服。至少晚上睡覺的時候是安心的。有漠北軍守著，北蠻的鐵騎攻不進來。」

高辰複也心有戚戚。

他無法否認，這裡是見證他成長的土地。這裡的百姓敬重他，將士擁戴他，活至現在，這是他最意氣風發的四年。雖然苦，但也甜。

「今後高將軍怕是沒機會回來了。」單氏微微笑了笑，道：「趁著還沒走，再好好看看這方土地吧。」

鄔八月也有些意動。

她一直想看看漠北關的壯景，上一次在寒山因被北蠻人劫持，雖得見了漠北寒關的巍峨，到底沒有心思欣賞。

如今她也要走了，若再不看看讓人心神激盪的漠北關，怕是會終身遺憾。

單氏彷彿知道她的心思，看向鄔八月道：「八月姑娘想必也沒見過漠北關全景。高將軍今日若是無他事，不如帶八月姑娘一飽眼福吧。」

高辰複意外地看著單氏，單氏對他輕輕一笑，點了點頭。

一道紅暈便從高辰複的耳根裡開始蔓延，應著今早的霞光，格外賞心悅目。

單氏低頭悶笑，鄔八月反應過來，臉上也起了一些羞意。

知道單氏這是在給他們安排相處的機會，高辰複也大方地應了下來，對鄔八月道：「鄔姑娘若是不嫌棄，我便陪鄔姑娘走這一程。」

鄔八月抿抿唇，道：「高將軍不用客氣，將軍也想再看看漠北關，小女子就感激將軍『順帶』將小女子捎上了。」

高辰複一愣，然後低聲笑了起來。

漠北關仍舊如常，不會因一個守將的離開而改變。

高辰複稟明了鄔居正，點了幾個親衛跟隨。

鄔八月騎馬行得慢，高辰複也並不催促，護在她身邊徐徐走著。

周武轉了一圈，提議道：「將軍，要不然咱們出關去跑一圈吧！」

高辰複思索了一番，詢問鄔八月的意見。

鄔八月點點頭。「若是沒危險，當然可以。」

高辰複便笑了聲，道：「臨近關隘口，關外有沒有情況，城牆上一目了然。在關外附近跑一跑馬，自是無礙。」

第三十五章

高辰複與關隘口的守將說了一聲，和鄔八月出了漠北關。

鐵門緩緩闔上，那沈重的嘎吱聲讓鄔八月不由回頭。

這樣一方土地，隔絕了兩個民族的生活，使兩個民族數百年來都水火不容。

若有朝一日，這扇大門可以敞開，兩族百姓可以互通有無，可以停止爭奪搶掠，可以和平共處，該有多好。

鄔八月輕嘆了一聲，嘴裡喃喃道：「要是北蠻……北蠻人口中的北秦，可以和大夏簽訂停戰協定該有多好？這樣，單姊姊或許還能有回來的一日。」

她聲音很低，本只是自己嘀咕，不料卻傳進了高辰複的耳中。

高辰複眉眼一暗，輕輕夾了馬肚往前，鄔八月回過神來，趕緊跟上。

兩人漫無目的地走著。

雖已跨了新年，漠北關仍舊是寒冬，關外一片雪原，幾無綠色。

雪色耀眼，風拂過，吹起鄔八月肩上的髮，烏黑的秀髮映著她瓷白的小臉，落在高辰複眼中便是那般純潔和美好。

「高將軍？」

鄔八月意識到高辰複走神，忙低聲喚了他一句。

高辰複回過神來，隨便找了個話題，道：「今日出來，妳該將妳那頭小狼也帶出來。」

鄔八月搖頭，道：「要是把牠放出來，一個沒看住，恐怕牠就跑丟了，再也回不來了。」

鄔八月嘆了一聲，遲疑地看了看高辰複。「高將軍，這事……我正想問問你的意見。」

「妳說。」高辰複點頭。

鄔八月為難地道：「我思來想去，還是想將月亮帶回去。可貿貿然帶一頭狼回府，且不說牠會不會傷人，便是府裡的人，恐怕也不允許我將一隻野獸帶在身邊。」她有些難過。「月亮從小就離了獸群和人待在一起，雖有幾分狼性，但也不會輕易傷人。只怕府裡之人有偏見，不管我說什麼，都不允許我帶月亮進府。」

高辰複有些明白了，指了指自己。「妳想將那小狼交託給我？」

鄔八月點點頭。

高辰複自然是應允了下來。

鄔八月道了謝，兩人仍舊這般靜靜地並頭前行。

關外空氣陰冷，鄔八月吹了會兒冷風便有些受不住。

她正要開口，高辰複卻先說話了。「冬日這裡也沒多少可看的，一望過去全是冰雪，怕是要讓鄔姑娘失望了。」

鄔八月忙搖頭。「不會。之前在關隘城牆之上時，我已經領略到了漠北關的氣派。一夫當關，萬夫莫開，北蠻想要進犯，恐怕不易。」

鄔八月對高辰複笑了笑。「將軍，你說我們現在是不是站在北蠻的地界上？這般一想，他們也只能任由外族人侵犯領地，卻沒有前來轟人的膽量。」

高辰複一愣，繼而哈哈大笑起來。

鄔八月輕掩檀口，也笑了起來。

「回去吧。」高辰複笑過之後，低咳了咳，對鄔八月道：「要是臨走之前反倒傷了風，那可是得不償失了。」

鄔八月點點頭，伸手哈了哈氣，這才去拉馬韁。

高辰複晃眼一瞧，只覺得她一雙小手凍得通紅，不待思索，他已一手伸出，將鄔八月的兩隻手齊齊抓到了手裡。

這樣一來，他們兩人離得極近，座下馬兒似也是緊緊貼著。

鄔八月頓時紅了臉，高辰複也察覺此舉唐突，但兩人都僵著，一時半會兒竟保持著這樣的姿勢。

半晌，鄔八月先回神過來，輕咳一聲道：「將軍。」

高辰複忙鬆了手，鄔八月將雙手收了回來。

不待多話，高辰複伸手牽了鄔八月的馬韁，柔聲對她說道：「小心手凍著了，牽馬的事，我來。」

鄔八月雙頰飛起紅暈，不好與高辰複搶奪馬韁，只能吶吶地應了，輕聲道了句謝。

回來後，她牽了月亮去尋單氏，卻見張大娘和單氏在廚房正聊著。

單氏瞥了她一眼，意味深長地笑了笑。

張大娘見著鄔八月忙笑道：「正說姑娘呢！」

鄔八月愣了下。「說我？」

「對啊。」張大娘笑得賊兮兮的。「明兒個姑娘可就要和高將軍一同回京了，有高將軍護送左右，姑娘可是半點危險都不可能有。」

單氏燒著柴，聞言抿抿唇。

鄔八月尷尬地道：「大娘，不過是順路……」

「順路順了一個多月呢。」張大娘揉著菜板上的麵，麻利地擀麵皮、包包子，樂呵道：「我可數著日子，姑娘本家的人來了可有一個月了，等了這麼長時間，卻剛好等到高將軍回京的日子，這也太巧了，看來的確是好緣分哪。」

鄔八月無奈地道：「大娘又打趣我。」

張大娘爽朗一笑，隨後卻有淡淡的不捨流露。「姑娘明日便要走了，我這心裡啊……可真是捨不得。」

鄔八月一聽，鼻頭一酸，也有些傷感。

「單妹子，妳跟姑娘一道回京去，等姑娘出嫁，可要連我那份祝福也給姑娘送去。」張大娘又看向單氏。

單氏張了張口，輕聲道：「張姊姊，我還沒定要回京。」

「怎麼不回了？」張大娘瞪眼道：「高將軍來親自說的，妳可不好駁了人家的好意。」

張大娘自然不知道單氏的身分，鄔八月也只同她說單氏是高將軍的舊識，拜託她幫忙照顧。

張大娘好心勸道：「高將軍念舊，想要照顧妳，這可是件好事。妳沒兒女在身邊，姑娘一走，妳怎麼辦？又一個人孤零零回那小村子裡去不成？到時候可沒人照顧妳。」

單氏不作聲，張大娘緊趕慢趕地繼續說道：「咱們女人啊，在這世上活一遭，圖個什麼？不就圖丈夫寵愛、兒女孝順，到老了沒糟心事，臨了了能樂樂呵呵地閉眼。單妹子妳可別糊塗，有人肯照顧妳，換作是我，一迭聲就答應了，妳還猶豫個啥？」

單氏笑了笑，道：「張姊姊妳不懂。」她頓了頓。「我還想等著我女兒回來。」

單氏有女兒，張大娘還是知道的。鄔八月對她說，單氏的女兒失蹤了。

「妳也別多想，孩子要是回來，定然會去妳們以前住的地方尋妳，要是不回來，妳白等在那兒也不是辦法。」

鄔八月頓時接過話道：「單姨，張大娘說的有道理。將軍那邊也讓人幫忙留意的……」

單氏低了頭，半晌後方才道：「我還是要再想想。」

說著，她起身回了屋，又將自己關在了房裡。

張大娘對她的行為只想成是她自尊心強。

「姑娘也別覺得她不識好歹，我瞧著單妹子她心氣高，恐怕她是覺得她跟你們回京，以後賴著你們照顧，有點兒寄人籬下了。」

鄔八月笑了笑，道：「單姨自己會想個明白的。」

鄔八月當然知道單氏考慮的不是這一點。

她抗拒回京，是抗拒蘭陵侯府。至於說若是回京，會覺得仰人鼻息生活，鄔八月倒覺得是次要的。

明日便要離開漠北，張大娘做了一頓豐盛的晚飯。

鄔居正破天荒地讓羅鍋子去打了點酒回來，也不拘身分，讓院裡所有人都聚了一張圓桌，一起吃一頓離別宴。

鄔居正平日裡滴酒不沾，自然也不善飲酒，喝了不過三杯便醉意上湧，面頰酡紅，但好在說話還算清醒，一雙眼睛亮得嚇人。

他盯著鄔八月，喃喃了好半晌才終於道：「母親，兒子把八月給您送回來了……」

鄔八月一聽便知道他喝醉了，竟還把她認成了祖母，一時之間頗有些哭笑不得。

羅鍋子扶了鄔居正讓他坐直，道：「老爺，這是四姑娘，不是老太太。」

靈兒捂嘴偷笑，對鄔八月道：「陵梔姊，妳有那麼老了嗎？」

鄔八月瞪了他一眼，溫聲對鄔居正道：「父親醉了，我送父親回房休息吧。」

鄔居正卻連連擺手。「不回不回！」隨後嘟囔道：「我怎麼了，頭那麼暈……」

鄔八月無奈，她也扶不動鄔居正，只能拜託羅鍋子和方成幫忙扶鄔居正回房。

路上，鄔居正不知道想到了什麼，竟然開始輕聲嗚咽起來。「獨在異鄉，淒涼啊，淒涼……」

鄔八月聽著心裡不好受，站在庭中發愣。

是啊，她這一走，在漠北，的確只剩下父親一人了。

同一時刻，燕京城蘭陵侯府，嶺翠苑中。

蘭陵侯夫人淳于氏雙手平放在膝上，仔細看了看蔻丹氤氳，笑著點頭道：「這顏色倒是豔，且染上它兩日。」

身邊的郭嬤嬤奉承道：「是夫人手好看，換了別人，怕是染上了也瞧著不倫不類。」

淳于氏笑了聲。「嬤嬤又說好話恭維我。」

「老奴豈敢。」郭嬤嬤笑道。「雖是討巧話，但老奴說的也是真的。」

淳于氏道：「倒也是，這話我聽在耳裡也開心。」

淳于氏撫了撫手背，雙手搭在了兩邊暗紅色的椅搭上，鮮紅一般的蔻丹襯在上面，顯得有些嚇人。

她面上的笑容淡去，眼中含了點點寒星，輕聲問道：「郭嬤嬤，事情交代得怎麼樣了？算算日子，明日他可就要啟程回京了。」

郭嬤嬤臉上的神色也斂了，陰惻惻地笑道：「夫人放心，管讓他踏不進燕京城。」

淳于氏卻不那麼樂觀。「這崽子放出去四年，誰知道還是不是當年任我捏扁搓圓的孩子？」

淳于氏十指輕輕在椅搭上刮擦，眼中又顯了陰沈。「尤其現在書兒斷了腿，一蹶不振，侯爺可是盼著他那長子回來，榮耀加身，想上書請皇上立世子呢。」

郭嬤嬤輕聲勸道：「夫人何必憂心，侯爺只有兩個兒子，其中一個若是死了，另一個不管怎麼樣，也是繼承侯爵位的不二人選。」

淳于氏笑了笑，笑意卻不達眼底。「但願如此吧。」

但願那人，再回不來。

郭嬤嬤瞧了瞧刻漏，提醒道：「夫人，夜深了，該休息了。」

她稍稍頓了片刻，小心地道：「今兒個侯爺去喬氏那兒歇了。」

淳于氏冷哼一聲。「侯爺年紀越大，倒是越發捨不得嬌小美人兒了。」

「夫人莫要傷感，再如何，您也是正妻。」

「是啊，正妻。」淳于氏狠狠地抓了一把椅搭，上面繡的花紋都扭曲了起來。「但到底是個繼室，年年還要給嫡妻行禮稱小。」

淳于氏驀地一拍椅搭，寒聲道：「我的兒子出了事，妳的兒子也別想好過！」

郭嬤嬤心裡暗暗嘆了一聲，扶了淳于氏去休息。

淳于氏解了頭髮，忽然想起問道：「對了，之前不是聽了風聲，說鄔家派人去接他們四姑娘了嗎？算日子也差不多該到了，怎麼沒收到點信兒？」

郭嬤嬤搖頭道：「倒是不曾聽說將那四姑娘接了回來。」她心裡一動。「夫人問起鄔家之事，莫非還想和鄔家續姻緣？」

淳于氏頓時好笑道：「我有那麼蠢？與鄔家結親對我有什麼好處？」

「那……」

「我只是想著，論起來，他們鄔家可的確是欠我們蘭陵侯府的。」淳于氏冷冷一笑。「書兒的婚事也好，寧嬪娘娘的死也罷，他們都對不起我淳于泠琴。」

郭嬤嬤遲疑了下，道：「老奴說句不好聽的話。寧嬪娘娘的死，和那鄔大人到底有沒有關係，這可的確不好說……」

淳于氏道：「這我自然知道。」她眉梢一挑。「但皇上都因此將他貶到漠北去了，能說不是他的過錯？」

郭嬤嬤忙道：「夫人說的是。」

「我們在後宮裡沒人，之前是想著和鄔家結親，有了這層姻親關係，也好幫忙扶持鄔家女兒，為將來打算。承恩公和侯爺雖然私交甚好，兩府關係也好，但在利益面前，這些交情恐怕也要先放在腦後。」

「夫人是打算……」

淳于氏想了想，道：「皇上四個兒子裡，只有軒王爺一個人被封了王。軒王爺母妃麗婉儀母家不強，妳說，要是我對她示好，她會有何反應？」

郭嬤嬤頓時驚呼。「夫人是想轉而扶持軒王爺？」

「扶持一個已長大成人，母家也不顯的皇子，總比將希望寄託在還沒出生、連男女都不知道的奶娃子強。還有那些個小的，誰知道能不能安安穩穩長大？」

淳于氏笑了一聲，又低低一嘆。「可惜啊，軒王爺已經大婚了。若是他還未大婚，蕾兒和他年歲相仿，倒是……」說著便笑著搖搖頭。「罷了罷了，想這些也無用。如今最緊要的，是不能讓那已經離開四年了的崽子回來。」

郭嬤嬤恭聲應是。

漠北，再是不捨，離別的時刻終究要到來。

鄔八月掀起車簾，晃動的馬車開始顛簸起來，她朝著跟隨馬車的鄔居正等人招手，終於，只能看見些許黑點。

單氏坐在她對面，輕聲道：「離別只是暫時的，鄔太醫總有一日也會回燕京。」

單氏終於還是決定和高辰複一起回京，卻在上馬車前提出了額外的請求。

她不肯再回蘭陵侯府，回京之後，也想隱姓埋名地等著單初雪的消息。

鄔八月趁此機會提出讓單氏隨她回鄔府的建議。

高辰複覺得此提議甚好。他回京之後恐怕也不得閒，接了單氏回去卻不在她身邊照顧，有悖他的初衷。

鄔八月道：「單姨盡可放心，我只需對家中長輩說，您是救過我的恩人，為此還失去了您女兒的消息，祖母和母親定然會將單姨奉為上賓。」

單氏略想了想，既作出回京的決定，她便也不再矯情，坦然接受了鄔八月的好意，並對她道了聲謝。

是以現在回京的路上，高辰複的隊伍裡多了兩輛馬車。一輛馬車中坐了鄔八月和單氏，另一輛馬車中坐了朝霞和暮靄。

鄔八月擔心月亮和高辰複不熟，回京之後不肯跟著他，便在啟程時將月亮交給了高辰複，讓一人一狼培養感情。

鄔八月斂下傷感，對單氏笑道：「單姨說的是，父親或許要不了多久就能回來了。」

她靠在車壁上，伸手去掀前方的簾子。

高辰複騎著他那頭棗紅色大馬，一手提著馬韁，一手卻是抱著月亮，頗有些不倫不類。

突然，月亮扭了狼首去叼高辰複的手臂，沒咬著人反倒磕了自己才長穩的牙，頓時嚶嚀委屈地悶叫了兩聲。

鄔八月無奈地搖搖頭，單氏卻是道：「八月姑娘倒是奇怪，天底下的姑娘哪有把一頭狼當作寵物養的？」

鄔八月笑笑，說：「月亮從還是幼崽的時候就到我身邊了，我養了牠到現在，也捨不得把牠給放走，就怕牠身上已經沾染了人氣，回狼群會被當作異類給咬死，也只能把牠繼續帶在身邊。」鄔八月呼了口氣，道：「我不盼別的，只盼牠能安安樂樂地活到壽終。」

單氏彎了彎唇。「八月姑娘就不怕這狼咬人？狼發起狠來，可不是那麼容易就能制得住的。」

「也怕。」鄔八月老實地點頭。「可我也是捨不得牠……」

她嘆了一聲，俏皮地笑了笑。「所以啊，還是交給高將軍處理吧。」

趕路是乏味而無聊的，雖是漸漸遠離漠北，卻仍舊荒涼，除非是路過村莊或小鎮，否則根本就見不著多少人。

單氏坐得住，鄔八月熬一熬也坐得住，朝霞更沈得住氣，就剩活潑性子的暮靄，一會兒抱怨馬車的車板太硬，硌得人屁股疼，一會兒又抱怨朝霞悶性子，不同她說話，再過一會兒，她卻又是因一直不消停而反胃，按頭捶胸直喊不舒服。

朝霞沒辦法，只能喚人牽了一匹馬讓暮靄騎，好歹緩一緩她的不舒服。

京中府裡的人和鏢局的師傅們覺得這趟回去的差事輕鬆，心情便也不差，師傅們還趁此機會和高辰複的親衛兵們套近乎，想從他們手上學一招半式，豐富一下對敵招式。

即便是用飯，鄔八月和高辰複也沒有什麼交集。他們自然也不會當著旁人湊在一起說話——畢竟他們的感情也還沒有那麼親密。

高辰複吃乾糧的時候，也不忘分給月亮一些，儘管月亮時常嫌棄。

就這般一路笑鬧，一路南下，氣溫漸漸升高，越往燕京走，一路上見到的越是春暖花開、欣欣向榮之景。

路上未曾遇到過什麼突發的狀況，畢竟他們一行有三百來人，進到小村莊都還會引得村民側目警惕，遇到一般的山頭賊子，連近都不敢近前來。

走了一半，萬事皆順。

這日，他們行到了一處山林，正午時分太陽有些曬，高辰複下令停止前行，歇上一陣。

山林裡果樹成片，雖是春季，但也有些野果子結在樹上。三百侍衛中去了十個人摘野果子、採新鮮菌菇；另有二十來個人分散開來，去山林間試圖逮一些野物。

走了這一路，所有人都已經與這些侍衛有了默契。

隊伍停下了，他們便自動地圍在了鄔八月等人的中間，搭鍋做飯，一行人有條不紊地動作起來。

很快便有人將摘得的野果、菌菇帶了回來，沒一會兒，陸陸續續也有打野味的侍衛從山林裡出來。

高辰複盤腿坐著，閉目養息，趙前和周武一左一右守在他身邊。

他們是高辰複的近身護衛，和他自然是寸步不離。

鄔八月吃了饅頭，喝了點燒熱的水，聞著不遠處開始漸漸烤熟的野味，吸了吸鼻子，對單氏笑道：「單姨，烤野味真香。」

單氏淡淡地點了點頭，一點一點地掰著饅頭，小口小口往嘴裡塞。

等了一會兒，最先上架烤的野味便熟了。聞著那酥香誘人的味道，鄔八月忍不住深深吸了口氣。

這幾日路過的都是小村莊，拿銀錢換的物資都是最基本的口糧，村人並不富裕，稍好一些的養些家禽，再養頭牛就不錯了。養家禽是為了生蛋，養牛是為了耕田。至於豬一類的，高辰複手下的人也不好問人家買。剛過了年，家家戶戶才殺了大肥豬，現下各家養的都是半大不小的豬崽子，誰捨得賣？

是以這些天，鄔八月吃得十分清淡，嘴早就饞了。

如今好不容易走到山林，有烤野味能吃，鄔八月自然十分期待。

一個眉眼清秀的侍衛抿著唇，神情嚴肅地拿著一串烤好的兔肉朝鄔八月走了過去，一板一眼地道：「鄔姑娘，請用。」

暮靄連忙接過，朝霞瞪了她一眼，有些無奈於暮靄的毫不客氣，對那侍衛行了個禮，道：「有勞侍衛大哥。」

鄔八月也對那侍衛點了點頭，以示感激。

侍衛還是一臉嚴肅，搖了搖頭，轉過了身。

暮靄拿著籤串湊近鄔八月，鄔八月也顧不得，拿巾帕擦了擦手，便伸手撕下了油滋滋的一塊肉，放進嘴裡。

剎那間，變故陡生。

第三十六章

山林之中突然竄出一群戴著鐵面具的人，足有十幾個之多。他們分成兩排，成扇形朝著高辰複的方向撲了過去。

前排的開路，後排的解決腹背之敵。

鄔八月顧不得還沒嚥下肚裡的兔肉，瞪圓了眼睛看著不遠處已戰成一片混亂。

暮靄尖叫一聲，緊緊拽著烤串挨近鄔八月。雖是害怕，仍舊擋在了鄔八月前面。

朝霞也面色發白，同樣擋在了鄔八月前面，和暮靄一左一右。

他們行了這麼長的路，還沒遇到過被人伏擊的情況。

鄔八月本以為一路都該是平平安安的，沒想到竟然有人要半途刺殺高辰複。

看著來不及防備的第一批侍衛受傷倒下，第二批侍衛雖然反應過來、開始抵抗，但對方是訓練有素的殺手，竟然招招都朝著命門襲去，讓侍衛們多有顧慮。

高辰複面沈如水，並不見絲毫慌張。他身邊的趙前和周武亦是如此，一左一右立在高辰複身前，目光漸漸變得狠辣。

鄔八月心裡天人交戰。她止不住想，這些殺手是真的要來殺高將軍，還是……是來殺她的？

雖然他們的目標明確就是高將軍，但鄔八月總覺得他們的攻擊方式有些讓她無法理解。

三百多個侍衛，這十幾個人要在三百多人手中取高將軍的首級，無異於以卵擊石，可是他們卻始終朝著高將軍的方向挪動，而且似乎有意將他往更遠處逼去。

這有些像……

「啊！」

鄔八月腦中正思索，忽覺得渾身一輕，緊接著，脖頸處一涼，低頭一看，一柄寒光逼人的劍已架在了她的脖子上。鄔八月還來不及尖叫出聲，暮靄卻是因震驚和恐慌而大叫了一聲。

「你、你你你……」暮靄瞪大眼指著劫持了鄔八月的人，一副難以置信的表情。

朝霞臉色鐵青，深吸一口氣道：「侍衛大哥，你這是做什麼?!」

劫持鄔八月的人，正是方才給鄔八月遞烤串的侍衛。在面具殺手衝出山林時，他離鄔八月最近，順理成章地成了護衛鄔八月的人，沒有引起任何人的懷疑。

鄔八月經歷過被北蠻擄劫的事，一柄劍架在脖子上已經不會讓她驚慌失措了。

只是她沒想到，高辰複的親衛裡，竟然也會有奸細。

不過眨眼的工夫，高辰複那邊的戰鬥也已經結束了。

十幾個面具殺手無一例外都被誅殺殆盡，趙前、周武連兵器都沒亮出來。

高辰複盯著劫持著鄔八月的親衛，半晌後薄唇輕啟，諷刺地笑道：「原來如此。聲東擊西。」

是了，聲東擊西。鄔八月總算明白何處怪異。

這十幾個人朝著高辰複那邊壓去，將所有人的視線都引到了他那方，而她這邊，所有人都關注著那方的戰況，連她自己也是一樣，自然被忽略得徹底，才給了這侍衛可乘之機。

只是，為了劫持她便要犧牲十幾個身手還不錯的殺手的命？她的命是否太值錢了些？誰會殺她？誰能出得起這個本錢殺她？答案呼之欲出。

鄔八月有些想嘆氣，也真的嘆了聲氣。

身後的侍衛呼吸微頓，極輕地道：「對不住。」

鄔八月有些耳鳴，不知道是不是自己聽錯了，緊接著卻聽到身後侍衛道：「所有人都退開，離我十丈之外，否則我不敢保證會不會手一抖，劃傷了鄔姑娘的脖子。」

高辰複目光沈沈，此時他也毫無辦法，只能揮手讓全神戒備的親衛們都漸漸退開。

說是十丈，便不多不少正好十丈，成一個扇形將侍衛和鄔八月圍在中間。

身後的侍衛又出聲了。

「請將軍上前來。」

鄔八月眉頭一皺，高辰複則是挑了挑眉。

趙前伸手攔在高辰複身前，道：「將軍，不可。」

朝霞和暮靄則是臉色蒼白地看著他。

高辰複淡淡地撥開趙前的手，道：「臨出漠北關時，鄔叔囑咐我，讓我好好照顧鄔姑娘。我若是讓她受傷遇害，有負鄔叔所託，言而無信。無信義者，何以以大丈夫自稱，立足天下？」

趙前聞言，緩緩地收回手，咬著唇退到一邊。

高辰複緩步上前，一邊道：「你的目標是我，不要傷害鄔姑娘。」

侍衛緊緊地盯著高辰複朝前邁動的腳，額頭細細地冒著汗。

鄔八月腦子有些昏，長時間仰頭低眼，讓她有些缺氧。

可她腦子裡有些朦朦朧朧的想法，她覺得是關鍵，可就是抓不到頭緒。

這人的目標到底是誰？她以為是自己，可現在看來，似乎並非如此。

鄔八月使勁地想著，眼睛也緊緊黏在高辰複的身上。

前方三百侍衛的目光太過灼人，鄔八月知道，若是因為要救她而讓高將軍有了什麼意外，那她也難辭其咎……

在高辰複走到中間時，她猛地出聲大喊。「高將軍！別管我！向小人妥協也並非大丈夫所為！」

侍衛手中的劍一緊，鄔八月頓時後背一身冷汗。

高辰複微微頓住腳，離鄔八月尚有四丈距離。

鄔八月聽得身後侍衛輕聲一笑，低語了一句。「夠了。」

夠了？什麼夠了？距離嗎？

鄔八月眼睛頓時睜得老大。電光石火之間，她彷彿明白了什麼。

然而還不待她開口，侍衛便大喝一聲。「殺！」

侍衛中，頓時奔出三十來個侍衛，朝著高辰複不要命一般地衝去。

鄔八月一臉的難以置信。

錯了……這些人的目標不是她，是高將軍！

山林中藏有十幾個此時已斃命的殺手，但在他們行動之前，有十人進山林摘野果菌菇，二十來人去獵野味。三十多個人卻沒發現那十幾個殺手的蹤跡，如何不奇怪？

唯一能解釋的，便是他們是一夥的。

高將軍親衛中，竟有三、四十個人生了貳心！

鄔八月面色煞白，眼睜睜看著衝在最前面的侍衛舉著長刀，朝著高辰複的方向猙獰地揮斬下去。

鄔八月不由淒厲地叫。「不！」

說時遲，那時快，就在大刀朝著高辰複揮去的那一瞬間，高辰複身子極其靈巧地往後一折，大刀堪堪平著揮斬過去，從他的胸前驚險劃過。

一擊不中，再來一擊。奸細反手再次揮刀，只是高辰複早有準備，腳尖點地，雙手平展，運起輕功往後滑翔，腳在地上劃出一條清晰的痕跡。

他一邊退，三十多個奸細也一邊追。已反應過來的侍衛上前與後方的奸細拚殺起來，真正威脅得到高辰複的只有離他最近的四、五人。

而他這一退，整個人離挾持鄔八月的侍衛越來越近。

鄔八月的心都提到了嗓子眼。

若是侍衛丟開她，朝前暗下殺手，高辰複哪裡躲避得及？

鄔八月來不及細想，她心下一狠，咬著牙伸手死死扣住侍衛持劍的手。

正想有所動作的侍衛頓時一愣，手動了動，想甩開鄔八月，可讓他吃驚的是，鄔八月的力氣竟然大得驚人，他狠甩了兩下都掙脫不得，甚至因此還傷到了鄔八月，這女子卻自始至終沒有鬆手。

高辰複久經沙場，這樣的情況並未讓他驚慌。解決逼近的幾人，他沈著冷靜、游刃有餘。他和鄔八月只有兩步的距離，侍衛更加迫切想要甩掉鄔八月。

鄔八月也知道這是最關鍵的時候，她心神集中，抓著侍衛握劍的手更緊。她知道，要是她在這個時候鬆手了，高將軍將是避無可避。

侍衛眼中殺意一閃。

他本沒打算要這無辜姑娘的性命，拿她做威脅已是無奈之舉，但若是她要阻攔他們的計劃，那就另當別論了。

侍衛心下一狠，手下用力，就勢要取了鄔八月的性命。

那凜然的殺意，鄔八月體會得清清楚楚，她雙眼一閉，感覺自己大限已到。

頸部的涼意讓她渾身的雞皮疙瘩都冒了起來，時間突然彷彿放慢了，她睜大眼睛，感受到那鋒利的刀刃即將劃破她幼嫩的脖頸——

「砰——」

一柄飛劍朝著鄔八月迅疾飛來，正中侍衛面門。

侍衛連一聲驚叫都沒有發出，便沈悶地一梗，手上勁一鬆，那柄原本威脅鄔八月的劍極其靠近著她的身，緩緩滑下。

下一瞬間，高辰複朝著鄔八月飛奔而來，一手攬住鄔八月的纖腰，另一手從腰間拔出一柄短匕首，須臾之間便調換了身形，反身正視著那窮追不捨的剩餘幾名奸細侍衛。

他虎目灼灼，眼中似有流光溢彩，溫度卻彷彿極高，有熊熊火焰傾注其中。

鄔八月緩緩吐出一口氣。

高辰複低聲說道：「別怕。」

這是高辰複第二次救了她的命。

鄔八月緊抿了唇，輕聲道：「不怕。」

高辰複身形一頓，極快地望了望鄔八月。

但現如今的境況容不得他放鬆心神，高辰複將短匕首遞給鄔八月，低聲叮囑一句。「萬事小心。」便赤手空拳地朝著還未被解決的四個侍衛衝了過去。

鄔八月只覺得眼前劍光忽閃，高辰複的身形如同風一般，抓不住、看不透。

不知道過了多久，打鬥終於停了下來。

朝霞和暮靄忙不迭地跑向鄔八月，暮靄哭成了個淚人兒，朝霞也是紅著眼眶，眼角有濕意。

「嚇死我了，嚇死我了，姑娘！」

暮靄抱著鄔八月，緊繃的情緒一見到鄔八月並無大礙後頓時鬆了下來，大哭出聲。

鄔八月一邊拍著她的後背低聲安慰她，一邊望向朝霞，輕笑著對她搖頭，示意自己無礙。

而那邊前方，高辰複的人已經開始將這些人抓起來了。

臨陣倒戈的侍衛，加上被高辰複一劍擊殺的侍衛，總共有三十四人。其中，死了十八人，重傷十二人，被控制住的輕傷者四人。

高辰複面沈如水，趙前和周武都站到了他後面。

那四個輕傷的人被押著跪在高辰複面前，雙臂被反剪在了身後，都是低垂著頭。

場面氣氛嚴肅，現場鴉雀無聲。

這般悄無聲息，便讓暮靄的哭泣聲和鄔八月的撫慰顯得尤為突兀。

鄔八月輕輕推開暮靄，道：「別哭了，高將軍還有正事要做。」

暮靄吸了吸鼻子，停了哭聲，乖乖地站到了鄔八月身後。

單氏也朝鄔八月走了過去，遞過一小盒東西。鄔八月一看，卻是金創藥。

她脖子上有被劍劃到的幾條小傷口。

鄔八月笑著對她點點頭，接了過來，輕聲道：「謝謝單姨。」

單氏默默地轉過身。

三百多名侍衛，其中十分之一的人叛變。高辰複縱使面上再是不顯，心裡定然也是翻江倒海。

他看了看已死的十八人，又將視線挪到奄奄一息的十二人身上良久，方才看向四名輕傷者。

「為什麼？」高辰複沈聲發問。

四人中沒人說話，高辰複又道：「說個理由，我給你們一個痛快。」

還是沒人回答。

周武氣憤填膺上前道：「將軍何必和這些害群之馬客氣？將軍離開漠北時，已提取了他們的檔案，他們的姓名、生平、住址，以及家中幾人、父母是否健在、是否有妻有子，這些都在上面記錄得清清楚楚，等到回了燕京，上稟天聽，他們竟敢對有功之將下手，定會落得個滿門抄斬的結果！」

此話一出，那四人頓時都震驚地抬起頭來。

鄔八月微微嘆了一聲。

周武並非莽夫，他能得到高將軍的信任，成為他的近衛，可見他也是有勇有謀的。周武此話，連鄔八月聽了都不相信。

可這四人現在已是生死關頭，大概不管高辰複的人說什麼，他們都會信以為真。

果然——

「高將軍！」

其中一人頓時神慌，掙扎著仰頭看著高辰複，淒厲地道：「屬下等人皆是被逼無奈，請將軍……莫要牽連屬下家人！」

高辰複不語，趙前冷冷地接過話道：「將軍待你們不薄，可你們也能對將軍痛下殺手。你們既選了這麼條路，就莫要怪將軍冷酷無情。」

「還不快說，為何要刺殺將軍？誰指使你們的！」

周武伸腿狠狠地踢了下最靠近他的一名侍衛，眼中怒意閃閃。

「說是不說?!」他性子有些暴躁，提劍就逼到了方才被他踢的那人脖子上。

「我說！我說！」

那侍衛深深吸了口氣，緩緩開口道：「我們並不知道幕後主使到底是誰。」

周武頓時一個耳刮子搧了過去。「你他娘的少跟老子打哈哈！」

「周領衛，屬下們的確不知道幕後主使是誰。」

那侍衛被打也並不發怒，仰頭看著高辰複道：「將軍明鑑，屬下等人跟著將軍少則半年，多則三年，為人如何將軍不會不清楚。」

高辰複始終不發一語。

沒錯，這三百多人是他從軍中精挑細選出來的精英，他們團隊合作的能力不算強，個人素質卻是極好，又一直與他待在一起，新守將不會用他們，高辰複便同他的皇帝舅舅求了恩典，帶這批人回燕京，成為他的親衛。

若是奸惡小人，他怎麼會收歸己用？

「但你們背叛將軍，卻是板上釘釘的事實。」趙前一針見血地指道。

那侍衛眼睛一黯，輕聲道：「屬下等人對不起將軍，死不足惜，但請將軍放過我們的家人……又或者，將軍到京之日，便是屬下等人全家覆滅之時。」

高辰複雙眼頓時一瞇。「這話何意？」

「將軍，屬下等人均不知道到底何人要將軍的性命。在我們接到暗殺指示之前，分別在村落、小鎮上，收到各自家人的貼身之物。然後，我們便收到了要殺害將軍的命令。信上所寫，若是將軍活著進燕京，則我們回到家，至親無命；若是將軍回京一路奏哀樂，那便一切安然。屬下等沒有辦法，只能……」

趙前絲毫不同情這些人。「這便是你們暗殺將軍的理由？」

那四人都低了頭，默認了此事。

按說被人威脅，迫不得已，確實讓人同情。鄔八月心想著，如高辰複這般心地柔和之人，必然會放過這些傷者。

但出乎她意料的是，高辰複卻是默默站起身，舉手道：「殺。」

剩下的人，皆被一刀斃命。

鄔八月張大了嘴，不可置信地看著高辰複。

而高辰複轉過身，正好對上鄔八月的雙眼。

那是……心痛而無奈。她一愣。

高辰複沈聲道：「就地掩埋，立碑。趙前，將這些人的檔案都找出來，給我看看。」

「是，將軍。」趙前拱手應是。

高辰複直直走向鄔八月，伸手拉過她的手腕，低聲道：「血腥味太重，跟我來。」

鄔家來的人目瞪口呆地看著高辰複握著鄔八月的手，似乎是明白了什麼，全都一副被震住了的呆樣。

高辰複牽著鄔八月往密林中而去，手上雖沒有用勁，但異常堅定。

鄔八月被迫隨著他走，一邊側首小心地觀察他。

高辰複面沈如水。

這三百個侍衛是他精挑細選出來、並給予了全然信任的，可即便是這樣的人卻背叛了他，甚至要害得他客死異鄉……

鄔八月沒有出聲，想了想，輕輕抬了另一隻沒有被高辰複抓著的手，放在了他的胳膊上。

許是方才經過了一場激戰，高辰複渾身肌肉緊繃。鄔八月只覺得觸手堅硬，溫度灼人，伴隨著驟然的一僵。

鄔八月抬起頭，抿了抿唇道：「至少，他們不是為了金錢、權勢這些利益而背叛你。」

高辰複扯了扯嘴角，沒有回話，只拉著鄔八月走到一處較為空曠的地方之後，方才停下步子，伸手取過她手中還握著的金創藥盒子，示意鄔八月坐了下來，動作輕柔地給她輕輕塗在脖子上。

兩個人挨得極近，鄔八月有些赧然，眼神不知道放在哪兒好。

好在高辰複的手在她脖子上也並沒有停留太久，敷好藥後，他將藥膏盒子遞回給鄔八月，輕聲道：「傷只涉及皮肉，並不深，養一段時間就好了。」

鄔八月輕輕點頭，道了聲謝。

高辰複就勢在鄔八月身邊坐了下來，一時之間，兩人都沒說話。

靜默半晌，他方才低聲道：「我不能留他們的性命。」

鄔八月點點頭，道：「我明白的，我只是……」她咬了咬唇。「我只是沒見過一下子死那麼多人……我還以為，以將軍的性子，恐怕會饒過他們一命。」

高辰複嘆息一聲。「怎麼可能留他們的性命？雖然如今我已不領兵，但畢竟從前乃是將領之身，而他們亦是訓練有素之兵，軍規仍在，犯之必罰。」

鄔八月忍不住問道：「那……他們的家人呢？」

她抱著膝蓋，盯著從樹頂上透射出來的斑駁陽光，喃喃問道：「將軍毫髮無傷回京，那個拿他們的家人暗中威脅的幕後之人，會不會真的對那些無辜的軍屬痛下殺手？」

高辰複緩緩一笑，嘆道：「雖然我還沒見過他們的檔案，但他們家人的貼身之物既然能被找出來送到他們眼前，那只能說明，他們大概都是京城人士。這三百多人是我半年前就擬定隨我回京的，名單在那個時候就讓人送到了皇上御案之上，要從這些人裡找出可以被威脅的，也實在不容易。」

高辰複搖了搖頭。「燕京城的治安不會那麼差，他們有三十四人，家屬全部加起來，至少有百人之多，怎麼可能百餘人一夕之間被人所殺？料想那幕後之人還沒有那麼大的本事，否則直接下重金買殺手來取我性命，不是更簡單？又何必繞那麼大一個圈子，想方設法取了這些人的親人貼身之物來威脅他們？」

鄔八月恍然，點頭道：「原來如此，那將軍為什麼不告訴他們……」

高辰複又是搖頭。

他盤腿坐了下來，微微閉了閉眼，方才平靜地道：「他們都是鐵血漢子，殺我便已抱定了必死無疑的決心，沒想過會活下去。這般死了，他們還會覺得，自己是為了家人而死，雖對不起我，但總算是無愧父母妻兒，且我也並無身死或受傷，他們心裡便少了許多愧疚。如果告訴他們，幕後之人大抵不會對他們的親人做什麼，他們的背叛就顯得滑稽而愚蠢，我不殺他們，他們也會羞憤欲死，無顏苟活。」

高辰複側首靜靜看著鄔八月良久，方才道：「即便他們想活，也不能活。」

「為什麼？」

「三十四人，已死十八人，重傷十二人，存活機會極低。他們只有四個，豈能留他們獨活？」

「將軍是要……講公平嗎？」鄔八月輕聲問道。

高辰複緩緩一笑。「若是放過他們，難保不會再有人同他們一般。斷其念頭，方能永絕後患。至於公平……」

高辰複問鄔八月。「公平是什麼？他們要殺我，沒有殺成，便要有命喪我手的覺悟。這就是公平。」

鄔八月無言反駁，靜默良久，終究只能小聲道：「那將軍讓人給他們掩埋、立碑……」

「只是希望將來他們的家人想要領回屍體，可以有個尋找的地方。」

鄔八月忍不住抬頭看了看高辰複。

他眉目疏淡，臉上沒什麼表情，淡淡的、幽幽的，彷彿什麼都入不了他的眼，他也什麼都不關心似的。

鄔八月心裡不由有些悶悶的。

她起身站到高辰複面前道：「將軍，回去嗎？」

高辰複搖了搖頭，抬頭道：「這兒清靜，多在這兒待會兒吧。」

他頓了頓。「當是陪陪我。」

鄔八月臉上一燒，不由地又坐了下來，與高辰複正好面對面。

剛一坐下，鄔八月就覺得不對。可要挪位置，又顯得太過刻意。

猶豫間，鄔八月已錯過了移動位置的最佳時機。
高辰複背靠著樹，閉了眼睛。
忽然，從他們來時的方向傳來兩聲稚嫩的狼嚎，緊接著，密林裡竄出來了一匹小雪狼。
月亮邁著牠經過一個冬天而長長了不少的四肢，朝著鄔八月和高辰複飛奔而來。
高辰複雙眼未睜，在月亮撲倒在他身上的那一刻，伸了手準確地攔住了牠，並反手一抓，正好抓著月亮的後頸，提溜著將牠往外一甩。
月亮穩穩地落地，伏低身子對著高辰複低悶地叫。
鄔八月頭疼地嘆了一聲，招手將月亮引了過來。
她知道月亮沒有傷害高辰複的意思，這一路上，這樣的戲碼在一人一狼之間屢次上演，鄔八月已從一開始的膽戰心驚，轉換到了現在的習以為常。
摸了摸月亮的耳朵，鄔八月抬起牠的前爪，道：「打起來的時候你躲得遠遠的，這下捨得出現了？」
月亮絲毫不知主人正在羞牠，還趾高氣揚地揚著頭，霸占著鄔八月的懷抱，在她身上一拱一拱的，拿個屁股對著高辰複。
高辰複睜了眼，突然收起盤坐的腿，快速地抬腿踢了月亮的屁股。
月亮頓時一個踉蹌栽在了鄔八月的懷裡，牠反應也快，立刻回身怒視著高辰複，咬牙切齒地發出低低的威脅聲。
鄔八月無奈道：「將軍，月亮還只是一隻小狼呢……」

「不小了。」高辰複道：「再過半年，牠站起來都能到妳胸口了。」

鄔八月下意識低頭看了看自己的胸，臉上頓時一紅。

高辰複也反應過來自己這話裡有些調戲的味道，登時咳了咳，道：「牠一路上不知道吃了多少東西，總也要對得起這些口糧吧？哪可能長不高。」

鄔八月揉了揉月亮的頭，將牠抱了回來，抓著牠兩隻前爪玩鬧。

月亮扭過頭作勢要咬鄔八月，鄔八月忙躲開，一人一狼玩得很樂呵。

高辰複看著這場景，不知是不是有感而發，道：「有時候，動物遠比人要忠心。」

第三十七章

高辰複語氣很平靜，但聽在鄔八月耳裡，卻有一種淡到極致的哀。

鄔八月遲疑地伸手，輕輕搭在了他的手臂上。

「你有你的責任，你分得清輕重利弊，那就足夠了。」鄔八月輕輕地笑了笑。「人活在世上不可能對得起所有的人，只要對得起絕大多數人，就足夠了。」

高辰複定定地看著鄔八月，忽然道：「有時候，我覺得妳心裡好像有很沈重的包袱。」

鄔八月頓時一驚，渾身僵了一下。

見她如此反應，高辰複眼中的情緒更深。「看來我想的沒錯，妳有很深的心事。」

鄔八月低下頭，心中驚濤駭浪。他竟然看得出來？他竟然能看得懂她眼中的情緒?!

忽然，鄔八月覺得頭上好像有什麼壓在上面。

她戰戰兢兢地抬了抬首，原來是高辰複將手放在了上面。

「沒關係，不用怕。」高辰複語氣輕柔，輕輕在她頭上拍了兩下，以示安撫。「不管妳有什麼秘密，今後我會幫著妳守護它。」

在那一刻，鄔八月有一股將所有壓埋著的秘密吐露出來的衝動。

但她到底是克制住了，只是定定地看著高辰複收回他的手，對她微微淺笑。

陽光從樹頂縫隙的地方射下來，高辰複後腦勺背著光，但是白天，仍舊可以將他的面目看得清清楚楚。

鄔八月看人，喜歡看人的眼睛。高辰複的眼睛黑白分明，瞳孔中清晰地倒映著她的身影，那般純然注視的視線具有最大的吸引力，如清晨乍然綻開的荷花，引人心旌搖曳。

鄔八月忽然伸手環住了高辰複的手臂，低頭靠在他的手臂上。

這樣的動作是很唐突的，尤其是身為大家閨秀，這算得上是極其出格的輕佻舉動。一向覺得鄔八月知禮懂禮的高辰複也不禁愣了下。

「謝謝你……」

鄔八月低沈哽咽的聲音傳來，高辰複想要推開鄔八月的手一頓。

遲疑片刻，他才又將手放在了她腦袋上方，笨拙地輕輕拍撫了兩下。

高辰複心想，她心裡果真是有很沈重的秘密啊……

這邊，兩人安靜地相處著，除了一隻最初鬧騰，後來也安靜下來，蜷了身體縮在鄔八月和高辰複身邊呼呼大睡的月亮，再無旁物。

而密林之外，趙前和周武仍在指揮著人挖坑、埋人、立碑。

趙前已找到了這三十四人的檔案，不過三十四張羊皮紙，已經堆放在了鄔八月的馬車上，讓單氏先代為看著。

趙前讓休息的眾人往前挪了十丈的距離，朝霞和周武去密林中尋高辰複和鄔八月。

在追蹤方面，朝霞毫無經驗。好在有周武，他仔細地盯著地上尋找蹤跡，漸漸地朝著高辰複二人靠近。

當他們最終到達能看到他們的地方時，卻忍不住停下腳步，不想打擾兩人短暫的安寧。鄔八月抱著高辰複一隻胳膊，頭也靠在上面，閉著眼睛，似是睡著了。高辰複靠在樹幹上，也閉著眼睛，似睡非醒。旁邊一隻通體雪白的雪狼，映襯著密林中的綠，顯得尤為耀眼。

周武和朝霞離得遠，看得不甚清楚，但不忍打斷他們這樣溫馨的相處。

京中，蘭陵侯府。

淳于氏方才帶了侯府二姑娘高彤蕾從宮裡回來，臉上的喜氣還沒消散。

郭嬤嬤面色卻是有些不大好，上前恭敬喚了淳于氏和高彤蕾一聲，低聲道：「夫人，有信兒了。」

淳于氏臉上一頓，揚著慈愛的笑對高彤蕾說道：「蕾兒一路累了吧？快回房去歇著。」

淳于氏嫁給蘭陵侯爺後生了一子兩女，兩女分別是今年十五歲的高彤蕾和十三歲的高彤薇。

高彤蕾明眸皓齒，承襲了蘭陵侯爺八分的相貌，在各家夫人口中多有美名。

她莞爾一笑，道：「母親做什麼攆蕾兒走，蕾兒還想同母親說說話呢。」

她就勢挨著淳于氏坐了下來，臉上緋紅。「母親，您說麗容華娘娘對蕾兒這般好，是不是真打算讓蕾兒做她兒媳婦啊？」

麗婉儀因大皇子竇昌泓被封王，也跟著水漲船高，晉了位分。雖還是沒有封號的容華，但這到底表明了皇上的嘉獎，麗容華還是十分高興的。

想起在宮裡不過匆匆見了一眼的軒王爺，高彤蕾心裡如小鹿亂撞。

那麼漂亮的男子，她可還是頭一次見呢……

淳于氏頓了頓，笑道：「這……母親可就不知道了。若是麗容華娘娘有心，興許再過段時日便會有消息，妳不用著急。」

高彤蕾頓時溫溫笑著點頭，面上卻又忽地一頓。「若是真能嫁給軒王爺，不知道軒王妃會是個什麼反應……」

淳于氏壓根兒沒將軒王妃放在眼裡，她柔聲道：「蕾兒放心，母親不會讓妳受委屈的。」

高彤蕾一臉孺慕地看著淳于氏，對淳于氏說的話毫不懷疑。

「今兒妳也累了，下去休息吧。」淳于氏摸了摸高彤蕾的頭，道：「妳妹妹今日沒跟著我們去宮裡，怕是會鬧彆扭。妳去同她說說話。」

高彤蕾應了一聲，這才福禮告退。

見人走遠了，郭嬤嬤才上前小聲稟道：「夫人，失敗了。」

淳于氏雙手頓時一握，眉眼沈沈。「暴露了？」

「那倒沒有，那些軍中之人，也不知道幕後的人是誰。」郭嬤嬤臉色略微泛白。「只是好不容易威脅到、可為咱們所用的那些內奸，都被殺了。」

「四年不見，那崽子竟學得這麼心狠了？」淳于氏剮蹭著指套，眼中寒光一閃。「那等他回來，豈不是更棘手。」

「夫人，這下可怎麼是好？」郭嬤嬤低聲道。「咱們派出去的人一個活口都沒留，眼瞧著再過幾日，人就要進京了……」

淳于氏沈沈地吸了口氣，咬了咬下唇道：「還能怎麼辦？為了這次刺殺，我能動用的資源都用上了，搭進去那麼多人，這會兒可再沒幾個可用之人。且有過一次被刺殺的經歷，如今又臨近燕京，我們再使什麼暗殺手段，被提防、識破的機會更大，斷不可輕舉妄動。」

「可是……」郭嬤嬤一臉焦急。「難保他回來，不會對夫人復仇……夫人方才也說，他這雷霆手段，跟四年前不一樣了……」

淳于氏緩緩地做了個深呼吸，道：「別慌。」

「夫人可是有什麼計策？」郭嬤嬤弓腰請示道。

「計策倒是沒有。」淳于氏冷哼一聲。「不過他想要回來取代書兒的位置，那也是不容易的。侯爺年富力強，少說還得活個十年八載。如此漫長的時間，我就不信弄不死他。」

郭嬤嬤輕嘆了一聲，遺憾道：「夫人以前就不該留他這個後患……」

淳于氏悶悶地捶了下圈椅扶手，道：「害他性命，倒不如將他教成個什麼都不懂的紈袴。那時是我想岔了。我原本以為，他去了漠北，根本不可能活著回來，誰知道他不但回來了，原本勢單力薄、只有幾個婦人幫持著的情況也扭轉了……」

她恨恨地捏了拳。「真是失策！」

郭嬤嬤連忙安撫了兩句，道：「既然夫人現在並不打算輕舉妄動，那在侯爺面前，一些表面功夫還是得做。這兩日少不得要跟侯爺提及他回來之事，熱情安排才是。」

淳于氏點頭道：「這事我知道，嬤嬤不用擔心。」

郭嬤嬤欣慰一笑，頓了片刻，卻是欲言又止地道：「還有一件事須得告訴夫人一聲。」

「還有何事？」

「據回來的探子說，他回京時是與人一路回來的，隱隱有護送之勢。據說送的是一戶人家的閨秀，那家姑娘姓鄔。」

「姓鄔？」淳于氏頓時瞪圓眼睛。

郭嬤嬤道：「是，姓鄔。探子說那一行人除了他帶回來的三百多名侍衛，還有些人乃是鏢師，另有一些做家僕打扮。老奴猜想，應當就是鄔家四姑娘。」

淳于氏頓時一個挑眉，想了半晌，詭異一笑。「有點意思……」

同一時刻，鍾粹宮中，鄔陵桐迎了聖駕，歡喜地伴在了宣德帝身邊。

宣德帝一臉舒心的笑意，扶了鄔陵桐賜座，身邊的近侍魏公公唸了一串賞賜的東西，鄔陵桐笑得彎了眼。

「愛妃近日可好？皇兒可還聽話？」宣德帝伸手撫了鄔陵桐的肚子一下，看向鄔陵桐道：「還有兩月多皇兒便要臨盆，真是辛苦愛妃了。」

「能為陛下誕育龍子，是臣妾的福分。」鄔陵桐溫婉一笑，也不忘關切宣德帝。「陛下今日瞧著面色極好，可是有什麼喜事？」

宣德帝笑道：「也談不上什麼喜事，這都沒定呢。」

宣德帝微微收了笑，對鄔陵桐道：「朕記得，愛妃之前跟朕提過妳堂妹的婚事，是陳王即將過門的王妃的親妹子吧？」

見宣德帝主動提起，鄔陵桐立即應道：「是，是我們鄔家排行第四的姑娘，臣妾之前同陛下說起，臣妾這堂妹怕是心儀軒王爺呢。」她試探地問道：「聽陛下這意思，可是覺得這門親合適？」

宣德帝摸了摸下巴，道：「看來朕的皇兒還真是搶手啊。」

鄔陵桐頓時心生危機。「陛下這話……何意？」

宣德帝哈哈笑了兩聲，道：「朕方才從母后那兒過來，麗容華也在，同朕說覺得蘭陵侯家的次女性格溫婉，年歲也合適，想讓朕給軒王和蘭陵侯的女兒賜婚。朕就是突然想起，愛妃也跟朕提過這件事，這便過來了。」

鄔陵桐臉色頓時有些難看，一是因為麗容華，二便是因為蘭陵侯府。好端端的，他們跟著添什麼亂！

鄔陵桐勉強笑了笑，道：「蘭陵侯府家的姑娘，臣妾倒是沒見過呢。」

宣德帝點頭道：「妳那堂妹朕好像還有些許印象，嗯，和鄔老的夫人相貌極似。蘭陵侯家的女兒嘛，朕倒是沒見過。不過，母后覺得那高家的女兒不錯。」

鄔八月出事是在姜太后宮中，因宣德帝是在姜太后處見到麗容華的，且麗容華提了此事，鄔陵桐便篤定鄔八月在這件事情上沒有勝算了。

她一時有些垂頭喪氣。「太后娘娘既然這般說，那想必高姑娘也是極為不錯的。」

宣德帝知她心情低落，寬慰道：「這事還沒定呢，泓兒年少新婚，只一個正妃，自然不夠，便是多兩個側妃也不是什麼大事，愛妃覺得呢？」

鄔陵桐勉強笑了笑。

有個軒王妃便罷了，再多個側妃同鄔八月爭，且還是高家的姑娘，鄔陵桐已在心裡認定了鄔八月真要嫁過去，定是一步廢棋。

鄔陵桐便道：「算了，陛下，既然太后娘娘和麗容華姊姊都看中了蘭陵侯家的姑娘，陛下再多塞一個鄔家女兒過去，多心的人還以為是臣妾要和麗容華姊姊對著幹呢……是我堂妹沒福氣，這門親事，還是作罷了吧。」

宣德帝頓時一臉心疼地望著鄔陵桐，想了半晌方才道：「愛妃放心，即便妳堂妹做不了側王妃，朕也會再給她尋一門好親事。到時候，她還要多多謝謝妳這個為她著想的堂姊。」

鄔陵桐溫溫一笑，眼中淨是柔情，心裡卻在快速過濾著適婚的京中高門男子，猜想著宣德帝的屬意。

只是宣德帝似乎沒想讓愛妃多猜。

「朕倒是想到一個人。」宣德帝摸了摸下巴，道：「蘭陵侯的長子妳該知道吧，是朕的外甥，如今可是從漠北回來了。他離京的時候就是適婚之齡，但卻沒有成家，去了漠北也沒娶門夫人……年紀是比妳堂妹大了些，但也是趕了巧了，愛妃正好說到這事上。愛妃覺得，他和妳堂妹可還相配？」

宣德帝笑道：「不過輩分還是有些亂。他是朕的外甥，那鄔家女兒是妳堂妹。」

鄔陵桐立即笑道：「臣妾不覺得這是什麼問題。」

「這麼說來，愛妃是覺得合適了？」宣德帝頓時朗笑出聲。

鄔陵桐當然覺得這樁婚事極好。

軒王爺如今也只是個王爺罷了，掛了王爺的名，實際上卻沒有掌控什麼權。他想要立起來，起碼也得再花上個三、五年的時間。

可高辰複不一樣。

鄔陵桐雖然對國事所知並不深，但漠北將軍的名號卻是如雷貫耳的，何況這高辰複可是名符其實的皇親貴胄，親爹是蘭陵侯爺，親娘是已故的靜和長公主，此人出身已是人中龍鳳，如今聽皇上的意思，似乎等他回來，還會對他予以重用……可比軒王爺更好，鄔陵桐有何不樂意？

再者……早不跟她爭，晚不跟她爭，偏偏是在她跟皇上提起要給她堂妹和軒王爺指婚的時候，高家人跳出來跟她爭了。如今她高家女兒嫁給軒王爺做側妃，她的堂妹嫁給高將軍卻是正室！

鄔陵桐緩緩一笑，靠進宣德帝懷中，舒心地笑著，道：「自然合適。臣妾先替臣妾堂妹，謝過陛下了。」

賜婚之事也並非如此草率，宣德帝也不能直接一道婚旨下去，將一男一女的終身綁在一起。這兩樁婚事，其中牽涉良多，尤其是高辰複和鄔八月，兩人俱是不在燕京城中，便是要賜婚，也得當事人在才行。

宣德帝此事想了圓滑，當即便讓近侍魏公公傳他旨意，著令禮部安排此事。

鄔陵桐頓覺安心，接下來兩日，走路都帶風似的。

由此，鄔家四個女兒的終身便算定了。

鄔陵桐乃皇妃，目標則是那九五之尊身旁鳳儀天下之位。

鄔陵柳乃商賈之妻，雖不入流，但好歹也是南方巨賈，金銀無數。

鄔陵桃乃陳王繼妃，陳王府後宅不定，但鄔陵桃到底有兩分心計，是否能得善終，端看往後。

而鄔八月，鄔家四姑娘鄔陵梔，乃未來將軍夫人，婚事離奇，為人津津樂道。

宮中的消息按理來說傳得並不快，但在有心人的渲染之下，幾乎是一夜之間，宣德帝有意給軒王賜側妃、給即將進京的高將軍賜婚的消息不脛而走，上自達官顯貴，下至平民百姓，似乎都知道了這個消息。

宮中的姜太后自然也不例外。

慈寧宮內氣氛凝重，姜太后面色鐵青，已屏退了四周伺候宮人，只一個靜嬤嬤陪著，也是面色嚴肅，毫無暖意。

「太后，皇上來了。」在宮外候著的心腹嬤嬤匆匆上前稟道。

姜太后頓時緩和了身上的陰冷氣息，扯了嘴角拉出一個笑來。

「皇上來了？公務繁忙，便不要常往哀家這慈寧宮跑，有空多去後宮轉轉，給哀家多添幾個孫子孫女。」

宣德帝給姜太后行了個禮，大方應是，坐到了姜太后下首，道：「聽說母后鳳體違和，太醫雖說沒什麼大礙，但朕到底有些擔心。母后可還有什麼不適？朕讓太醫給母后仔細瞧瞧？」

姜太后擺手道無事，端茶潤了潤喉，裝作不經意般提起道：「最近宮裡有一些流言蜚語的傳言，說是皇上要給泓兒賜個側妃？」

宣德帝笑道：「正是。之前麗容華同朕提起，蘭陵侯家的次女年歲和泓兒相當，泓兒娶正王妃也有數月了，左右側妃之位空懸，是該把人給他添滿才行。」

姜太后笑了笑。「哀家也誇過那姑娘模樣秀麗、舉止嫻雅，當是良配。」

「母后說的是。」宣德帝躬身道。

姜太后卻是微微皺了皺眉頭。「不過，哀家也聽說，皇上還有意給複兒那孩子指婚？」

宣德帝微微揚眉，兀自笑著，頷首說道：「朕的確有此打算。」說著便嘆了一聲。「上次在御花園，趙賢太妃偶遇了朕，同朕提起複兒的終身大事。複兒那孩子也真是個倔脾氣，一去漠北四年，倒沒想到讓他闖蕩出這樣一番名堂，不愧是咱們皇家的子孫。不過他也有二十二、三，換作尋常人家，孩子都能跑能跳了，可他身邊卻還是一個女人都沒有，趙賢太妃為他著急，求到朕頭上，朕也只能應下，為他指個婚，也好了了趙賢太妃的心願。」

姜太后也是唏噓不已。「那孩子自小沒了親娘，皇上可要多多照拂一二。」

宣德帝趕緊應是。

「只是……」姜太后又遲疑地開口道：「皇上給複兒賜婚，哀家不反對，不過這人選……皇上可是瞧好了？哀家聽宮人們私下議論，說皇上定的是鄔家四女兒。哀家記得，那鄔四姑娘的父親，是間接害了寧嬪性命之人，已被皇上貶到漠北苦寒之地……這樣的人選，是不是委屈了複兒了？」

宣德帝嘆了一聲，揮了揮手，卻是屏退了周圍的人。

「母后。」宣德帝低聲說道。「有件事，朕得同母后先通個氣。」

「喔？」姜太后頓時正色起來，道：「何事？」

宣德帝說道：「朕讓人私下去查，總算查到點蛛絲馬跡。寧嬪……恐怕不是吃了相剋食物，而後因耽誤治療而亡這麼簡單……朕懷疑，她是被人給害死的。」

姜太后臉上頓時一僵，轉瞬之間即恢復正常，面上也露出驚詫表情。「還有這等事?!」

宣德帝頷首說道：「只是朕現在還沒有充足證據，只抓到一個似乎知道內情的小內侍，如今正在讓人核查。」

姜太后面色一白，輕輕咳了咳，道：「若真是如此，倒不知是何人要害寧嬪。不過……」姜太后看向宣德帝。「那鄔太醫怠忽職守，致使寧嬪獲救不及時，從而身故，這也是事實。」

宣德帝搖頭。「太醫院推諉責任，難保那鄔太醫不是被人算計了。朕當時迫於無奈，也未曾查個清楚便將他貶往漠北，如今想來，朕倒是覺得對他有愧。」

姜太后正待說話，宣德帝抬手道：「母后，撇除想要補償鄔太醫的原因，朕將鄔家四女兒許給複兒，還有別的想法。」

姜太后作出洗耳恭聽狀，道：「哀家願聞其詳。」

宣德帝道：「鄔老為我大夏鞠躬盡瘁，兢兢業業，如今他自請致仕，在朝中也不曾結黨營私、拉幫結派，更從不以兒女親事和朝中諸位大臣糾纏。朕欣賞他這份氣節，倒也起過想要再次重用他的想法。」

姜太后聞言頓時笑道：「若要哀家說，鄔老還正是年富力強的時候。他才五十有六，算不得年事已高。」

宣德帝微微點了點頭，眼睛落在陰影裡，瞧不出神情。

「鄔老高風亮節，朕本期待著他的子孫能接替他，報效我大夏。不過鄔老三個兒子，長子醉心醫道，次子和三子年輕，在朝中還沒有多少建樹。朕想拉拔一把，又怕朝中大臣有所微詞，是以也只能將這想法按捺住。」

宣德帝嘆息一聲，道：「鄔老曾為帝師，朕從清風園回來，便想著讓他再入宮，讓洵兒跟著他讀書。朕當年也是跟著鄔老讀書的，朕的嫡子再跟著鄔老讀書，理所當然。只是這想法還沒來得及同鄔老提，卻是出了陳王戲鄔家女之事。」

宣德帝搖頭惋惜道：「鄔老家適齡的孫女兒就只有那麼兩個，陳王對不起鄔家，對不起蘭陵侯家，可朕能怎麼辦？陳王總是皇家子弟，出了這檔子事，也只能讓鄔家姑娘嫁過來了。咱們皇家，是對不起鄔、高兩家的啊。」

姜太后突然道：「聽皇上的意思……給高家和鄔家兩個女兒賜婚，都是為了……彌補？」

宣德帝頓時笑道：「還是母后明白兒臣。」

姜太后臉上便露出古怪的神情。「便是補償……也不一定要用這等方法吧？」

「自然不只這個。」宣德帝接著道。「朕已想好，等辰複回來，便讓他領了京畿衛，將整個燕京城的安全交到他手裡。他是朕的外甥，沒有比他更合適的人選了。」

姜太后頓時一驚。「這是對高家的補償?!」

宣德帝理所當然地點頭。

姜太后咬了咬唇，又道：「那……鄔家呢？」

宣德帝默然片刻，道：「朕打算過兩日便下旨，調鄔太醫回京。」

姜太后手抓著黃花梨木椅的扶手，寬大的袖襬遮掩下，尖銳的指甲幾乎都要折斷在上面。

「皇上……」姜太后輕呼一口氣，語氣故作輕鬆。「那鄔家姑娘，以前可是心儀泓兒的……」

宣德帝聞言頓時哈哈大笑。「誰沒個年輕的時候？朕還不信，母后年輕未遇見父皇時，就不曾對某個傑出男兒動過心？」

姜太后臉上頓時又白了兩分。

第三十八章

宣德帝這般神來之筆的一問，讓姜太后如坐針氈。

宣德帝倒像是並不將這問話放在心上一般，只哈哈笑了兩聲，道：「便是鄔老的孫女真的心儀泓兒，那也說明此女眼光甚好。朕的長子，雖非嫡出，但也頗有才幹，鄔家姑娘仰慕他也是人之常情。母后覺得呢？」

姜太后面色不好看，對宣德帝此問也並未作答，以沈默表示自己的不贊同。

宣德帝嘆了一聲，道：「母后這是覺得，朕的做法有欠妥當了？」

「皇上。」姜太后正了正面色，苦口婆心地道：「你要補償鄔家，也犯不著拿複兒做那犒賞之物……」

「母后此話何意？」宣德帝不解道。「朕方才不是才同母后說，讓複兒領京畿衛，拱衛京城，何時拿複兒做犒賞之物了。」

「哀家只是覺得，娶妻當娶賢，複兒人品貴重，又與咱們闊別四年，鄔家之女名聲並不大好，許他鄔家之女，有些委屈了他。」

姜太后儘量保持著面上的正經，但她臉上，傅粉之下的蒼白和僵硬卻始終無法保持得住。

還好宣德帝並未望著她。

宣德帝輕嘆一聲。「照母后的意思，朕得許複兒一個高官之女，方算是彌補他？」

宣德帝搖了搖頭。「母后，朕也有自己的考量。京畿衛統領的職位，朕可以給複兒，可也正因為如此，才不能讓他太有身價。待複兒回京，這消息傳了出去，複兒定然會成為眾多人眼中的乘龍快婿，朕還是早一日將他的婚事訂下來為好。」

姜太后莫名地朝宣德帝望了一眼，意有所指地道：「皇上的心思，真是越發難猜了。」

宣德帝好笑道：「母后何出此言？朕是母后的兒子，母后若有什麼話，直接問朕便是，朕能回答母后的，自然無一句謊話。」

姜太后便立刻坐正，道：「皇上既然這樣說，那哀家便問上幾句。」

宣德帝也正襟危坐，道：「母后請問。」

「哀家問皇上，複兒回京後，讓他統領五萬京畿衛，確是提拔於他。但許他鄔家之女，又隱隱有……打壓之嫌？」

姜太后一邊問，一邊覷著宣德帝的表情。

宣德帝面色未曾有變，只微微一笑，嘆道：「母后，身在帝王家，朕有時候也不得不多轉兩道心思。此話，母后知道便好。」

姜太后頓時頷首。

「複兒是朕的外甥，可母后別忘了，他也是平樂翁主的胞兒。」

宣德帝意味不明的一句話卻讓姜太后瞬間變了臉色。

姜太后試探地道：「皇上莫不是……信了平樂翁主所說的話了吧？」

宣德帝頓時失笑道：「母后說到哪兒去了？朕若信她胡言亂語，早在幾年前便令人徹查那些事，何況她言說母后有情郎……這何等荒謬?!」

姜太后極其輕微地舒了口氣。「既如此，那皇上是在忌憚複兒？」

「朕也並非是忌憚他。」宣德帝道。「只是為君馭臣之道，一升一貶，臣子既感朕之重用，又能對朕時刻懷有敬畏之心，方才會更忠心地替朕辦事。複兒在漠北四年，誰能知道他心中是如何想的？他回京後定會和平樂翁主取得聯繫，朕讓他娶一門妻，分分他的心思，也免得他受平樂翁主的影響。」

姜太后緩緩道：「平樂不足為懼。」

宣德帝道：「她一介小小女子，有何可懼？但她到底也是朕的外甥女，前次趙賢太妃同朕提起時，也提到平樂翁主，說對她甚是想念。」

宣德帝搖頭惋惜，抬手道：「母后，今日便說到這兒吧，朕還有國事要忙。這兩樁婚事便都定了，朕是天子，一言九鼎，已經出了口的，怎麼能收得回來？還請母后不要怪朕自作主張了。」

「皇上，可這……」

「母后，朕倒是覺得，鄔老的孫女還是能匹配得起複兒的。」

宣德帝無奈地道：「母后要是仍不同意，那朕面對鄔老，可也無地自容了。」

姜太后頓時訝道：「皇上此話怎講？」

「宮中已有流言蜚語，鄔老的孫女此次可是第二次被置於風口浪尖。前次她與泓兒之事已讓她流言纏身，此番流言又是朕之心思所致，若到最後朕沒有給她和複兒賜婚，豈非讓此女再一次受流言所傷？這幾乎是廢了鄔老這個孫女啊！」

宣德帝連連搖頭。「母后，如此惡毒之事，朕不能做。」接著，起身道：「母后恕罪，兒臣先行一步。」

宣德帝恭敬地給姜太后跪了安，離開了慈寧宮。

姜太后微微牽著嘴角目送他走遠，待看不見人後，臉色瞬間陰沈下來，隨手抓了桌上的小銅鼎薰爐就往地上砸。

地上有猩紅的地毯鋪著，小銅鼎薰爐發出沈悶的落地聲後，整個大殿鴉雀無聲。

臨近京郊，高辰複忽然有些近鄉情怯起來。

歇在距離玉觀山一日路程的村莊附近，高辰複遠眺玉觀山，目光幽遠。月亮站在他身邊。

馬上便要入京了，鄔八月知道自己和月亮分別的時刻就要到了，近幾日，一有空便會和月亮待在一起。無奈的是月亮已經和高辰複混熟了，對她這個原主子的熱情大打折扣，每次非得她親自尋到了牠，月亮才會和她玩上一段時間。

鄔八月耳朵微微紅了紅，到底還是朝著高辰複和月亮走了過去。

走得近了，鄔八月也能感受到高辰複那種帶有些微迷茫的情緒。

「將軍。」

鄔八月輕聲喚了他一句，高辰複望了過來，對她笑了笑，指著腳下扒著他的腿似乎要和他來一番爭鬥的月亮，道：「牠在這兒。」

鄔八月輕笑，蹲下身抓過月亮的前爪。想去抱牠，可如今的月亮已經很大了，抱起來頗為吃力。

高辰複見她雙手微僵，猿臂一伸，將月亮直接拎了起來。

鄔八月驚呼一聲，月亮不甘示弱，扭頭要去咬高辰複，被高辰複無情地捏住了嘴。

「牠很重了，怕是二、三十斤了。」

高辰複掂量了下月亮的體重，將牠放到了地上，無視月亮對他警告的悶嚎。

他對鄔八月道：「以後別抱牠，免得閃到腰。牠也不愛乾淨，很少洗澡，渾身不定有多髒。」

鄔八月笑了一聲，嘆道：「我是想著，等回京之後，怕是有好長一段時間見不著月亮了。」

高辰複道：「無妨，我會讓冰人和鄔家商量，將婚期提前些。」

鄔八月微微紅了臉，側過身去，不敢看高辰複。

「要入京了。」高辰複緩緩說著，問鄔八月。「妳是什麼感覺？」

鄔八月微微一愣，道：「高興，會見到祖母、母親和弟弟妹妹們，也有些擔心。東府的人，我不怎麼喜歡，聽說她們因為我的事情，對祖母和母親冷嘲熱諷，還害得祖母臥床不起。還有一點……害怕，和對未來的迷茫忐忑。」

鄔八月坦誠地說完，反問高辰複。「將軍你呢？」

「我？」高辰複揚了揚嘴角，笑了笑，說：「很平靜。」

「平靜？」鄔八月不信。「將軍心裡若是平靜，就不會在這兒遠眺玉觀山了。」

「正因為我看的是玉觀山，所以很平靜。」高辰複指著遠方，輕聲道：「那方土地，我少有溫馨快樂的回憶。此去經年，相信已沒有什麼能再讓我心起漣漪。侯爺如是，淳于氏如是，彤絲如是。我已不是四年前在玉觀山腳下徘徊整整一夜的高辰複。」

高辰複忽然一笑。「都到這兒了，明日怕是不得不上玉觀山一趟。」

鄔八月遲疑問道：「將軍要去接翁主回蘭陵侯府嗎？」

高辰複有些遲疑。「她的性子太過剛強，若是回蘭陵侯府，恐怕……」

鄔八月了然地點頭。

平樂翁主一直將蘭陵侯夫人視作仇敵，若是回蘭陵侯府，怕是會與淳于氏起一番爭鬥。

「雖已過四年，四年前我與她幾近決裂，但她到底是我同母親妹。」高辰複緩緩嘆了一聲，道：「這世間，她便是我最親的親人，我又如何能捨了她？」

鄔八月默然。

平樂翁主之於她，到底有兩分可怕，但仔細想想，平樂翁主也委實可憐。

「時間可以沖淡一切。將軍如此想念翁主，翁主定然也思念著將軍。明日到了玉觀山腳，將軍就從濟慈庵將翁主接回吧。」

鄔八月莞爾一笑，道：「對將軍來說，她是將軍最親的親人。對翁主來說，將軍何嘗不是她最親的親人。」

高辰複側首望著鄔八月，並無言語，只是伸手輕輕拉了拉鄔八月的手腕，對她露出了一記笑容。

一日時間轉瞬即逝，一路行來，終是到了玉觀山山腳。

高辰複令趙前領大部隊繼續前行。

與鄔八月分別時，他輕聲道：「回府後耐心等我的消息。」

鄔八月站在車轅旁，有些擔心地道：「將軍只帶幾人上山，若是被有心人算計，埋伏於半路上……」

鄔八月的擔憂並非杞人憂天，高辰複卻是搖頭道：「四年前，外祖母擔心有人會加害彤絲，便已派了一隊精兵在玉觀山附近保護。即便有埋伏，也不會像上次一般，有那麼多人。只幾個人，我們完全應付得了。」

鄔八月這才暗暗鬆了口氣，點頭道：「將軍一路小心。」

高辰複頷首，想了想，從懷裡掏出那串他帶在身上好幾年的白玉菩提子佛珠串，遞給了鄔八月。

「這……」鄔八月驚訝地看著手裡被摩挲得圓潤、散發著淡淡微光的佛珠串。

高辰複道：「以此為信物，一月之內，我必上門提親。」

鄔八月輕咬下唇，細心將佛珠串收在懷裡，緩緩地頷首。

馬車遙遙而去，高辰複直望著大隊人馬到瞧不清模樣了，方才帶了周武以及幾名親衛上了玉觀山。

男子來尼姑庵，雖有但不常見，且高辰複外型剛毅、氣質冷肅，更引人側目。

住持師太親自出來接見了高辰複，待問明來者姓名，住持師太略一遲疑，才讓人去請靜心師父前來。
高辰複在禪房內等了足有半個時辰，平樂翁主方才姍然而至。
周武守在禪房外，平樂翁主一身灰色僧袍，明豔的臉上略施粉黛，看上去精神奕奕。
兩人均盤腿坐在蒲團之上，中間只隔著一張小桌，彼此直面著對方。
「大哥，四年了。」
平樂翁主率先開口，舉手投足間已沒了青澀姑娘的模樣。
如今的平樂翁主也是雙十年華，已不是小姑娘。
高辰複微微點頭，兀自端茶飲了一口，道：「妳特意打扮過，又何必穿一身僧袍來見我。」
平樂翁主低頭掃了眼自己身上的素衣素服，道：「穿這麼一身，旨在提醒大哥，這四年我過的是什麼日子。」
「青燈古佛，靜心潛修，平戾氣，化干戈。」高辰複道。「不過，看來對妳並沒有太多作用。」
平樂翁主低聲一笑，拉過一綹頭髮輕輕劃梳著，道：「頭髮剪了，四年能長回來。恨意被壓了，只會越積越深。」
高辰複垂眼，良久方才問道：「妳還是執著於報仇？」
「我以為，鄔四姑娘應該已經轉告過你了。」平樂翁主道。「母親早逝，小弟夭折，憑什麼淳于老婦就能過得安樂富貴？我不報仇，怕死後沒臉去見母親。」
高辰複張了張口，平樂翁主道：「缺證據，是嗎？」她笑了一聲。「大哥放心，我會將證據一條一條地擺在你面前。」

高辰複閉了閉眼。「罷了，今日我來是想問妳，是否願意同我一起下山？」

「大哥不來接我，我也會出庵下山回蘭陵侯府的。」平樂翁主輕笑道。「當年被攆來此地，皇舅只說讓我永世不得再入宮闈，並沒說不許我回京回府。京中有流言，淳于老婦的親女要被賜婚給曾經的大皇子、如今的軒王爺為側妃，淳于老婦要嫁女了，於情於理，好歹我作為長姊，總要前去恭賀一番才行。」

高辰複眉間微攏，平樂翁主緩緩起身道：「大哥沒有理由阻止我回蘭陵侯府。普天之下，那地方是我高彤絲名正言順的家，淳于老婦想方設法將我趕出家門，是她失算了。如今大哥和我都已回京，她再無翻身之可能。」

一邊說著，平樂翁主一邊拉開禪房的門，站在門口微微側首道：「皇舅也要給大哥和鄖四姑娘賜婚，倒是正合我意。大哥要相信我的眼光，她很適合你。我們，同樣都是身上有秘密的人。」

高辰複霍然朝她望了過去。「妳說什麼？」

平樂翁主莞爾一笑，回身道：「她沒同大哥你說？她走前，我讓她去漠北嫁你為妻，不過那時她瞧著驚惶未定，膽子有些小了，不敢應承。如今看來大哥和她真是緣分天注定，也算了了我一樁心願。」

平樂翁主說罷，便轉身跨出門檻，一邊走一邊道：「我已收拾好了行李包袱，就在庵外等著大哥。」

高辰複的親兵隊是一支訓練有素的軍隊，雖著常服，但軍人的氣質卻是掩飾不住的，一行近三百人進燕京城時，引得百姓紛紛側目。

應高辰複的吩咐，親兵領衛率領眾衛，要把鄔八月先送至鄔府，再去約定地點集合，等候高辰複。

只是在前往鄔府的街道上時，出了點岔子。

迎面也行來一隊訓練有素的軍隊，兩邊百姓紛紛避讓，應當是有來頭之人。

兩隊人馬相遇，必有一方相讓。

朝霞掀開車簾望了望，問明情況後轉告鄔八月道：「姑娘，迎面來的是軒王爺的車馬儀仗。軒王爺送軒王妃回許家歸寧省親。」

鄔八月點點頭，道：「那該避開才對。」

王爺的車馬儀仗怎麼敢攔路？

正說著，鄔八月便覺得馬車朝著一旁緩慢地移了過去。這自然是在讓路了。

想著這輩子還沒見過王妃回門是什麼陣仗，鄔八月便掀了車簾，想看看這車馬儀仗會是怎樣的奢華高調。

剛撩開車簾，鄔八月隨意一掃，目光卻頓住了。

一輛華貴馬車正好從她眼前緩緩行過，當她掀開車簾往外望時，那馬車中的人，也正掀了車簾望出來。

他們的目光凝在了一起。

雖已時隔數月，但鄔八月還是當下便認出了對方是誰。

那光風霽月一般的人物，她只見過三次，便忘不掉他的模樣。

大皇子竇昌泓都已經封王了……

鄔八月愣了下，挪開視線，緩緩地將車簾放了下來，權當自己沒認出這是誰。

馬車的動靜戛然而止，鄔八月側首問道：「怎麼了？」

暮靄探頭出去，驚疑道：「軒王爺的車馬儀仗停下來了……呀！軒王爺下馬車了！」

鄔八月有片刻的愣怔。

朝霞下了馬車，片刻後回來道：「軒王爺聽說姑娘在此，有意前來與姑娘寒暄兩句。」

朝霞面色不豫，看向鄔八月，見鄔八月緩緩搖頭，頓時鬆了口氣。

「姑娘車馬勞頓，身體已經吃不消了，且姑娘和軒王爺從無任何往來，又何須同軒王爺寒暄。」朝霞福了一禮，聲音清脆。

鄔八月之所以去漠北，本就是因被誣陷在宮中勾引曾經的大皇子、如今的軒王爺。而當初軒王爺明知鄔八月對他沒有過任何勾引之舉，卻為了麗婉儀，不得不含糊其辭，沒有將此事澄清。

鄔八月不記恨，朝霞卻沒有那麼善心原諒逼得她家姑娘遠離燕京之人。

鄔家的管事尷尬地去向竇昌泓稟道：「軒王爺，四姑娘車馬勞頓，身體欠安，小的代四姑娘謝過軒王爺垂詢……」

竇昌泓望了望靜靜立在一眾便裝侍衛之中的馬車，沈默地站在原地半晌，方才慢慢地返回了他的車中。

車內，軒王妃許靜珊靜候著他回來，待馬車緩緩駛動，許靜珊忍不住掀開車簾望了望仍舊靜立在眾人中的馬車。

許靜珊看的不是馬車，她知道，她看的是馬車中一直沒有露面的人。

王爺下車時差點失態，為的不過是見一面車中之人，可那人卻不願見王爺。

想到即將下達的賜婚聖旨，許靜珊心裡默默嘆了口氣。

「王爺若是對鄔四姑娘有意，不妨去父皇面前求娶。」許靜珊輕聲開口道。「如今父皇婚旨未下，一切都還來得及。」

許靜珊沒有見過鄔八月，更沒有見過高彤蕾。她知道軒王爺除了她這個正王妃，兩個側妃之位是必須得有人坐的，出嫁前，她也已做好了準備。

只是如今第一個側妃就要被下旨賜婚過門了，許靜珊寧願那人是鄔八月，也不願是高彤蕾。原因很簡單。高彤蕾的出身，完全可以和她比肩。

她緊緊地盯著竇昌泓，等著他的回答。

竇昌泓卻溫溫地一笑，道：「父皇決定的事，我如何能再去爭取？沒得白白讓父皇生厭。」

許靜珊心裡一緊，勉強地笑道：「王爺說的什麼話，父皇怎會因此等小事對王爺生厭……」

竇昌泓輕「呵」了一聲，道：「父皇眼裡，只有四弟是他的心頭肉，他怎不會對我生厭……」

許靜珊還待勸，竇昌泓卻伸手擺了擺，道：「多說無益。」

許靜珊再不敢開口。

她的夫君是個溫和之人，卻也說一不二。

望著竇昌泓精緻的側顏，還有那纖細白皙的手指，許靜珊默默收回了視線。

既逃避不了高氏女將入王府的命運，那就只有迎難而上，與之相對了。

她到底是明媒正娶，從正門跨入王府的正王妃，她不能委曲求全，本就該挺直了脊梁，迎面對上任何困難。

至少，她不能給許家抹黑。

侍衛領衛將鄔八月一行人送到九曲胡同口，便禮貌地與鄔八月告辭作別。

鄔八月點了點頭，目送眾人漸漸行遠，方才長舒了口氣。

鄔府的門匾還是那般模樣，門口兩尊石獅子也毫無變化，只是此時正房門外有好幾個門房和婆子翹首以盼著，見著鄔八月等人行來，全都跑了下來，爭相在鄔八月跟前行禮道萬福。

鄔八月臉上掛著笑，也不說話，被一眾人簇擁著進了鄔府，一路跨了火盆，被澆了艾蒿水，還有人在她身邊閉著眼睛嘀嘀咕咕唸經似的，做的都是驅邪除穢的儀式。鄔八月忍了一路，總算挨了過去。

待見到依舊慈眉善目的老太太時，鄔八月強忍著的情緒頓時爆發。

她咬著下唇快走兩步，跪到了段氏跟前，臉埋在她懷裡，整個人都在微微抽搐。

段氏也沒有太多差別，擁著鄔八月，原本想了不少的寬慰話、想說的思念之情，忽然無法開口。

這般抱著這個孫女兒，段氏已經別無所求了。

賀氏站在一邊，望著婆母和女兒相擁飲泣，她也忍不住伸手揩了揩眼角，卻還是上前低聲提醒道：「母親，八月回來，都是託了老太君的福，她該立刻去給老太君磕個頭謝個恩典才行。」

段氏忙輕輕推開鄔八月，迭聲說道：「對，妳母親說得對。八月啊，妳能回來都是老太君開的口，別的人都不用搭理，只有老太君那兒，妳可得立刻去給她磕個頭。要沒有老太君，妳還回不來呢……」

段氏撫著鄔八月的頭髮，賀氏彎腰去拉了鄔八月的手。

摸到鄔八月的手掌心時，賀氏原本忍著的激動淚水忽然流了出來。

「八月，妳才去漠北多久，怎麼……怎麼手就變得這般糙了……」

賀氏心裡滿滿都是悔痛和心疼，段氏立刻也拉過鄔八月的手，仔細一看，頓時也忍不住哭道：「我就說那等地方，嬌滴滴的姑娘怎麼過去生活？八月啊，我的八月啊……」

段氏復又擁著鄔八月啜泣起來，祖孫三代哭成一團，屋裡的丫鬟婆子們也跟著哭。

鄔八月縮回手抹了抹淚，對段氏和賀氏道：「祖母、母親，八月沒受什麼苦，有朝霞和暮靄照顧，到了漠北後，父親還給女兒請了家裡幫工做飯的。只是家裡人少，女兒便也經常下廚房，不然一個人待著挺沒勁的。」

鄔八月笑了笑，道：「朝霞和暮靄的手比八月的手還糙了不止一倍、兩倍呢。」

賀氏抹了淚，對鄔八月道：「好了，手可以慢慢養回來，但現在得要趕緊去東府謝謝老太君。家裡添了新人，晚間的時候妳也要見見才行。」
鄔八月想了想，問道：「可是三哥的新婦？」
賀氏笑了一聲，道：「妳三嫂性子溫婉，才過門不足一月，有些認生。府裡只有妳三姊姊和她同齡，可妳三姊過幾日便也要出嫁了，嬤嬤看她看得緊，是以妳三姊姊與妳三嫂也並無什麼來往。妳回來了，可要和妳三嫂多多相處才是。」
鄔八月點了點頭，起身打算去東府給老太君磕頭。臨走前，卻是想起還未同段氏和賀氏介紹單氏，忙又撤了回來，挽過單氏到了段氏、賀氏跟前，道：「祖母、母親，這是單姨。她在漠北曾救過我的性命，卻因此和她的女兒單姊姊失散了。我這次回來，執意將單姨給一同帶了回來，單姊姊不在，我想替單姊姊好好孝順單姨，陪單姨等單姊姊的消息。」
單氏蹲身給段氏福了個禮，段氏忙抬手請她起來，道：「既然是八月的恩人，那便是我鄔家的恩人，單大嫂儘管在鄔家住下。」
段氏立刻吩咐丫鬟去準備屋子，並讓人吩咐下去，將單氏奉為上賓對待。
鄔八月放了心，這才帶著朝霞和暮靄，去東府謝郝老太君。

第三十九章

東、西兩府只有一牆之隔，鄔八月走在那道上，步履卻不顯得急切。

想起她剛跨出門口時祖母囑咐的話，鄔八月不由凝眉細思起來。

她微微側首問朝霞道：「祖母讓我旁的人不用搭理……這是不是說明，東、西兩府的隔閡越來越深了？」

朝霞輕聲回道：「姑娘離開燕京，也有東府一眾人推波助瀾，老太太怨恨東府也是自然。」

鄔八月輕輕吐了口氣。「話雖如此，但明面上兩府不相往來，倒也並不妥當。」她眼中微光一閃。「這麼多年祖母都忍過來了，如今不忍了，大概是東府做得太絕了……」

主子們之間的恩怨，朝霞身為丫鬟，不好開口置喙。

一行人默默地朝著郝老太君的田園居行去。

既然祖母開了口，她自然不會忤逆祖母，去給鄭氏、金氏請安。

前方緩緩行來一人，非是旁人，卻是鄔二姑娘鄔陵柳。

她穿紅戴綠，頭上插滿了金飾，陽光下，整顆腦袋都金光閃閃的。比起鄔八月樸素的一身裙裝，鄔陵柳顯得富貴逼人。

她行動婀娜，走一步都要讓人扶一下，整個一弱柳扶風的卑弱「美態」。

她和鄔八月之間只隔了堪堪十丈距離，鄔八月停下腳步，愣是等了鄔陵柳半炷香的工夫，她才慢慢挪到了鄔八月跟前。

「二姊姊。」鄔八月溫溫一笑，喚了鄔陵柳一聲。

想起在漠北時收到的母親的信，信上說鄔陵柳的婚事也訂了下來，許的是一方巨賈，還言道大伯母收了對方不菲的聘金。

如今瞧著鄔陵柳絲毫未變的模樣，鄔八月倒是覺得，她頗有當一名商人婦的潛質。

「喲，這不是四妹妹嗎？」鄔陵柳聲音十分尖利，倒也不是她話中有對鄔八月的嘲諷之意，實在是她的音調便是這般「特別」。

鄔八月倒是感覺她的聲音更拔尖了。

鄔陵柳去拉鄔八月的手，一邊道：「之前我瞧著覺得隱約是妳，又有些不信，沒想到真是妳呢……四妹妹可算是回府了，漠北那邊……」

鄔陵柳突然手一頓，翻開鄔八月的掌心去瞧，頓時滿臉驚愕。「唉呀，四妹妹呀，妳的手怎麼成這樣了！」

鄔陵柳一連串的話語和動作十分矯情。

鄔八月緩緩抽回手，臉上保持著得體的笑容，道：「漠北生活艱難，有些事得自己做，便成這樣了。」

「可得好好調理才行呀！」鄔陵柳一邊惋惜地搖頭，伸出自己的手給鄔八月瞧，一邊道：「再如何，也得及得上我這雙手的一半柔嫩才行啊！」

鄔八月默然地看了鄔陵柳伸到眼前展示的雙手一眼，只輕輕點了點頭，算是滿足了鄔陵柳的炫耀心。

廢話說了這許多，鄔陵柳總算想起正事來。「四妹妹來我們國公府做什麼？」

鄔八月道：「我去給老太君請安。」

「喔，老太君啊……」鄔陵柳意味深長地拉長了語調，看向鄔八月的眼中陡然多了防備和探究。

鄔八月覺得莫名其妙。「二姊姊這般看我幹麼？」

鄔陵柳上下打量鄔八月一眼，嘖嘖兩聲道：「倒是沒看出來，手段最厲害的還是四妹妹妳啊。」

鄔八月更是丈二金剛摸不著頭腦。

「二姊姊此話何意？有什麼話，二姊姊不妨直說。」

鄔陵柳拍了拍鄔八月的肩，湊到她耳邊道：「去老太君那兒多多示好。老太君親口說妳不回來，就把她的私財全部給妳，東、西兩府的人都沒分，這會兒妳回來了，老太君給的豐厚陪嫁是肯定少不了的。」

鄔陵柳呵呵一笑，吹得鄔八月耳朵癢癢的。

「能要多少就要多少，別給鄔陵桐她親娘留。我出嫁之後，東府可沒第三個姑娘了，妳和陵梅要把老太君所有的私財都給刮了去才好。」

鄔八月面色沈了下來，鄔陵柳貼著她的耳朵，看不清她的表情，還在繼續說道：「四妹妹要是感激我提醒妳這幾句，不妨在老太君那兒也為我美言幾句。等妳三姊進了陳王府的門，我也要嫁了，多點壓箱底的嫁妝，我心裡踏實。」

鄔八月臉上的笑消失得乾乾淨淨，她輕聲道：「二姊姊的嫁妝自有大伯母籌辦，老太君那兒給的不過都是些添妝。鄔家的姑娘都是如此，相信老太君也不會厚此薄彼。」

「妳講什麼笑話呢？」鄔陵柳掩唇輕蔑一笑。「老太君不厚此薄彼？那我可要等著瞧瞧，我出嫁，她能拿多少分量的添妝給我。」

鄔八月微微垂首，不看鄔陵柳，道：「二姊姊要是沒別的事，我這便要去田園居了。」

「妳等會兒。」

鄔八月才走了兩步，鄔陵柳又叫住了鄔八月。「就再告訴妳一個消息。」

鄔八月望向鄔陵柳。「二姊姊要告訴我什麼只管說，不過，我沒有要拿任何承諾與妳交換消息的意思。」

「咳，我知道。」鄔陵柳擺了擺手，笑道：「妳這丫頭性子倒是古怪得很，以前跟我從來就是針鋒相對的，如今倒是越發喜怒不形於色了。」

鄔陵柳上下打量鄔八月半晌。「不過這樣也好。」

「二姊姊想說什麼？」鄔八月沈聲問道。

鄔陵柳笑嘆了一聲。「我那日偶然間聽到母親說，她進宮去見了鄔陵桐一面。鄔陵桐說，妳的婚事訂下了。」

鄔八月悚然一驚，竭力保持鎮定，儘量面不改色地回望著鄔陵柳，等著她的下文。

鄔陵柳繼續說道：「鄔陵桐特意為妳在皇上面前提了，說想讓妳做軒王爺的側妃，沒想到太后那邊屬意高彤蕾，鄔陵桐便不樂意了，結果皇上想了個折衷的辦法。」她神秘一笑。「妳猜，皇上要把妳許給誰？」

鄔八月心如擂鼓，儘量放空自己的思緒，機械地問道：「誰？」

鄔陵柳輕聲一笑。「說來也巧，這人也是高家的人。」

鄔陵柳指了指蘭陵侯府方向。「皇上要把妳許配給今年駐軍期滿，回京卸職的蘭陵侯爺長子，高辰複高將軍。」

鄔八月頓時一愣。

鄔陵柳說完，正準備欣賞鄔八月震驚或歡喜或絕望的表情，卻沒想到鄔八月只有短暫的驚愣，更甚者，她還挑了眉毛。

「妳不驚訝？」鄔陵柳不可置信地問道。

鄔八月有些茫然，卻還是老實點頭。「驚訝……」

哪有這麼巧的事？皇上要給她和高將軍賜婚？

她皺了皺眉頭，覺得這也實在太過巧合了。

鄔陵柳卻道：「是該驚訝的。妳三姊才逃過了蘭陵侯府，如今卻換了妳要嫁進蘭陵侯府了。」

鄔陵柳臉上卻是露出幸災樂禍的表情。「不知道妳將來過了蘭陵侯府的門，那侯爺夫人會怎麼對妳？原本妳親姊姊可是要做她兒媳婦的，如今她兒媳婦丟了，卻多了個繼兒媳婦，還是她原本該有的兒媳婦的親妹子，侯爺夫人還不得嘔死？妳猜，她會不會把妳往死裡折磨？」

鄔八月抬頭看了鄔陵柳一眼，冷靜地道：「二姊姊若是抱著看戲的想法，恐怕要讓妳失望了。聽說二姊姊也訂了親，我出嫁的時候，二姊姊定然早就隨著二姊夫南下了。」

鄔陵柳臉上頓時一陣青一陣白，但片刻後，她竟然恢復了正常，甚至笑咪咪地說道：「我雖然南下了，但還是能聽得到消息的。我可是會時時刻刻地關注著我們這幾個姊妹的。錢家別的沒有，銀子可多的是，買點消息不成問題。」

鄔陵柳未來的夫家姓錢，聽說很是富貴豪奢。

鄔八月還不知道鄔陵柳這樁婚事是她自己設計了嫁過去的，結果聰明反被聰明誤，栽了跟頭。

鄔八月瞇了瞇眼，對鄔陵柳這炫耀之舉不接話。

「知道我為什麼要時刻關注著妳們嗎？」

鄔八月不搭話，鄔陵柳卻是自個兒湊上來。

鄔八月搖頭，鄔陵柳輕笑一聲，道：「我可是想看看，我們四姊妹，到底誰的命最好。」她掰著手指同鄔八月數著。「鄔陵桐是皇妃，我是商人婦，鄔陵桃是繼室王妃，而妳未來是將軍夫人。聽起來，似乎鄔陵桐最厲害，可是說白了她也不過就是皇上的妾。真要論起來，只有妳我是原配。」

鄔陵柳格格笑。「就衝這點，我們就比她倆強。」

鄔八月臉上很冷淡。「二姊姊，比這個有意思？」

「當然有。」鄔陵柳眼中閃著光，點頭道：「我篤定她們倆過不好，妳也不一定過得好。唯獨我，一定會過得比妳們任何一個人都好。」

鄔八月不知道鄔陵柳哪來的自信，又或者說，她向來就是個十分會給自己找自信的人。

大概是因為無知，所以無畏？

鄔八月笑了笑，並未再說什麼，只道時辰已不早，她得去給老太君請了安後趕回西府去。

鄔陵柳也沒再攔著她，但還是囑咐了她一句，讓她在老太君那兒說說她的好話。

來時走得慢吞吞，離開時，鄔陵柳依舊是那樣做作地擺臀扭腰，扶著丫鬟的手走得極慢。

朝霞睨了一眼鄔陵柳的背影，低聲對鄔八月道：「姑娘，方才二姑娘說的話……」

「不用在意。」鄔八月沈聲說道。「當作什麼都沒聽到就好。」

朝霞應了一聲，暮靄不屑地道：「以前也沒見二姑娘走路這般模樣，不知道的還以為她腰不好呢。」

「江南女子多半都是弱柳扶風之姿，二姊姊將要嫁往江南，提前熟悉江南女子走路的儀態，倒也說得過去。」鄔八月頓了頓，道：「不過，過猶不及。」

「依奴婢看，二姑娘這是東施效顰。」暮靄輕笑一聲。「病弱美態沒學好，反倒顯得矯情。」

朝霞輕打了她一下，提醒道：「這是在東府呢，別想什麼說什麼。」看向鄔八月道：「姑娘，我們還是趕緊去田園居吧。」

郝老太君的田園居稱得上是東府的一塊淨土。

鄔八月到時，二丫正挽著褲腿，站在田園居的門口。

早在遙遙望見鄔八月的時候，二丫便朝著鄔八月使勁揮手。

待鄔八月到了，二丫喜孜孜地迎過她。「四姑娘當真來了。」

鄔八月好奇地笑道：「二丫知道我要來？」

「當然知道啊！」二丫得意地擺了擺頭。「四姑娘能回來，還是郝奶奶出的力呢。要不是郝奶奶開口，四姑娘還得在漠北待著。」

二丫湊近鄔八月道：「兩個府裡的六個姑娘，除了五姑娘，就數四姑娘最重義氣了！四姑娘知道是郝奶奶開了口才能回來，怎麼會不來謝郝奶奶呢？」

二丫拉著鄔八月迫切地道：「四姑娘趕緊的吧，我還跟小丫鬟們賭了兩朵小絹花，四姑娘來了，我的絹花可就贏過來了。」

鄔八月有些哭笑不得，被二丫拽著進了田園居的茅草屋子。

郝老太君正盤腿坐在炕上，開著窗戶做著針線，但到底也上了年紀，穿針引線時，眼睛微微瞇起。

二丫喊道：「郝奶奶，四姑娘來了！」

郝老太君手一抖，針尖扎錯了地方，頓時笑罵道：「讓妳不要咋咋呼呼的，一點姑娘家的樣子都沒有，以後咋說婆家？」

二丫嘿嘿笑，跑上去將郝老太君手裡的刺繡框子給拿了過來，放到一邊。

郝老太君橫了她一眼，這才看向鄔八月，打量了她一番道：「八月回來了？一個冬天不見，瘦了一圈。」

鄔八月正了正衣裳，鄭重地跪到了郝老太君面前，結結實實地給她磕了個頭。

「趕緊起來。」郝老太君見此忙要下炕，二丫先她一步將鄔八月給拽了起來。

「我可還活著呢，等我入了土，妳再磕頭也不遲。」

郝老太君沒好氣地罵了一句，又有些心疼地道：「這地坑坑窪窪的，妳這一頭磕下去，額頭腫起來了可咋辦？」

鄔八月笑著道：「老太君不嫌棄我額頭腫了不好看就行。」

郝老太君頓時被她氣笑了。「出去了一遭，嘴倒是變得甜了。」

一邊說著，郝老太君便挪了挪位置，讓鄔八月也上炕坐。

鄔八月倒也不推辭，脫了鞋，盤腿坐在了炕上。

郝老太君詢問起她在漠北過的生活，鄔八月便將能說的都說了。

郝老太君默默地聽著，不時插嘴問上一、兩句。

末了，郝老太君嘆息一聲。「那地方的確不宜久待，聽妳形容的，那簡直是冰天雪地……連門都不能出，這一個冬天，妳豈不是悶壞了？」

鄔八月笑著點點頭，道：「是悶壞了。」

「如今回來了就好了。」郝老太君嘆了一聲，又有些遺憾道：「不過這眼瞅著妳二姊、三姊都要嫁了，妳也在府裡留不了多少時候……」

鄔八月微微垂了頭，二丫在一邊插話道：「郝奶奶，最近外邊有傳言，傳得特別厲害，說是皇上要把四姑娘許給從漠北回來的高將軍呢！聽說高將軍在漠北可是名神將，不知道長得是不是也丰神俊朗的……他可是蘭陵侯爺的兒子呢，府裡的嬤嬤們都說，當年的蘭陵侯爺可是燕京數一數二的美男子，迷倒了不少人，高將軍肯定也不差……」

郝老太君順手抄起炕桌上放著的繡樣就朝二丫砸了過去，二丫痛呼一聲，摸著頭不滿道：「我又沒說謊……」

郝老太君問道：「妳剛才說那是真的？都聽誰說的啊？」

「府裡的人都這麼說，據說本就是宮裡傳出來的消息。」二丫笑嘻嘻地湊近鄔八月。「四姑娘，這事妳知道不？」

「她才回來，打哪兒知道這種流言？」

郝老太君擺了擺手。「皇上要是給妳賜婚，那也是大恩典。」

二丫奇怪地道：「郝奶奶不是瞧不起皇家嗎？」

「一碼歸一碼唄。」郝老太君道。「指不定那皇上也知道妳四姑娘在宮裡被人冤枉的事，這才要給她賜婚補償。這般說來，這皇上當得還比較像樣。」

鄔八月有些哭笑不得。她倒是知道郝老太君對大夏皇族不怎麼看得上眼，也曾親耳聽到過郝老太君說皇族之人骨血裡就是泥腿子，比不得誰高貴，但郝老太君這態度也太隨意了吧……

郝老太君拉過鄔八月的手，道：「妳雖然是回來了，可在家裡也留不長。不管那皇上是不是要給妳賜婚，妳二姊、三姊一嫁，立刻就輪到妳了。趁著這段日子，好好陪陪妳祖母。」

郝老太君嘆息一聲，道：「妳祖母為了妳的事，可真是連自己的命都顧不得了。」

鄔八月咬了咬唇，重重點頭。「八月明白。」

「妳明白就好。」郝老太君道。「我也算看明白了，妳就是妳祖母的命根子。妳要是好，她就什麼都好；妳要是不好了，她能跟人拚命。」

二丫也連連點頭。「是啊是啊，西府老太太因為四姑娘的事情，到現在還不跟咱們東府的人往來呢。」

郝老太君沈了沈眼，道：「妳回去以後也勸勸妳祖母，到底是一家人，再怎麼吵鬧，還是打斷骨頭連著筋的一家人。一家人沒有隔夜仇。」

鄔八月彎了彎唇角，臉上不知是微笑還是諷刺。她低聲道：「八月記下了。」

郝老太君便鬆了口氣，說：「瞧妳這模樣應該也是剛回來。剛回來便來我這兒，也是妳祖母有心了。」

鄔八月離開時，慶幸的是沒有再遇上東府任何一位主子。

在她去東府的短短時間內，西府的女主子們全都到了段氏屋裡。

鄔八月剛一進屋，便被一個人給突地擁住了。

「死丫頭，可算回來了……」

鄔八月一愣，隨即緩緩笑開，道：「三姊姊，妳要勒死我啊……」

「死了乾淨，省得害人日日惦念。」

鄔陵桃鬆開鄔八月，眼眶紅紅的。姊妹倆互相盯著看了半晌，鄔陵桃鼻頭都紅了。

「好了好了，馬上就要出閣的人了，還那麼愛哭鼻子，怎麼使得？」賀氏訓了一句，讓姊妹倆進屋。

鄔陵梅候在屋內，見到鄔八月，臉上露出一個溫暖的笑，衝她點了點頭。

五妹妹雖然才只有十一歲，但是一舉一動嫻靜優雅，倒是比鄔陵桃更有大家閨秀的風範。

鄔八月先去給幾位長輩見了禮，也見了才進門的三嫂。因五太太和三奶奶娘家都姓顧，是以家裡都稱三奶奶為小顧氏。小顧氏長得很討喜，圓圓的臉，圓圓的眼睛，笑起來憨態可掬，很合鄔八月的眼緣。

一屋子人正笑著，陳嬤嬤卻匆忙進來，稟報段氏道：「老太太，老太爺剛讓人傳了信兒，說是在宮裡和皇上有事相商，要晚些才回。」

段氏臉上的笑頓時淡了兩分。

自鄔八月出了事以後，鄔國梁對孫女那種漠然的態度便讓段氏寒了心。

是以這段日子以來，段氏對鄔國梁十分冷淡，有關鄔國梁的一應事情，她也從不開口詢問。

今日本是鄔八月歸家的日子，鄔國梁卻要晚些才回。

雖是因為皇上召見，有要事相商，但落在段氏耳裡，到底頗有兩分不滿。

段氏扯了扯嘴角，表示自己知道了，復又拉起鄔八月說起話來。

接風宴過後，鄔八月又被段氏和賀氏拉著，說了不少鄔居正的情況，直到夜深了，才對兩位長輩道了晚安，返回瓊樹閣。

鄔陵桃和鄔陵梅也一直坐在一旁聽著，姊妹三人共同離開。

鄔陵桃挽著鄔八月的手，鄔陵梅靜靜地走在她們後面。

一個冬季不見，鄔陵桃對鄔八月的感情似乎更深了些。

「三姊姊，出閣的日子就在五日後吧？」

鄔八月側首望著鄔陵桃，有些不捨，道：「妳一走，府裡又少了一個人了。」

鄔陵桃對她笑了笑。「傻丫頭，說什麼傻話。府裡不是才來了個嫂子嗎？」

鄔陵桃彈了下她的額頭，嘆道：「妳該擔心的是，我一走，接下來就輪到妳了。」

鄔陵桃忽然站住了腳步，盯著鄔八月問道：「京中有流言，說皇上要給妳和高大爺賜婚，這事妳可聽說了？」

這個傳言，是鄔八月在一天之內，從東、西兩府裡聽到的第三回。

她無奈地吁了口氣，道：「聽說了。」

鄔陵桃頓時面色凝重，有些欲言又止。

「三姊姊不用掛懷。」鄔八月伸手拉住鄔陵桃的手，道：「別說這事還只是傳言，就算皇上真的賜婚，我也沒什麼好怕的。」

「……妳不懂。」

鄔陵桃搖搖頭，欲言又止半晌後，輕嘆了口氣。「那蘭陵侯府，可不是什麼好地方。」

鄔八月偏頭一笑，下巴朝鄔陵梅那方點了點。「陵梅還比咱們小呢，她都不擔心，我們更不能害怕了，不然多沒面子。」

鄔陵梅沒想到會點到她的名，見兩個姊姊都望了過來，她不由一笑，溫溫地道：「還未成定局的事，擔心也沒用的。」

鄔陵桃便無奈地苦笑搖頭。「可要是真成了定局，可怎麼辦？那蘭陵侯夫人不定怎麼怨恨我，怨恨咱們鄔家，妳成了她的兒媳，她不折磨妳才怪。」

鄔八月笑了聲。「那就只能兵來將擋，水來土掩了。」

鄔陵梅偏頭一笑。「蘭陵侯夫人是高將軍的繼母，是她該擔心繼兒媳婦說她的壞話、告她的黑狀才對。四姊姊可沒那麼蠢，真被蘭陵侯夫人折磨了，會一聲不吭？我們鄔家又不是沒人了。」

鄔陵桃頓時拍手道：「對！陵梅這話說得甚合我意！」

鄔陵桃拉過鄔八月的手，認真地道：「要是這傳言真成了事實，咱們也沒什麼好怕的。蘭陵侯夫人怎麼了？見到我這陳王妃，也得低頭行禮！她要敢對我妹子使壞，哼，休怪我在京裡敗壞她的名聲！」

鄔八月頓時「噗哧」一笑。「三姊姊何時成了潑婦？」

鄔陵桃高傲地抬了抬頭。「要是沒點架勢，等我進了陳王府，還不得脫層皮？」

鄔八月臉上的笑便稍稍淡了。

陳王府裡的女人多不勝數，鄔陵桃這個繼王妃，肯定不是那麼好當的。

鄔八月認真地道：「三姊姊不用擔心我，我也不是那等任人宰割的人。」

「但願妳能吃一虧長一智，可別再讓人陷害了。」鄔陵桃歪了歪嘴，伸手捏住鄔八月的臉扯了兩下，道：「被害一次，跑到漠北那麼苦寒的地方去已經夠了。」

鄔八月鄭重地點頭。

「行了，我回去了。」鄔陵桃呼了口氣，想了想又問道：「跟妳回來的那個婦人，妳說是妳的救命恩人，妳喚單姨的。」鄔陵桃微微皺眉，道：「我總覺得她渾身上下的氣質，不像是個普通村婦。」

鄔八月垂了眼，笑道：「或許單姨也有一段什麼不為人知的過往，不過她沒說，我便也不好開口問。我只需要知道她救過我，我有義務要孝敬照顧她，直到單姊姊回來，她們母女團聚。」

鄔陵桃嘆了聲。「那要是她那女兒，回不來呢？」

鄔八月頓了頓，道：「那我便照顧她一輩子吧。」

鄔陵桃笑道：「妳這般說，母親怕是要吃味了。」

鄔陵桃拍了拍鄔八月的背。「既是妳的恩人，照顧她也是應當。不過也別對她太好了，母親那兒妳總要顧及。如今府裡給她安排了住的地方，當客人對待，但她住在府裡也不是長久之計。過段日子，妳委婉同她提一提，在外面給她尋個屋子，讓她搬出去住。」

鄔八月張了張口，鄔陵桃使勁拍了下她。「妳這丫頭真不懂事，她住在咱們府裡，難免有寄人籬下之嫌。起初來是貴客，住得久了，丫鬟婆子私下裡酸兩句，她聽到了，心裡不得起疙瘩？別報恩倒報出了仇怨。」

鄔陵桃言盡於此，身邊的如雪提醒她夜深了，鄔陵桃便同鄔八月作別，回了她的芳菲居。鄔陵梅也同鄔八月道了晚安，和她分道。

鄔八月回到瓊樹閣，仔細將鄔陵桃說的話想了想。

她得承認，三姊姊的建議十分有必要。

只是她答應了高將軍，會好好照顧單姨，要是讓單姨住到府外去，豈不是違背了她的初衷？

不過三姊姊說得也對，單姨住在府裡，府裡那些勢利眼的下人難保不會在單姨面前說點酸話、諷刺幾句之類。

一時之間，鄔八月有些進退維谷。

想著想著便睡著了，第二日起來，鄔八月便去見了單氏，詢問她在府裡住得是否習慣。

單氏道：「挺好的。」

鄔八月也知道單氏不是什麼挑剔的人，笑道：「要是單姨缺什麼，只管讓人來跟我說。」

單氏道：「不用太麻煩了。」

鄔八月想了想，覺得在單氏面前，她也沒有必要藏著掖著的。

鄔八月便將昨日鄔陵桃說的那些話，當作自己的顧慮說了出來。

單氏聽完後道：「另尋屋子去住便算了，我也不委屈。」

「我是怕真發生那樣的事，單姨心裡會不舒坦……」鄔八月抿了抿唇，道：「單姨，要是真出現了那樣的情況，有人說那些不著調的話，您可一定要告訴我。」

單氏點了點頭，臉上淡淡的，沒太多的表情。

她一貫都是這樣，鄔八月也已經習慣了。與單氏寒暄了幾句，又擺了主子架子，吩咐了單氏這邊的丫鬟好好伺候單氏，鄔八月這才又趕著去陪段氏。

她到時，卻見段氏和賀氏相對抹淚，臉上卻是喜悅的表情。

鄔八月忙快走兩步，蹲身福禮。「祖母，母親。」

她猶豫了下，還不待出口詢問，賀氏便拉了她過來，喜道：「八月啊！妳父親要回來了！」

鄔八月一愣，還有些反應不過來。「母親方才說什麼？」

「我說，妳父親要回來了。」賀氏按了按眼角的淚，道：「昨兒個妳祖父從城裡領了旨，皇上親自下旨調妳父親回京。」

鄔八月頓時一喜，又是一疑。「怎麼這麼突然……」

「妳祖父說，皇上查得寧嬪娘娘的死另有蹊蹺，皇上不希望讓無辜之人領罰，是以調妳父親回來，待查明寧嬪娘娘真正的死因，確定了是否與妳父親有關，再行責罰不遲。」賀氏解釋道。

鄔八月倒是想起，去漠北之前，她在玉觀山下曾問過父親，寧嬪的死到底是怎麼回事。

當時父親說，寧嬪是吃了相剋食物發病，但那只是誘因，寧嬪會因此而亡，另有幕後黑手操縱。父親懷疑寧嬪的死關係到後宮傾軋，他不想攪和進去，所以只力辯自己並無因懈怠而拖延請脈時辰。

只是，此事已經過去了足足尾秋、整冬、初春，小半年了，皇上怎麼會突然又把這件事情翻出來查，還打算還她父親一個清白？

許是看在祖父的面上吧，鄔八月心想。但不管如何，這對鄔家來說都是個極好的消息。

段氏和賀氏高興，鄔八月更是欣喜。

「妳祖父也高興，他在這當中應是出了力的。」段氏止了笑，道：「總算是做了件該做的事。」

一提到祖父鄔國梁，鄔八月便有些膈應。
她有些排斥去給鄔國梁請安。
但出乎她意料的是，直到鄔陵桃大婚前，她都沒有見到鄔國梁的人影。

第四十章

鄔陵桃出閣當日，天還未亮，鄔八月便被有異於往日的嘈雜給吵醒了。

朝霞伺候著她穿了衣裳，一邊道：「三姑娘那邊怕是已經擠滿人了。」

「這麼早……」鄔八月嘟囔了一句，倒也睡不著了，索性洗漱妥當，趕著去了鄔陵桃的芳菲居。

這是西府今年第二次辦喜事，之前那一場娶妻還要熱鬧些，只是鄔八月無緣得見。

到了芳菲居，鄔八月便直接縮進了鄔陵桃的屋裡。

鄔陵桃正在上妝，臉上白白紅紅的。鄔八月坐在一邊，見鄔陵梅也在，忙招手喚她，道：「妳也起那麼大早啊？」

鄔陵梅溫柔地一笑，道：「今日三姊姊出嫁，怎麼能不起早些。四姊姊不也一樣？」

鄔八月笑了笑，拉著鄔陵梅坐下，同她細聲說話。

鄔陵桃舉著小菱花鏡看著身後兩個妹妹，聽她們說話。

「不知道東府有沒有什麼表示？」鄔八月輕聲說了一句，鄔陵桃聽見，立刻接過話道：「東府能有什麼表示？假惺惺地送點賀禮，面上能過得去就行了。」

鄔陵梅笑了笑，沒說話。

鄔八月卻是想到鄔陵柳，道：「倒是忘了二姊姊了，她還排在三姊後面出嫁……什麼時候？」

「也就比我晚上十日吧。」鄔陵桃嗤笑一聲。「她擺譜呢，說早春時出嫁，太冷，自己搬石頭砸自己腳。」

鄔八月有些不明，詢問道：「這話怎麼說？」

「陵梅那段日子往東府跑得勤，讓她說。」

鄔八月便看向鄔陵梅。

鄔陵梅緩緩笑著說道：「二姊姊說要是早春時出嫁，天冷，她身子嬌弱禁不得凍。錢家也應了，尋人重新看了日子，定在暮春時節，六禮請期已過，只剩親迎一項。二姊姊得知出閣日子排在三姊姊之後，又不願意了，想讓錢家改回原來的日子。可親迎之日已經擬定了，不能更改。」

鄔八月恍然大悟。「所以二姊姊出閣排到三姊姊出閣後面去了……」

鄔陵桃嗤笑一聲。「她從小就喜歡跟我們姊妹比，比衣裳比首飾比小金庫，大了便只有比男人。」

上妝嬤嬤低聲提醒了一句，鄔陵桃擱下小菱花鏡，閉了眼睛微抬了下巴，繼續說道：「白瞎了那錢良明。」

「錢良明？」對這個名字有些陌生，鄔八月想了下才反應過來。「二姊夫？」

鄔陵梅點頭道：「嗯，那便是二姊夫的名。」

鄔八月忍不住問道：「三姊姊見過二姊夫？」

「見過。」鄔陵桃道。「那錢良明挺會做人的，提親的時候還專程帶了禮物來我們西府，府上每個人都收了他的禮。」
鄔八月張了張口。「我還以為，大伯母那邊給二姊姊尋的未來夫婿……」
「以為是個瘸子啞巴瞎眼的殘廢一類，要麼就是腦子有毛病，性子太差？」鄔陵桃笑了聲。
「別說妳，起初我也這麼覺得呢！」
鄔陵桃嘆了一聲。「不過不得不說，這次那鄔陵柳的運氣還真是不錯，不管是出於什麼原因，她能嫁給那錢良明也算是三生有幸。」
鄔八月默默地低了頭，不好再接話。
上妝嬤嬤低聲道：「三姑娘，好了。」
鄔陵桃緩緩睜開眼，看著銅鏡中面若桃花的嬌豔女子，緩緩吐出一口氣。
「出嫁了，就是別人家的人了。」
鄔陵桃驀地嘆息一聲，轉身對鄔八月道：「等我嫁了，妳可要好好孝順父親母親，照顧株哥兒。」
鄔八月點了點頭，鄔陵梅卻是笑道：「三姊姊別忘了我呀。放心吧，便是四姊姊今後出了嫁，家裡還有我呢。」
「妳還比株哥兒小呢。」
鄔陵桃起身走到鄔陵梅面前，伸手戳了戳她的額頭。鄔陵梅揉著額頭笑。
賀氏所出的鄔家三朵花，一朵比一朵嬌美。
鄔陵桃望著淺笑盈盈的鄔八月和鄔陵梅有些入了神，半晌方才道：「別人家的女子出嫁，姊妹會哭。我出嫁，妳們倒是只顧著笑。」

鄔陵桃鼻頭一酸，將兩個妹妹攬進懷裡。

「不要為我擔心，也別刻意逗我笑。我出門的時候，妳們倆要記得哭。往後我在陳王府覺得憋屈難過的時候，想一想妳們哭的模樣，我就會變得堅強。因為我知道，我是長姊，是妳們的榜樣，我輸不起，也絕對不能輸。我不想看到妳們為我再次流淚。」

鄔八月將臉埋在鄔陵桃懷裡，聞著她身上若有似無的香氣，輕聲道：「三姊姊，妳要好好的。」

「放心，陳王府便是龍潭虎穴，我也闖了，有什麼可怕的？」

鄔陵桃莞爾一笑，輕輕推開兩個妹妹，揚起下巴，道：「天也已經亮了，妳們去用點早飯，今兒一日可還有得忙活。」

正午剛過，鄔陵桃便被陳王從鄔府接走了。

鄔府正在宴客，鄔八月從女眷一方席上起身，打算回瓊樹閣。

眾人興致都很高，鄔家接二連三的喜事。

先有鄔良梧娶妻小顧氏，然後有鄔老任今年恩科閱卷官，再有幾日前，皇上親自下旨調鄔居正回京的喜訊，再然後便是今日，鄔陵桃出嫁成為陳王妃。

似乎已經苦盡甘來。

只是這些熱鬧，鄔八月都不大願意湊上去。

她無意擾了別人的興致，離席時動作很輕，也沒讓旁人察覺異常。

離開喧囂的宴客之地，鄔八月緩步走在回瓊樹閣的路上，權當消食。

暮靄跟在後面嘰嘰喳喳地說話，倒也不顯得寂寞。

「四姑娘，表少爺一家要到京了，為表少爺明年大比做準備。四姑娘您說，表少爺能金榜題名嗎？」

「表哥？」鄔八月想了想，的確是記得在漠北時，賀氏來信說過此事。

表兄賀修齊三年前府試奪魁後，因病未能參選殿試，今年便早早來燕京準備。

鄔八月那時還暗暗嘀咕，覺得舅父一家給這位表兄太多壓力了。

鄔八月笑道：「表哥有這個實力的話，自然會金榜題名。」

「老太爺是閱卷官呢，要是正好閱到表少爺所作文章，表少爺進士及第是沒問題了。」暮靄臉泛紅光。「聽說表少爺十分俊俏呢……」

鄔八月和朝霞無奈地對視一眼。暮靄這丫頭沒事的時候愛搞怪耍寶，也並非如她所表現的那般看重男子相貌。

「老夫是閱卷官，就能以權謀私了？」

一道威嚴的聲音響起，循著聲音發出的方向望去，卻是岔道上行來幾人。

鄔八月定睛一看，頓時垂頭。為首的竟是她回京後一直未見的祖父。

「八月見過祖父。」

鄔八月蹲身福禮，鄔國梁冷峭地盯著她。

正要開口說話時，鄔八月來時的那條道上卻奔來一個府中小廝。他見到鄔國梁後頓時大大地鬆了口氣，隔著老遠便喊道：「老太爺，趕緊去前廳，宮裡來了人，皇上有旨意！」

與鄔國梁同行的幾人身上積威甚重，鄔八月判斷，他們都該是朝中重臣。

小廝通報的話一落，幾人頓時趕緊整裝，朝著宴席方向匆匆趕去。

鄔國梁冷凝地站在原地，詢問那前來傳話的小廝。「可有說是什麼旨意？」

小廝茫然搖頭。「只見了一隊宮中侍衛，護送了幾名公公來，宣旨的公公身分似乎挺高。」

鄔國梁臉上表情一頓，點頭道：「我這便過去。八月，」

被點到名的鄔八月心裡暗暗叫苦，面上卻是一絲不顯，上前福禮道：「祖父。」

「隨祖父一起。」

鄔國梁冷峭地看了她一眼，率先邁開步子往宴席趕去。

鄔八月不敢耽擱，也只能亦步亦趨地跟上。

雖已有半年不見，但鄔國梁看上去卻沒什麼變化。鄔八月甚至覺得，他似乎更顯得精神許多。

大概是最近府裡喜事多，所以他心情也好，雖然對著她面色不算太好看，但也沒有句句如刀子。

當然，鄔八月也不會被這樣的表象所蒙蔽。她很清楚，祖父是想在第一時間就把她給遠遠地嫁出家門。

一路想著，祖孫兩人已前後腳到了前廳。

鄔國梁作為鄔府家主，自然是攜家中眾人下拜接旨。

宣旨太監鄔八月倒是認得，身分是挺高的，是宮裡的一位管事公公，據說是宣德帝身邊近侍魏公公的乾兒子。

備了香案，焚香淨手，鄔國梁恭敬地跪在了案桌前。

宣旨公公朗聲道：「皇帝制曰，茲聞鄔府之女鄔陵梔，品行純良，婉順敦厚，朕奉太后慈諭，特將汝許配蘭陵侯長子高辰複。一切禮儀，交由禮部與欽天監監正共同操辦，擇良辰完婚。欽此。」

一道驚雷。

雖一直有宣德帝會給這二人賜婚的傳聞，但當這道婚旨真正下達，在場諸人仍是一副不可置信之相。

鄔家人也不見得會有多高興。

賀氏率先想到的便是鄔家和高家的恩怨，面上頓時露出一副凝重的表情。

鄔國梁更是對這道聖旨錯愕不滿，尤其是聖旨上「奉太后慈諭」五字。

他的手有一剎那的僵硬，不過轉瞬間，卻已然能夠面不改色地下拜稱謝。「吾皇萬歲。」

這一聲好似是提醒，在場的每個人立刻附和道：「吾皇萬歲！」

鄔國梁恭敬地接過宣旨太監手中的聖旨，笑道：「公公一路辛苦，今日正逢老夫孫女出嫁，公公不如坐下，喝一杯喜酒。」

一邊說著，一邊不忘給眼前的公公塞好處。

宣旨公公大大方方地收了，拂塵一掃，卻是笑道：「多謝鄔老盛情，只是咱家還有公務在身，蘭陵侯府那兒，咱家還要去宣兩道聖旨，恐怕是要拂逆了鄔老的好意了。」

鄔國梁頓時笑道：「公公有正事在身，老夫倒是不好勉強了。」

鄔國梁親自送了宣旨公公兩步，藉機問道：「前往蘭陵侯府宣賜婚聖旨，老夫倒能理解，只是……緣何是兩道？」

宣旨公公笑著衝鄔國梁拱了拱手。「這一道，自然是婚旨。另一道……」他掩嘴笑道：「鄔老今後可有個重權在握的孫女婿，咱家在這兒，先賀喜鄔老了。」

鄔國梁眼中微光一閃。「倒是不知，喜從何來？」

「高將軍回京，皇上對他可是要委以重任啊。」宣旨公公拱手朝天。「皇上聖明，令高將軍領京畿衛五萬人眾，將整個燕京城交予高將軍手中，如何還不是重權在握？」

宣旨公公笑著給鄔國梁行了個禮。「咱家且先去了。」

鄔國梁神色如常地讓人送宣旨公公出門，待人走了，他面上的笑便收了回來。

而那邊，一眾女眷已經圍了過來，打趣鄔八月。

姊姊才嫁，妹妹便又得了天家賜婚，這在大夏朝立朝百年的時間裡，還算是稀罕的。

一個王妃，一個將軍夫人，姊妹二人嫁的都是皇家之人——那高將軍雖是姓高，但其母乃是皇家公主，也算是半個皇家人。

鄔八月微垂著頭，任由眾人打趣。最後是賀氏看不過眼，言笑了幾句，將鄔八月拉出了那群女人的八卦圈子。

她拽著鄔八月一路回了瓊樹閣，才沒多久，丫鬟來傳，說是段氏也來了。

賀氏並不覺得奇怪。

鄔八月乃是段氏最喜歡的晚輩，她被突然賜婚，段氏如何能不關心？

鄔八月上前迎了段氏，扶著她落了坐。

段氏拉著鄔八月也坐了下來，皺著眉頭問賀氏。「這事之前雖有風聲，可一直都沒落到實處，今兒這聖旨……來得蹊蹺啊。」

賀氏心裡也認同段氏的話，但也不想段氏太過為此事操心，笑道：「許是皇上那邊也知道咱們家之前受了不少委屈。陵桃的事、夫君的事，還有八月的事。今日乃是陵桃大婚，皇上挑這個時候下旨，許也是想給咱們錦上添花。」

段氏眉間仍有憂色。「別的倒是不說了，就是那高家……」

段氏說著便憂心地望向鄔八月。「那高家和咱們鄔家也是結了怨的，今年年節，連往日的節禮都未曾送，兩家幾乎是再不往來了。如今這道婚旨一下，咱們又要和那高家打交道……」

賀氏吁了口氣，笑道：「母親不用心焦，到底皇上給八月賜婚，指的是蘭陵侯爺的長子。蘭陵侯夫人怨恨咱們，可她畢竟是高將軍的繼母，要是她欺負咱們八月，咱們的態度倒在其次，高將軍卻是第一個不肯答應。」

「也對。」段氏聞言點點頭，嘆了一聲。「靜和長公主只有一子一女，眼瞧著都到了談婚論嫁的時候了，卻是一個在宮中犯了事，被貶至玉觀山，另一個遠走漠北。想來不管怎麼說，這兄妹二人對那蘭陵侯府都有心結，只是苦了咱們八月……」

段氏微微有些鼻酸。「要是當初陵桃和高家的婚事沒有變動，如今也不會有這樣一道婚旨出現，真是世事難料……」

賀氏在一旁勸了幾句，鄔八月也笑著安慰道：「祖母放心，蘭陵侯夫人不敢欺負我。她也要名聲呢，要是傳出去，說她苛待繼兒媳婦，誰家敢把閨女嫁給高二爺做她兒媳婦？高二爺可還沒成親呢，蘭陵侯夫人也還有兩個閨女要出嫁呢，要是傳出她為人歹毒的話，誰家又敢娶她家女兒進門？」

「八月說的是。」賀氏附和道。「況且，兒媳倒還覺得，八月嫁過去之後，高將軍不一定會繼續住在蘭陵侯府。靜和長公主還有公主府閒置著呢，高將軍完全可以帶著八月住到公主府去。」

「這……」段氏皺了皺眉，望著鄔八月嘆息一聲。「前提是，那高將軍是個值得託付終身之人。」

賀氏聞言，也臉露憂慮。

「那高將軍，今年也有二十好幾了吧？」段氏忽然開口，語氣中有些許焦躁。「二十好幾的男子，又在邊關多年，身邊應當也有幾個伺候的女人……他才入京，也不知道將那些女人帶回來了沒有，甚至，不知道他是不是已經有兒女……」

鄔八月好笑地接話道：「祖母，高將軍在邊關一直是孑然一人，也無兒無女。祖母就不用擔心這個了。」

段氏頓時訝然，望向鄔八月問道：「妳怎會知道？」

鄔八月臉上露出一絲紅暈，為了不讓段氏和賀氏焦慮太過，她索性半遮半掩地說道：「回祖母，八月在漠北時便因為父親的緣故，見過高將軍幾面。此番回京，也是和高將軍一路回來的，路上多承蒙高將軍的照顧……」

段氏頓時瞠目，賀氏忙問道：「妳的意思是，妳和高將軍早就認識？」

鄔八月點頭。

「怪哉……」賀氏望望段氏，又望望鄔八月。「難不成，這的確是緣分？在你們回京之前，京中便有皇上會為你們賜婚的傳言，沒想到你們卻是一早便已認識……」

段氏卻是拊掌笑道：「好，好！既然是天賜的緣分，那這樁婚事，可就再好不過了！」

段氏也不避諱，拉著鄔八月的手直問道：「妳與高將軍一路相處的情形如何？他是不是也對妳上心？妳估摸著，這樁婚事高將軍是不是也不會排斥……」

段氏的話越說越有打趣鄔八月的跡象。

雖說女子婚前和男子有過密接觸會被人所詬病，但如今聖旨已下，這些都已不成問題，何況是和親近的家中長輩交代，鄔八月也沒有什麼障礙。

但她始終覺得，這不過是一樁「合適」的婚姻。她和高辰複之間，要說愛和喜歡，言之過早。她對高辰複是欣賞和敬重，而高辰複對她……

鄔八月想起他們分別時，高辰複給她的那串白玉菩提子佛珠串，臉上更覺得燙了。

三人正說著，朝霞從外屋匆匆進來，蹲身福禮道：「四姑娘，老太爺讓您去湖景花園一趟，說有話要問您。」

鄔八月心裡一梗，段氏訝然望向朝霞問道：「八月回來幾日，老太爺都當沒有這件事似的，今兒倒是想起要見八月了？」

鄔八月對段氏笑道：「祖母，朝霞也不過是傳話的。既然祖父要見孫女，孫女自然該去一趟。」

鄔八月起身給段氏和賀氏福了禮，這才帶了朝霞往湖景花園處趕去。

湖景花園算得上鄔府最大的一處觀賞園林，並不隸屬於哪一房，是整個鄔府上自主子，下至丫鬟小廝都極為喜歡去放鬆心情的地方。

花園正中央有一片碧池，名為清液池，池中養著十幾隻白鷺丹鶴，乃是宮中御賜。如今想來，那應當也是姜太后的手筆。

鄔八月趕到清液池邊的香亭，鄔國梁正一個人坐在香亭中，身邊伺候的人都在亭外站立等候。

鄔八月默默地提了提氣，讓朝霞和暮靄也在亭外等著。她提了裙裾，一步步邁入香亭，不失大方地蹲身給鄔國梁福禮。

在這等行禮請安的小事上，鄔國梁也沒有閒心為難鄔八月。

他草草地抬了抬手，指了自己對面的位子道：「坐。」

鄔八月躬身道：「謝祖父。」便優雅地緩緩落坐。

鄔國梁懶懶抬臉望了她一眼，笑了一聲。「在家裡時禮儀學得不怎麼樣，去了漠北，倒是更懂規矩了。」

鄔八月莞爾一笑，並不答話。

她知道，自己在祖父面前，恐怕是說什麼都討不了好。祖父叫自己來，也定然不會要和她閒話家常。

她只需等著祖父問，自己斟酌著答就行了。

倒也果然如鄔八月所料想，鄔國梁悠悠地啜飲品茗，將鄔八月冷落在一邊。直到過去了一盞茶的時間，鄔國梁方才開口問道：「這樁婚事，滿意吧？」

鄔八月眼角微微一抽，含糊不清地答道：「得蒙皇上賜婚，孫女自當感念。」

鄔國梁便哼了一聲，徑直問道：「我聽說，妳此番回燕京，是與高將軍一路同行？」

這件事有心人要是去查，自然查得出來，鄔八月也沒什麼好隱瞞的，便點頭道：「是。」

「妳倒是承認得大方。」鄔國梁不知是嘲是諷，斜睨著鄔八月，眼中警告之味甚重。「猶記得當初妳離京時，曾經說過，妳是很惜命的。」

鄔八月神色未變，點頭說道：「孫女自然是惜命的。」

「很好。」鄔國梁冷肅地望著鄔八月。「妳要記得妳說的話。」

鄔八月笑道：「孫女自然也記得。」

鄔八月這副模樣，讓鄔國梁有些拳頭打在棉花上的挫敗感。他恨恨地瞪了鄔八月一眼，忽然覺得，不過小半年不見，這個孫女似乎又有了一些變化。

比起之前的溫懦來，她更顯得尖銳了。

鄔國梁站起身，聲音平平地說道：「既是聖旨賜婚，我自然無力改變什麼。今後，妳好自為之。」

鄔八月也跟著起身，淡淡地福禮道：「祖父慢行。」

鄔國梁邁出去的腿一頓，回頭看向那看似低眉順目站在原地恭送他的孫女。

果然是有些變了……

鄔國梁微微一怔，搖了搖頭，大踏步離開了香亭。

隨行之人跟著鄔國梁遠去，朝霞和暮靄見香亭中再無旁人，忙快步上前。

暮靄問道：「姑娘，我們回瓊樹閣嗎？」

鄔八月點了點頭，道：「我們回瓊樹閣。」

接下來的日子風平浪靜。

賜婚聖旨的餘溫還在發酵，東府的人聽聞了消息，也有意要與西府重修舊好。

段氏對此嗤之以鼻，拒不見客。

當初鄔八月被迫無奈要遠走漠北，東府之人的態度，尤其是鄭氏和金氏的言論，讓一向好脾氣的段氏也忍不住憤怒了。

她是下定了決心，不與東府再往來。

當家老太太這般行事，西府三位太太賀氏、裴氏和顧氏也當作不知東府之人要與西府修好的願望，樂得清閒。

而對於鄔八月，郝老太君之前提醒她，讓她幫忙勸誡段氏的話言猶在耳，但她還是將其拋在了一邊。

要她與東府那群利益薰心、滿心算計之人打交道，她也不想。

既然有祖母在前表明了態度，那她也只有做個孝順孫女，一應遵從。

如此三日後，便到了鄔陵桃帶陳王回門的日子。

只是這一日，陳王卻沒有來。

陳王府的車馬來得很興師動眾，排場十足，可是從馬車上下來的，卻只有鄔陵桃一個人。

她面色倒還算正常，沒有憤怒或傷心，表情控制自如。

鄔陵桃帶著如雪、如霜徑直步入鄔府，去前廳拜見了家中長輩。

她已是王妃，論品級，連老太太都及不上她。

她拜過之後，便輪到府裡諸人拜她這位王妃娘娘。

鄔陵桃叫了起，府裡人見只有她一人，大家臉上的表情都有些凝重。

待只剩下段氏、賀氏並賀氏幾個兒女時，賀氏便忍不住心痛難當。「陳王爺怎麼沒陪妳一起回來？」

三朝回門，新姑爺不陪著新嫁娘回娘家，這傳出去，新嫁娘的顏面可是盡失了。

鄔八月也擔心地看著她。

鄔陵桃莞爾一笑。「母親別擔心，王爺今日卻是有事來不了。我做為王妃，也應當知道，國事為重。」

「在母親面前妳還強顏歡笑……」賀氏只當鄔陵桃是在找藉口。「陳王在朝中沒什麼建樹，皇上都不讓他參領國事，他能有什麼要事要忙？還撇下妳這個新婦獨自回娘家……」

段氏臉色也鐵青著。「陳王此舉，當是慢待我鄔家！」

鄔陵桃臉上的笑意收了收，卻也沒有多少勉強之色。她認真道：「母親，女兒說的都是真的。陳王的確有要事要辦，為此，女兒特意讓他不用陪女兒回門。」

「妳……」賀氏愕然地看向她。

鄔陵桃進一步解釋道：「他在朝中可有可無，但到底是個王爺，皇上也還是派了事給他做的。我要在府裡站穩腳跟，一要攬住陳王的心，二要攬住一定的權，但光這樣是不夠的。」她頓了頓，說道：「陳王要是仍舊這般毫無建樹，我千辛萬苦得來的王妃之位也沒什麼意義。」

鄔八月張了張口，將這些訊息連在一起一想，頓時驚訝道：「三姊姊，妳是故意讓陳王不陪妳回門？這樣一來凸顯了妳的賢慧，二來也無形中給自己造了勢，好讓陳王覺得愧對於妳……」

「還有三來，陳王肯開始專心國事。朝堂上對他的風評，自會有所好轉。」鄔陵桃懶懶地向後靠坐在了圈椅上。「回門不過是個形式，今日他沒能陪我回門，我要他今後在我想回家歸寧時，都能無怨無悔地陪在我身邊。」

段氏和賀氏互望一眼，兩人眼中都是既有放心，又有擔憂。

段氏輕聲問道：「好孩子，陳王對妳可好？」

「當然好了。」鄔陵桃笑了聲，道：「再如何，新鮮上幾日還是行的，何況我長得也不差。」

賀氏頓時面露憂色。「妳怎能這般想，陳王與妳可是要過一輩子的——」

鄔陵桃抬手打斷賀氏的話，認真說道：「母親，不是所有人都能同您與父親一般，在大家族裡還能夫妻和美恩愛，無旁人插足的。」

鄔陵桃悶笑一聲。「陳王府裡那麼多姬妾，他的心分那些人都分不夠，我是需要攬住他的心，卻沒想過要把自己的心搭進去。」

「可是……」

賀氏還待要說，鄔陵桃擺了擺手，道：「母親就別說我了，我自有分寸的。倒是八月——」

鄔陵桃美目流轉，視線落到了鄔八月身上，掩唇一笑。「這麼快就定了終身了，我還沒向妳道賀呢。」

鄔八月尷尬地摸了摸耳朵，道：「三姊姊不要笑我……」

「我怎能不笑妳？皇上這旨下得可真是讓人措手不及，還有些哭笑不得。」

鄔陵桃斜睨著鄔八月。「妳以後不單是我妹子，恐怕將來還要叫我一聲舅母……」

賀氏頓時笑罵道：「別打趣八月！」

這輩分是有些亂。宣德帝乃是陳王的弟弟，而鄔陵桐則是鄔陵桃的姊姊。這邊是弟弟娶了姊姊，哥哥倒是娶了妹妹，而高辰複卻是宣德帝和陳王的外甥，鄔八月又是鄔陵桐和鄔陵桃的妹妹。

著實有些讓人眼花撩亂。

「好了，不笑妳。」鄔陵桃嘆笑一聲。「那高將軍我倒是還沒見過，不過我問過陳王，陳王說他對高將軍這個外甥沒多大印象，倒是知道他打小就是個好孩子，孝順知禮、懂事溫順，就是不知怎麼的，竟然會去當了上陣殺敵的將軍。」
陳王不知道，鄔八月倒是知道一二。
她默默地腹誹了兩句，漏聽了鄔陵桃後面說的話。
「八月。」
鄔陵桃喚了她一聲，她茫然抬頭。「啊？什麼？」
鄔陵桃嘆道：「跟妳說話妳走什麼神哪。我是問妳，高家二姑娘要嫁給軒王爺的事，妳可聽說了？」
鄔八月有些奇怪地問道：「皇上也給他們賜婚了？」
鄔陵桃搖頭。「沒有，不過我聽陳王說，太后作主在其中撮合，這婚事基本上是要定了。但三日前已經去高家宣了兩道旨意，再去高家下婚旨，就太過扎眼了；而且不過是娶側妃，巴巴地下一道旨意，置軒王妃於何地？怕是有打許家的臉之嫌。」
「兩道旨意？」鄔八月有些納悶。「除了賜婚，還有什麼旨意？」
「妳待在府裡，還真是兩耳不聞窗外事。」鄔陵桃沒好氣地伸手戳了戳鄔八月的額頭，道：「與婚旨一齊下達蘭陵侯府的，是高將軍的任職旨意。皇上讓他領了京中五萬京畿衛，今後燕京城中一應治安布防，都要高將軍勞心了。」

第四十一章

鄔八月微微一怔。如此一來，高將軍在京中也是炙手可熱的人物了。

「咱們八月以後可也是讓人爭相巴結的貴夫人呢……」

鄔陵桃打趣了一句，鄔八月尷尬地低了低頭。「今日是三姊姊回門的日子，就別說我的事了。祖母和母親還有很多話要問三姊姊呢……」

賀氏接過話笑道：「八月臉皮薄，妳少鬧她。還是說說妳的事。」

賀氏頓了頓，問道：「陳王的那些姬妾，還有陳王的兒女，妳都認識了？」

鄔陵桃懶洋洋地點點頭。「都認識了，相貌都不錯，陳王看臉皮的眼光到底是有的。」

鄔陵桃的話裡帶著嘲諷的味道，卻沒有太多情緒。

賀氏頓了頓，丟開王府眾姬不談，問道：「那陳王的兒女呢……」

「也見了。」鄔陵桃道。「大的都懂事了，小的嘛，被那些女人教得也懂事了。」

鄔八月忍不住問道：「三姊姊這話是什麼意思？」

鄔陵桃眉梢一挑。「字面上的意思。」

她撐了撐腰，道：「陳王平日裡只喜歡和女人尋歡作樂，陳王府裡的姬妾一個接著一個生兒生女，以博寵愛。陳王兒女多了，倒不見得有多在乎那些孩子。有的孩子生母早就被後院女人給鬥死了，有的生母還如日中天著……現在盯著的，不就是陳王世子的寶座嗎？」

鄔陵桃斜睨了鄔八月一眼。「蘭陵侯府想必也是一樣，高辰書斷腿，蘭陵侯夫人恐怕會想方設法阻止高將軍取代高辰書的位置。」

鄔八月嘆了一聲。「三姊姊又說偏了……」

鄔陵桃笑了笑，對上段氏和賀氏關切的眼睛，道：「祖母、母親，不用為我憂慮。我這般年輕，又不是不能生兒子。我生的是陳王的嫡子，身分比那些生母低賤的陳王兒子要高貴得多，退一萬步說，即便是沒能生兒子，陳王那麼多子女，我拉攏一、兩個生母死了的或者生母勢微的，做自己的兒子養便是，左右這陳王妃的位置我坐得穩就行。」

賀氏嘆了一聲，無奈地搖頭道：「妳人也大了，我也管不了妳了……我只希望妳能平平安安的，妳覺得過得好就行。」

鄔陵桃微微垂首，眼睛掩藏在陰影裡。「母親，我說過我不會後悔，我便永遠不會後悔。」

鄔陵桃在鄔府用了午飯後便匆匆趕回了陳王府。

鄔八月親自送她到了二門上，鄔陵桃拉著鄔八月的手說：「高將軍為人如何，妳與他一路回京，想必妳比我清楚。瞧妳這般，也不是不願意的模樣，想來高將軍倒也是個值得託付的良人。只是那蘭陵侯夫人委實有些不可測，妳要多長點心眼。」

鄔八月點頭道：「三姊姊放心，妳不是從前的三姊姊，我也不是從前的我了。」

鄔陵桃定定地看了她一會兒，良久方才舒了口氣，道：「人總是要成長的，不是從前的自己，誰又能說不是件好事？」

鄔陵桃拍拍她的手。「我這便走了。」

鄔八月頷首，鄔陵桃頓了頓，又貼近她耳邊道：「鄔陵柳出嫁，我定然是不會來觀禮的。東、西兩府隔得近，這一趟妳恐怕是避不開。到時候妳跟她說，若是錢家想要攀上皇家，攬下一些皇家御用物品的進貢，我倒是可以幫忙說上兩句話。」

鄔陵桃彎唇一笑，離開了鄔府。

鄔八月愣了會兒，方才明白過來鄔陵桃的意思。

鄔陵桃如今可是王妃，與鄔陵柳的關係並不好，自然不會紆尊降貴來觀鄔陵柳出閣之禮。而她要她帶給鄔陵柳的話，給人一種高高在上的施捨感，那種從裡到外散發出來的炫耀，恐怕會令鄔陵柳跳腳火大。

鄔八月無奈地搖了搖頭。

她帶著朝霞往瓊樹閣的方向返回，心裡卻是打算不將鄔陵桃的話轉述給鄔陵柳聽。多一事不如少一事。

臨近瓊樹閣時，小道內側拱橋裡卻突然鑽出了一個人來。

鄔八月嚇了一跳，停住腳步定睛一看，不由失笑道：「二姊姊怎麼在這兒？」

這人還真是禁不起唸叨。

鄔陵柳還是穿金戴銀的，一副富貴派頭，恨不得將所有的金器玉器都往自己身上扒拉。

聽得鄔八月問，鄔陵柳咳嗽了一聲，裝模作樣地道：「在這兒等妳啊。」

她作勢望了望四周。「怎麼沒見著鄔陵桃？」

鄔八月答道：「三姊姊用過午飯後便回去了。」

「什麼?!」鄔陵柳頓時瞪大眼睛，有些不可置信。「她走那麼快？」

鄔八月頷首，有些奇怪地問道：「二姊姊尋三姊姊有事嗎？」

「喔，沒、沒事……」

鄔陵柳梗了一下，暗暗咬了咬唇。「她沒說要來見我？」

鄔八月搖頭。鄔陵柳臉色頓時鐵青，一甩袖子，一改往日扭捏做作的走路姿態，雷厲風行地撥開鄔八月，怒氣沖沖地往前快走了去。

鄔八月呆怔在原地，半晌方才問朝霞道：「二姊姊這是怎麼了？」

朝霞輕聲答道：「奴婢覺得，二姑娘大概是篤定了今日三姑娘回門，會來尋她的晦氣。沒想到三姑娘連提都未曾提過她，所以覺得自己被……輕慢了。」

鄔八月恍然大悟，點了點頭。

她不由無奈地道：「二姊姊越要別人將她當一回事，三姊姊越是表現得不把她當回事……二姊姊也真是讓人無法理解，既然猜想三姊姊回門，見到她定然會同她炫耀，她又何必還在這兒等著……」

這兒是瓊樹閣和芳菲居的分道路，鄔陵桃要回她原本的閨房，這條路是必行之路。

朝霞笑了笑。「這麼些年，二姑娘和三姑娘不都是這般過來的……姑娘又何必驚訝。」

鄔八月失笑搖頭，不再糾結此事。

轉眼光陰，鄔陵柳的婚期也近了。

東府嫁女，雖是庶女，但到底是除了鄔陵桐這個皇妃之外唯一的女兒了，東府的人自然也重視非常。藉著這樁喜事，也正好能主動和西府修好。

東府國公夫人鄭氏早早地讓人送了喜帖，段氏將之擱在一邊，並沒有要理會的意思。

這日晚膳，西府除了鄔國梁外，全家齊聚。

飯畢，段氏將東府的喜帖隨意放在了桌上，道：「後日東府有喜，我就不去了。妳們隨意。」

段氏搭著陳嬤嬤的手起身，徑直回正院。

賀氏三妯娌面面相覷。

裴氏和顧氏自然是以賀氏馬首是瞻，頓時圍過來詢問賀氏，此事該如何辦？

之前東府示好，因沒有什麼特別的契機，西府之人裝糊塗，便也過去了。

可如今人家明晃晃地將喜帖親自送了過來，這要是不過去，豈不是明擺著打東府的臉？外人知道了，也少不得要撰幾句閒話出來。

賀氏嘆了一聲，道：「自然是要去的。」

段氏這個婆婆並不苛刻，也不會逼著兒媳婦做什麼可一不可二的選擇。之前她勒令西府中人不與東府來往，話說得是斬釘截鐵的。

若是此番鄔陵柳成親，段氏不許她們過去，也只需要命令一番就行，根本用不著讓她們「隨意」。

段氏的話只是在表明她的態度，她對東府不能釋懷，所以她不過去，但她的兒媳是可以去的。

段氏也要考慮兩府關係太過惡劣，旁人會對此產生的議論。

賀氏讓兩個妯娌回去準備賀禮。後日便是親迎禮，既要前去觀禮，總不能失了禮數。

到了鄔陵柳出嫁那日，賀氏幾人便都過去了。

鄔八月卻是沒去。

她前一天晚上，忽然改了主意。祖母是因為她方才和東府決裂的，她要是去了東府，豈不是在打祖母的臉面？何況家裡人都去了，就剩祖母在西府，也太過冷清。

因此鄔八月主動提出留在西府陪伴段氏。

段氏欣慰，賀氏自然也沒有異議。

僅一牆之隔，西府當然聽得到東府那邊鑼鼓喧天的熱鬧。鄔八月不由想，十日之前，三姊姊出嫁時，東府裡的人是否也是這般，感受到隔壁的熱鬧，內心裡生不出同喜的歡愉，只覺得有些煩悶？

正這般想著，屋外丫鬟前來傳話。陳嬤嬤聽了一耳朵後，匆匆跑了進來，臉上表情古怪。

「老太太，東府雙喜，二奶奶臨盆了。」

段氏手裡正撚著佛珠，聞言動作一頓。

鄔八月陪在她下首，正輕輕給她捶腿，乍一聽到這個消息，鄔八月還有些茫然，然後方才憶起，她離開燕京時，東府二奶奶小金氏的確是懷有身孕的。若是這二嫂生個男孩，那便是東、西兩府的長曾孫。

比鄔八月這一輩還要小上一輩的孩子也不是沒有，東府大奶奶小鄭氏連生了兩個女兒，只是都幼年夭折了，小金氏肚子裡的孩子不論男女，都十分矜貴。

鄔八月心裡倒也默默祝福了兩句，卻聽段氏輕蹙了眉頭道：「頭兩日咱們不是才算過日子，估摸著還有半個月的時間嗎？怎麼提前了？」

陳嬤嬤輕聲道：「可說呢，老奴也覺得有些詫異。」

段氏撚了撚佛珠，微微閉了眼睛，道：「想必是今兒動靜大了，孩子禁不得鬧，想提早出來。所幸也算是足月了，這會兒生也沒什麼大礙。不管如何，那也是咱們鄔家的曾孫。老太君有幸，有生之年也有孩子能喚她一聲高祖母了。」

陳嬤嬤笑了聲道：「老太太良善。」

段氏輕笑了聲，睜眼道：「就是這日子吧，有些衝了。婚事上衝出生喜來，不大吉利啊……」

鄔八月聞言問道：「這不是雙喜臨門嗎？」

陳嬤嬤解釋道：「話是這麼說，但一般而言，成親那日家裡有人進士及第或是久不見的親人歸來，才是雙喜。二奶奶如今產子，東府必會見血。若是見血，一對新人都會覺得晦氣。待二姑娘到了錢家後，恐怕還要請和尚道姑做一堆去晦氣的法事。」

鄔八月聞言頓時瞠目。「若真是這樣，二姊姊也太倒楣了吧……」她忍不住道：「今兒個不是黃道吉日嗎？」

段氏笑道：「本來定的日子挺好的，誰讓她覺得那會兒天冷，不願意在那個時候出閣，只得改到了今天。」

鄔八月心裡嘆了句無巧不成書，還真應了鄔陵桃那句「搬石頭砸自己的腳」。

東府的喧囂段氏充耳不聞，和鄔八月說了會兒閒話後，她便要去默佛經了。

鄔八月也在一邊陪著，因閒得無聊，便在一旁抄抄佛經。

賀氏等人回來的時候，天色還很早。

段氏讓三個兒媳都坐了，奇怪地道：「怎麼這就回來了？」

裴氏苦笑一聲。「東府亂成一團，咱們也不好在那兒待著。」

段氏從這話中聽出點不對勁，問道：「不就是良柯媳婦兒臨盆了嗎？穩婆和接生大夫應當是一早就備著的，怎會亂成一團？」

鄔八月也忙豎起耳朵聽。

賀氏苦笑道：「東府這次嫁女，面子沒掙到，臉卻是丟大了……」

在賀氏的娓娓講述中，鄔八月終於明白是怎麼回事。

小金氏和鄔陵柳一直不大對盤，這次小金氏會提前臨盆，便是因為和鄔陵柳發生衝突。

小金氏乃是金氏姪女，在未出嫁時，就與鄔陵柳這個金氏膝下的庶女不好，等她嫁入輔國公府，更是和鄔陵柳針鋒相對。

鄔陵柳此番出嫁，錢家是下了血本的。錢家娶的畢竟是世家貴女，雖是個庶女，卻是榮寵不斷的鄔昭儀娘娘唯一的親妹子，錢家拿錢換威望，這筆買賣，人家做得划算。

而鄔陵柳只當這些是她炫耀的資本，因一直被小金氏壓著，她心裡始終不痛快，借著這個機會，她也想讓小金氏眼熱眼熱。

大夏有婚宴上孕婦不得出現的習俗，據說會對孕婦不好，新娘子會衝撞胎神。鄔陵柳反其道而行，臨出閣前，硬是攛了人到小金氏的院子裡跟她酸言酸語了幾句，小金氏也不是那等沈得住氣的人，自然也反唇相稽。

雖說兩人只是言語上的衝突，但小金氏還是很戲劇化地被「氣」得動了胎氣。

相比起出嫁的庶女，輔國公府的嫡長曾孫不知道要重要多少倍。

於是，鄔陵柳的婚宴一團糟，東府兩房的人都關心小金氏那邊去了，鄔陵柳偷雞不成蝕把米，盛大的婚禮變成了一樁笑話。鄔陵柳氣不過，當著賓客的面說了幾句不知輕重的話，把東府的臉面丟了個乾淨。

鄔八月張了張口，不由問道：「那現在，二姊姊怎麼樣了？二嫂又怎麼樣了？」

顧氏回道：「良柯媳婦兒還在生著，我們回來時也沒得到個信兒。至於陵柳，吉時不能誤，哭哭啼啼地讓人看了一會兒笑話後，還是被送出府了。錢家來迎親的人走得灰溜溜的，想必也知道他們的新夫人闖了禍。」

鄔八月無語地合住嘴。

剛回來時去東府感謝老太君，鄔八月還覺得鄔陵柳學聰明了許多。如今看來，跟以前還是半斤八兩吧……又不是跟她一樣殼裡換了個芯，哪有那麼容易變的。

段氏揮了揮手說道：「東府現在有事，咱們也別上前攬事，都乖乖地待在府裡，等東府報信。」

賀氏應了一聲，她當然不會上趕著去東府幫忙。去幫忙人家不僅不會感激，說不定還會懷疑她別有目的。

這一晚，鄔八月睡得不怎麼踏實，直到後半夜才睡熟。

第二日醒來時，天色已大亮了。

鄔八月喚了朝霞、暮靄二人進來，一邊催促她們伺候她穿衣，一邊埋怨她們怎麼沒叫她早起。

朝霞垂著頭，暮靄也有些沒精打采的。鄔八月頓時覺得不對，猛地止聲，問道：「發生了什麼事？」

朝霞抬頭往東府的方向望了望，低聲道：「今兒清晨東府那邊來人傳了消息，二奶奶昨晚拚盡全力產下了一個男嬰。」

鄔八月正要說這是件好事，暮靄卻接著說道：「可惜出生不久就沒氣了……」

鄔八月還未綻放出的笑意一僵，微微張口確認道：「夭折了？」

朝霞沈重地點點頭。

鄔八月屏了息，良久才緩緩地吐出一口氣，眼中也染上一層沈重之色。「這樣一來，二嫂和二姊姊的梁子可就結大了……」

朝霞輕聲道：「好在都是東府內的問題，波及不到西府上。」

鄔八月雖明白這個道理，心裡卻生不起多少慶幸。

一條性命就這般消逝了，總有些讓人難以接受。

「三嬸母那邊怎麼說？」鄔八月問道。

三太太李氏年輕守寡，帶著唯一的兒子鄔良柯過日子。鄔良柯娶了大太太金氏的娘家姪女，她就盼著能趕緊抱上孫子，也算對得起早死的三老爺鄔居廉。

盼了這麼久的長孫，就這樣沒了。李氏雖平日裡悶不作聲，但發起怒來，卻連鄭氏這個婆婆都怕她。

朝霞和暮靄對視一眼，朝霞輕聲回道：「奴婢們也沒去東府，都是聽說的，也不知道是不是真的。聽說三太太直接尋到了大太太，要她給個說法。」

「大伯母？」鄔八月有些發愣。

朝霞點頭道：「三太太說，正是因為大太太將二姑娘這個庶女養成如此模樣，二姑娘才害得二奶奶早產、孩子夭折。是否如此奴婢不知道，不過東府現在的確亂哄哄的，老太太已經下令，讓奴婢們謹言慎行，和東府保持距離。」

鄔八月嘆了口氣，趕著去給段氏請了安，段氏懨懨的沒太多精神，鄔八月也不好在她那兒擾了她，便去了賀氏的院子。

沒想到裴氏和顧氏竟然也在。見到鄔八月來，裴氏和顧氏止了聲。

鄔八月上前給三人請了安，這才問道：「母親和兩位嬸母在說什麼？」

賀氏嘆了一聲，道：「能說什麼，還不是東府的事。」

鄔八月輕嘆了一聲。

「新生嬰兒體弱，又是早產，夭折的情況也很多……」顧氏無奈道：「可誰讓良柯媳婦兒是被二姑奶奶給氣得早產的呢？」

「錢家的人還沒動身出發，這下得到消息，恐怕……」

裴氏和顧氏妳一言我一語地說著，鄔八月坐在一旁，卻有些擔心起鄔陵柳來。

誠然她專程去刺激二嫂這事做得不對，但想必也沒料到會發生這樣的事情，導致如今嚴重的後果。

錢家娶她，看中的本就是鄔家的勢力，出了這樣的事情，鄔陵柳被輔國公府厭惡上是板上釘釘的。錢家以後會怎麼待她？山高路遠，她孤身遠嫁，身邊也沒得力人，如今又失了娘家的支持，偏生自己還是個拎不清的……

鄔八月不由想起當日在東府，鄔陵柳對她說的那番豪邁的壯語。

「唯獨我，一定會過得比妳們任何一個人都好。」

現如今想來，更像是一句笑話。

「八月？」

賀氏喚了神遊天外的鄔八月一聲，鄔八月忙回過神來，問道：「母親，怎麼了？」

賀氏笑道：「今兒早晨蘭陵侯府那邊遞了帖子，請了官媒婆子替兩府周全。官媒婆遞了話，說是今兒下晌過來。因是天家賜婚，六禮前三禮自有欽天監負責，官媒婆也只是來走一趟，過過形式。」

鄔八月點了點頭，面對裴氏和顧氏打趣的偷笑倒是沒多少害羞的意思。她還不忘多問了一句。「母親，那婚期定了嗎？」

賀氏搖頭，道：「黃道吉日是欽天監看的，官媒婆應當是知道了。等她下晌來過之後，蘭陵侯府那邊下了聘禮，官媒婆還會過來一趟，告知婚期。咱們要是同意，婚期就能定了。」

裴氏接過話笑道：「一般都不會不同意的，畢竟是聖旨賜婚，欽天監看的日子，最合適不過了。」

顧氏也笑著點頭，對賀氏道：「真是羨慕二嫂，女兒都要出嫁了。我家陵柚還要等上好幾年呢。」

裴氏笑罵道：「妳就知足吧，妳還有閨女，能盼著將來多個半子的姑爺。我下邊可只有兩個小子，將來得不著姑爺孝順。」

「沒閨女還不趕緊努力生一個？光抱怨有什麼用？」賀氏心情不錯，打趣裴氏道：「再說，便是沒那半子，妳如今也有兒媳婦伺候了，還不知足？我可是嫁了一個女兒就少一個。」

「娶回來的媳婦可也是冤家。」裴氏掩唇笑道：「誰不知道兒媳婦就是來跟咱們搶兒子的。」

「可妳還指著兒媳婦讓妳抱孫子呢。」顧氏笑罵道。

妯娌三人聊起兒女之事來話便沒個完，鄔八月悄悄退了出去，喚過暮靄道：「妳人緣好，讓人幫忙打聽打聽東府那邊的動靜。」

朝霞在一旁聽到有些遲疑地道：「姑娘，這怕是不大好吧，老太太下了禁令的……」

「打聽動靜又不是去和東府的人走得近。」鄔八月輕聲道。「我有些擔心，要是一點兒消息都不知道，更擔心。」

暮靄拍著胸口道：「姑娘放心吧，我會小心著，不讓人知道。」

鄔八月笑道：「妳是個包打聽，我信得過。」

下晌時，官媒婆來了一趟，過了形式。

等到第二日，鄔陵桃卻是頗為高調地帶著陳王來了鄔府。

回門日沒有一道來的陳王態度謙遜，帶了一大堆的禮物前來賠罪。

這是鄔八月第一次仔細打量陳王。

哪怕開朝皇帝再難看，經過幾代美貌如花的後宮妃嬪的「改良」，天家貴胄們也已是典型的高帥富。陳王也不例外。

沒有鄔八月想像中「酒囊飯袋」的模樣，陳王不苟言笑的時候，瞧著還是有幾分威嚴的。不過大概是因為縱情聲色，眼瞼下有青青的陰影，嘴角也略略下滑。

觀其對鄔陵桃體貼而在意的態度，鄔八月心裡微微放了心。

西府陵桃高調攜夫歸寧，東府之人無法漠視。

鄭氏得知消息後，氣得狠狠地推倒了兩個大肚青瓷瓶，揚聲罵道：「要不是陵桐在宮裡周旋，西府的人哪有那麼好的運氣，嫁王爺的嫁王爺，嫁將軍的嫁將軍！如今可倒好，我輔國公府正是哀聲一片的時候，西府的人、西府的人竟然回來耀武揚威，打我們輔國公府的臉了！」

第四十二章

鄔家暗潮洶湧，蘭陵侯府內也不遑多讓。

靜文齋中，高辰複雙腿岔坐著，腰挺得筆直，正在看一卷兵書。

趙前、周武跨刀立在靜文齋門口，眼神炯炯地環視四周。

兩個容貌不錯的丫鬟一人端著糕點，一人端著茶水，欲往靜文齋中去，被趙前給攔了下來。

「這兒不需要人伺候。」趙前冷著聲，周武更加不客氣。「將軍也沒有要在夫人過門之前收兩個通房的意思。」

兩個丫鬟羞憤地離開。

周武對趙前咧了咧嘴。「府裡的丫鬟長得挺不錯的，瞧著秀色可餐，就是心太大了，心眼太多，不好。」

趙前抿唇一笑，正要回話，卻耳尖地聽到院外有響動。

二人齊齊往院口處望去，月亮門裡被人抬進來一個年輕男子。

十七、八歲左右，相貌堂堂，但周身卻有一股陰冷之氣。

趙前、周武互視一眼，上前拱手朗聲道：「二爺。」

來人正是高辰書。

靜文齋內，聽到聲音的高辰複擱下兵書，走了出去。

「二弟。」高辰複看向高辰書，高辰書喚了聲「大哥」，讓人將他抬到了高辰複面前。身後隨侍之人遞上枴杖，高辰書輕車熟路地接了過來，架在腋下。

他身形沒有高辰複高大，整個人也是瘦瘦弱弱的，站在高辰複面前更顯得單薄。

高辰複扶住他另一邊，沈聲道：「要看什麼書，讓下人找了帶給你，何必親自來跑一趟。」

高辰書臉上沒丁點兒笑容，只道：「整天待在屋裡也沒什麼意思。」

兄弟二人進到靜文齋中，高辰書從架上隨意抽了本書，道：「大哥和大姊回來至今，每每聽到母親和大姊說話，我總覺得累。而且自從大哥和鄔家四姑娘的婚旨下來之後，二妹也陰陽怪氣的，對宮中久久不來商定婚事頗有意見……還是大哥這兒安靜。」

高辰書看向高辰複，道：「大哥什麼時候出府另住？到時候大哥會把大姊也帶走吧？」

高辰複頓了頓，道：「成親之前應當是走不了的。」

高辰書淡漠地看了高辰複一眼。「那大哥還是去同皇上說說，把婚期儘量往前提些。大哥在府裡，我很不自在。」

高辰複眼中劃過一絲痛色，卻再沒說什麼。

兄弟二人互不打擾地在靜文齋中待了一個下午，待高辰書離開後，趙前方才上前稟道：「將軍，打聽到明小爺的下落了。」

高辰複身形一頓。

明焉因誤會他而早早地離開了漠北，高辰複救回鄔八月，回來之後方才得知消息。

明焉說他回京是因為在漠北歷練夠了，要回去幹一番事業，這種冠冕堂皇的理由，高辰複是不信的。何況還有明焉留給他的書信，怨氣甚重。只是那時，高辰複要去尋他實在勉強。他那會兒要忙著處理漠北一些事情，等著與前來交接的將領交代清楚邊關事務，是以也並沒有讓人去聯絡明焉，只等著回京城之後再尋到他，說明當時的真實情況。

當然，鄔八月被北蠻人所劫持的事情，高辰複不會告訴明焉，免得多生事端。要與他解釋，還要費一番口舌。

高辰複望向趙前。「他在哪兒？」

趙前和周武對視一眼，趙前道：「明小爺如今在鐵衛營中，是一名千戶長。只是……屬下派去聯絡明小爺的人回來說，明小爺一聽他乃將軍所派，便……」

「便如何？」高辰複沈聲問道。

趙前垂首道：「明小爺便將他趕了出來，揚言不再認將軍為叔叔，將來是榮是衰，與將軍再無瓜葛。」

高辰複微微蹙了眉頭，問清楚了明焉所在之地，對趙前道：「明日去會會他。」

「將軍……」

「何事？」

趙前憂心道：「明小爺定然也已知道皇上聖旨為將軍和鄔姑娘賜婚之事，他當初……」

想起明焉留給高辰複的書信上那殺氣騰騰的八個大字，趙前心裡就不由泛冷。

「你不予我，我必奪之。」

這等執念，要如何才能消除？

高辰複眉眼微沈，道：「不論如何，總要將事情解釋清楚。」

趙前低頭道：「是。」

「去茂和堂。」高辰複抬了手道。

茂和堂乃是蘭陵侯府的主廳，而自從高辰複和高彤絲回到蘭陵侯府之後，主廳卻成了蘭陵侯府的飯堂，每日晚間的用膳都在那兒。

這都是高彤絲執意而為之，高辰複私下勸過一次，高彤絲似笑非笑地對他說：「大哥，我不在府裡四年，如今回來，自己選個吃飯的地方都不行？」

高辰複便再無別話。

蘭陵侯爺高安榮雖覺得有些麻煩，但也想著長女四年不在家，對高彤絲的要求也是有求必應。

高安榮都不說什麼了，淳于氏自然也不敢表達出不滿。

每當她對上高彤絲似笑非笑的眼神，淳于氏便覺得不怎麼自在。

茂和堂裡，已經有僕人在伺候著上菜了。

高辰複到時，高安榮和高辰書已經坐在了位子上，高彤蕾和高彤薇姊妹倆站在門口，翹首以盼著淳于氏。

只剩下淳于氏和高彤絲未到。

見到高辰複來，姊妹兩人都是不冷不熱地蹲身福了個禮，算是招呼。

高辰複點了個頭，目不斜視地走到了自己的位子上坐下。

「聽說今兒你們兄弟倆在靜文齋看了一下晌的書？」

蘭陵侯高安榮生得相貌堂堂，年輕時是燕京城中鼎鼎有名的美男子。天之驕子的出身、月朗風清的樣貌，高安榮既得女子們愛慕，身邊也從不缺女子的相伴。

雖人已到中年，高安榮仍舊是個美男子，府裡的丫鬟若不是礙於淳于氏，恐怕大獻殷勤的比比皆是。

高辰複淡漠地點了個頭，道：「有勞父親惦記。」

高安榮笑著撫了撫下巴上的美髯，欣慰地點頭道：「你們兄弟和睦，為父看著也欣慰。」

高辰書伸手端了茶盞抿了一口，未置一詞。

父子三人相處時的氣氛多少有些冷淡，高安榮與高辰複四年未見，這四年裡，高辰複甚至從未與高安榮有過書信聯繫，二人之間的關係其實很是疏遠。

高辰複不接話，高安榮便覺得有些尷尬。

幸好在這個時候，淳于氏到了，與高彤絲並行走著。

淳于氏比高彤絲要矮上一些，高彤絲嘴角噙著笑，背挺得筆直，走在淳于氏身邊，活像是要打壓住淳于氏的氣勢一般。

高彤絲生得明麗動人，她的相貌繼承了靜和長公主的奪目美姿，淳于氏則是生得溫婉謙和、面容柔順。

這二人雖不是母女倆，但走在一起也顯得賞心悅目。

只是有一股突兀的違和感，讓人瞧著不怎麼舒服。

高彤蕾趕緊迎了上去，淳于氏攙過她，一副慈母模樣，笑道：「蕾兒怎麼不去坐著？」

「女兒和薇兒自然是要等母親來才能落坐啊。」

高彤蕾撒嬌地說了一句，斜眼看向高彤絲，柔聲道：「大姊是怎麼回事，竟然和母親並行著走，這不合規矩。」

聲音雖然輕柔，但裡面的怪責之意十分明顯。

高彤絲輕笑一聲，脆聲道：「我倒是沒覺得哪兒不合規矩了。妳母親見到我母親的牌位都要彎腰行禮的，我這個嫡長女，和她這個填房並行著走，難道還辱沒她了？」

「妳！」高彤蕾往前一步正要發難，淳于氏攔住她，輕聲勸道：「蕾兒要尊敬姊姊才是，不可和姊姊大小聲。」

高彤絲輕蔑地睨了淳于氏一眼，也不搭理門口的母女三人，徑直走到了高辰複身邊坐下。

淳于氏拉著高彤蕾姊妹倆也入了座，並讓身邊的郭嬤嬤吩咐丫鬟們上菜。

高安榮因剛才的一幕對高彤絲有些不滿，覺得自己的繼室受了委屈，有心想出言訓誡高彤絲兩句，才要開口，卻聽高彤絲問高辰複道：「大哥，欽天監那邊可擇定了婚期？」

桌上人都是一頓，高辰複下意識地朝高辰書望了一眼，見他神情淡漠，一副事事與己無關的模樣。

「大哥？」高彤絲又追問了一句。

高辰複佯咳了咳，道：「定了，五月初五。」

高彤絲一個揚眉。「端陽？」

高辰複頷首，道：「最近的黃道吉日，就那日最好。」

高彤絲掩唇一笑。「大哥這是想早點將鄔家姑娘娶進門哪。」

高辰複微微揚了揚嘴角，卻暗暗給了高彤絲一個警告的眼神。

高彤絲不以為忤，笑著望向高安榮，道：「父親，大哥的婚事可要好好操辦才行。一則，這是皇舅賜婚；二則，這也是蘭陵侯府這些年來的頭樁喜事，母親在天有靈，定也會希望看到兒媳婦能風風光光地過門。」

高安榮喟嘆一聲，也不由得點頭道：「誰說不是呢……」

靜和長公主走了這麼多年，高辰複年紀也已經不小了，總算是盼到他成家了。

一邊的淳于氏再是能忍，此刻也禁不住臉色微青。

自從高辰複和高彤絲回蘭陵侯府之後，高彤絲只要和她在一塊兒，說話時有意無意就會提到靜和長公主，總是拿靜和長公主來壓著她不好出聲。

如今也是一樣。

甚至侯爺在這段時間，也開始在嘴上唸起靜和長公主這個死人。

淳于氏忍不住怒從心生。這麼多年了，她竟還要和那個死人爭！

但她好歹知道忍耐，桌下的雙手攥成拳，牙關緊咬，沒有開口。

高彤絲不經意地掃了她一眼，瞥見她緊抿的嘴角，心中快意。

鄔府中，鄔家一行人送別了陳王。

鄔陵桃說她明日想帶著鄔八月去寺中上香，今日就不回陳王府了。陳王爺與她繾綣了半晌，這才依依不捨地離開。

陳王一走，賀氏便拉過鄔陵桃，面色不善地道：「妳這妮子怎麼回事？妳難道不知道東府出了事？這個時候妳和陳王回府來，東府的人會怎麼想妳？」

鄔陵桃揚唇一笑。「他們愛怎麼想便怎麼想，別人怎麼想我還能管得著不成？我回門當日陳王沒陪我歸寧，如今補上，這也是天經地義的事。」

鄔陵桃笑著挽過鄔八月的手臂，道：「母親真是杞人憂天。」

賀氏無奈地望著她。「妳當我不知道妳心裡在打什麼主意？妳無非就是想讓東府難堪。」

「我有嗎？」鄔陵桃又是一笑，擺手道：「母親，咱們不說這個。明日讓八月陪我去寺中求佛，早日給我一個兒子傍身，也去祈禱祈禱八月婚事順遂。」

賀氏道：「上香倒是不妨事，可妳這般撇下陳王……」

鄔陵桃道：「母親放心，我能將陳王拱手讓人嗎？」

鄔八月想起隨著陳王一起回去的如霜，不由望向鄔陵桃。「三姊姊，妳……」

「如雪、如霜都是我的人，便是受了陳王的寵幸，那也是我這邊受益。」鄔陵桃面色如常。「母親和八月就不用替我擔心了。」

賀氏沈默地看了她良久，輕聲一嘆道：「希望妳自己能把日子過得明白。」

「那是自然。」鄔陵桃粲然一笑。「想得明白，自然就能過得明白了。」

鄔陵桃要前往拜佛的寺廟，名喚玉佛寺，是燕京城外另一座久負盛名的寺廟。

第二日清早，鄔陵桃早早地就讓人將鄔八月喚起身，姊妹二人梳妝打扮妥帖之後，趁著晚春的朝陽，朝著玉佛寺逶迤而去。

「三姊姊，去玉佛寺怎麼不叫上陵梅？」鄔八月望向坐在馬車中閉目養神的鄔陵桃，輕聲問道。

鄔陵桃眼睛未睜，輕笑道：「陵梅還小，帶著她麻煩。」

「陵梅也不小了，今年都十一了。母親要是著急，過個一、兩年的，也該把陵梅的親事安排起來。」鄔八月頓了頓，道：「即便是不叫上陵梅，也該叫上三嫂子才是……」

說到這兒，鄔陵桃倒是睜開了眼睛，若有所思道：「算一算，三嫂子過門也有一、兩個月了。」

鄔八月點頭，疑惑道：「怎麼了？」

鄔陵桃瞇眼一笑。「富貴人家的太太、奶奶們，剛過門一、兩月便診出有喜脈的比比皆是，妳說咱們那小三嫂會不會也已經懷上了？」

鄔八月掩唇，先是一喜，又是一憂。「三嫂要是有孕，當然是好事。只是……這個時候懷上，恐怕不大妥當。」

鄔陵桃輕蔑一笑。「合著就得礙著東府？東府沒生出個長孫來，咱們西府的媳婦還不能有孩子了？」

鄔八月尷尬地笑了笑。

雖然沒有那樣的規矩，各房都算是各房的，但要是三嫂那邊搶在了大嫂、二嫂的前頭，東府酸言酸語的定然少不了。

鄔陵桃厭煩地說道：「妳說東府，大嫂和二嫂生的孩子立不住，難不成三嫂就合該懷不上？要我看，三嫂還就該爭口氣，把孩子給懷上。」

鄔八月忍俊不禁。「能不能懷上也不是咱們倆說了算的。」

「哼。」鄔陵桃輕哼一聲，卻也是笑了，道：「我是特意沒叫三嫂來的。我與她不熟，她人又靦覥，才過門不久，同她也沒什麼話說。再者，咱們姊妹兩人出遊上香，何必再叫上個嫂子陪著？」

鄔陵桃直了直腰板，道：「今兒去玉佛寺，就好好輕鬆輕鬆。等蘭陵侯府那邊下了聘禮，婚期一定，妳怕是再也出不了門了。」

一路輕聲交談著，鄔陵桃和鄔八月離玉佛寺越發近了。

與此同時，筆直的道上，高辰複和趙前、周武騎著駿馬，竟也往玉佛寺的方向趕。

趙前落後高辰複半個馬身，提韁說道：「今兒是明小爺生母忌辰，明小爺來玉佛寺給他生母點一盞長明燈，一早就已出發了，估摸著這個時間，明小爺已經在玉佛寺了。」

高辰複點點頭，道：「他不肯見我派去之人，便只有我去見他。要是錯過玉佛寺，想要見到他，怕是不那麼容易。」

明焉明擺著是在避著高辰複，他其餘時間都在軍中，高辰複統領京畿衛的旨意雖已下達，但他還未前去上任，憑他現在的身分，隨意出入軍營重地也不妥當。

「駕！」

高辰複夾了夾馬肚，駿馬揚蹄跑得更快了。

到達玉佛寺時已臨近晌午，寺中自有齋飯備著，鄔陵桃和鄔八月先去用了素齋。

齋飯清淡爽口，與家中珍饈佳餚相比，倒是別有一番美味。

飽食後，鄔陵桃帶著鄔八月去拜了佛、上了香，奉上了香油錢。鄔八月想著既來了這兒，倒也正好給段氏等人求平安符，便拽著鄔陵桃往偏殿而去。

經過主殿和偏殿中間的甬道時，落眼的是一盞盞擺放整齊的油燈。

鄔陵桃頓了一下，問鄔八月道：「不如給祖母點一盞長壽燈？」

鄔八月笑著應道：「好。」

姊妹兩人帶著幾個僕人往前行去，甬道側邊的月亮門裡卻忽然走出一個男子，手捧著一盞光芒微弱的長明燈，眼睛盯著路，朝著她們的方向走來。

鄔陵桃下意識地閃避。

鄔八月卻是愣了下，有些不確定地看著那男子。

見鄔八月不給人讓路，鄔陵桃忙伸手去拽她，這時，腳下卻是突然一滑。

她沒注意，偏偏踩到了地上的油，頓時身形不穩，直直地朝著前方的男子撲了過去。

「啊！」

鄔陵桃驚叫一聲，鄔八月反應過來，伸出手要將鄔陵桃給拉回來，卻是慢了半拍，只能眼睜睜地看著鄔陵桃將那個男人撲倒在地。

身下溫熱的觸感讓鄔陵桃頓時紅了臉，鄔八月搶上前去扶她，鄔陵桃也趕緊借著鄔八月的手要爬起來。

然而腰間卻突然受力，鄔陵桃再次撲倒在了男人身上。

「穗子、穗子……」鄔陵桃十分不自在地手撐在男人的胸膛上，不敢看他的臉，兩人腰間的穗子因為剛才的衝撞而糾結在了一起。

如雪焦急地上前要給鄔陵桃解開糾纏的穗子，卻見一柄短匕首突兀地出現在眼前，白光一晃，那穗子竟被直接割斷了。

鄔陵桃愣了須臾，方才趕緊起身，整理衣裝儀態。

「王妃，您的衣裳……」如雪狼狽地爬起來，為難地輕喚一聲。

鄔陵桃低頭一看，她的前襟上已經染滿了油，定是那男子手中的長明燈裡的。

鄔陵桃頓時懊惱，可一想到是自己撲過去的，也怪不得這男子，更加氣悶。

鄔八月扶著鄔陵桃，卻是又仔細地看了那站起身，同樣低著頭端詳自己前襟的男人，試探地輕喚道：「明公子？」

男人一愣，霎時抬頭，直勾勾地望著鄔八月。

雖也有三、四個月未見，但鄔八月還是能肯定，這男人便是在漠北認識的明焉明公子。

「果真是明公子。」鄔八月頓時一笑，既然是熟人，那這件事情便好解決得多。「抱歉明公子，我三姊姊本是要給明公子讓路的，沒想到地下滑膩，這才……」

她歉疚地望著明焉，關切道：「明公子可有換洗的衣裳？」

明焉盯著鄔八月望了片刻，方才忽然一笑，開口道：「原來是鄔姑娘。」

鄔八月不好意思地點點頭。

「這點污跡，無礙。」明焉淺淡地笑了笑，問鄔八月。「鄔姑娘怎麼會來玉佛寺？」

「我和家中長姊前來上香祈福。」鄔八月忙替鄔陵桃和明焉作介紹。「這是我長姊，陳王妃。三姊姊，這是我和父親在漠北時認識的明公子，他是高將軍手下的一員大將。」

鄔陵桃端起最標準的笑，抬頭看向明焉，道：「明公子有……禮。」

鄔陵桃望著那張稜角分明的臉愣了一瞬，年輕而富朝氣的高大身軀讓鄔陵桃有剎那的恍惚。

明焉卻是在聽到鄔八月提起高辰複時面色一冷，有禮地給鄔陵桃回了個禮，道：「請王妃娘娘安。」

鄔陵桃面色微紅，側頭吩咐如雪道：「去準備一間禪房，我得去換身衣裳。」

如雪忙應了聲，鄔陵桃對明焉點了點頭，轉向鄔八月道：「我先去換衣裳，待會兒在偏殿那兒見。」

鄔八月忙頷首，目送鄔陵桃有些失儀地迅速離開。

等她回過頭來，方才見明焉仍舊留在原地，目不轉睛地望著她。

鄔八月臉上一燒，尷尬地問道：「明公子穿著浸了油的衣裳，恐怕不大舒服。要不要去換一件？」

明焉搖頭，視線未從鄔八月身上遠離。

鄔八月更覺得不自在。

在漠北時，朝霞曾經同鄔八月提過明焉似乎是對她有意，但鄔八月當時並未當作一回事。如今看明焉這膠著的眼神，她有些恍然大悟。或許，朝霞猜的是真的。

「……還沒問明公子，怎麼會來玉佛寺。」鄔八月沒話找話，問明焉道。

明焉回答道：「今日是我母親忌辰，我來這兒給她燒炷香，點一盞長明燈。」

鄔八月頓時愣了一下，立刻道：「對不起明公子，我不知道……」

「與鄔姑娘無關。」明焉嘴角微扯，道：「這日子也算不得特殊。」

鄔八月好言寬慰道：「明公子的母親若知道明公子這般掛念她，想必也是高興的。」頓了頓，她問道：「對了，還不知道明公子如今在哪兒供職？在漠北時我從……我從寒山回來後，明公子已經走了，也沒同明公子告別。」

鄔八月眼中有些歉意，瞧著不似作偽。

明焉頓時身形一頓，看向鄔八月的眼中有著深意。

他正要開口詢問，卻忽地聽見正殿拐角出來的地方，有人沈聲說道：「明焉，原來你在這兒。」

明焉立刻回頭，眼睛頓時一瞇。

鄔八月也是詫異地望了過去，道：「高將軍？」

高辰複一步步沈甸甸地走了過來，離他們一丈遠時，停下了腳步。

雖在玉佛寺寺口處，高辰複便已見到鄔府馬車，也詢問清楚了是陳王妃和鄔四姑娘來了玉佛寺上香，但他沒有想到會在這偌大的寺院中見到鄔八月。

當然，他更沒有預料到，明焉會和鄔八月見面。

高辰複的目光在明焉和鄔八月臉上閃過，視線定在鄔八月臉上，聲音柔和地問道：「怎麼來佛寺上香了？」

二人已訂了親事，鄔八月見到高辰複終究是有些羞赧。她抿抿唇道：「家姊邀我相陪，我便來了。」

高辰複頷首，輕聲道：「回京多日，出來遊玩遊玩，放鬆身心，倒也不錯。」

招呼了鄔八月之後，高辰複才看向明焉，臉色微冷，道：「一聲不吭就離開漠北，我讓人去尋你，你竟還避而不見。如今我這個小叔親自尋到你面前來，你是不是還要一躲了之？」

當著鄔八月的面，明焉不欲與高辰複理論，但在自己心愛的女子面前被人這般訓斥，明焉心中也甚是惱怒。

他繃緊著臉，嘴唇抿成一條直線。

鄔八月察言觀色，直覺他們兩人之前定有什麼不愉快，一時之間站在原地，左右為難。

「……高將軍、明公子。」鄔八月輕咳一聲，開口說道。「家姊還在等我，你們聊著，我……我先告辭了。」

高辰複自然不會攔，心裡暗讚鄔八月明理懂事，點了點頭正要開口，明焉卻是搶先一步說道：「鄔姑娘且慢。」

鄔八月愣了下，有禮地問道：「明公子可還有別的事？」

「鄔姑娘，當初在漠北，我身患眼疾入住妳家小院，鄔姑娘為何不置一詞便離開？此後……」明焉本想問「此後是否因得知我已走方才回來」，但說了兩字，卻是覺得這般問話太過直白，容易讓鄔八月難堪，是以停了下來，繼續問道：「可是受了他人脅迫？」

明焉的本意是暗暗詢問鄔八月，離家前往寒山是否乃高辰複暗中示意的緣故。

但這話一頓一問，聽在鄔八月的耳裡，卻另有深意。

前句結尾的兩字，連上後面的問話，便成了「此後可是受了他人脅迫」。

鄔八月錯認為，明焉這是在向她確定，在寒山是否被北蠻人擄劫。

她臉色頓時一白，強自鎮定地扯著笑回道：「明公子何出此言……」

「鄔姑娘，我——」

「明焉。」高辰複沈著臉，面色不善地盯著明焉，道：「鄔姑娘今後，是你的小嬸。」

當頭一棒，令明焉臉色鐵青，望向高辰複，目光陰冷，暗含殺意。

高辰複沒有理會他，只望向鄔八月道：「鄔姑娘還有事，我們便不耽誤了。」

這是委婉地提示她，可以走了。

鄔八月趕緊應了一聲。說實話，她覺得數月未見的明公子同以往有些不一樣。以前的明公子，幫助她進軍營，對她十分客氣；現在的明公子雖然也沒什麼不好的地方，但鄔八月總覺得他周身氣質冷肅了不少，笑臉也少了。

鄔八月匆匆福禮告辭，連長壽燈也不點了，在甬道出口正好碰到匆忙換了衣裳出來的鄔陵桃。

鄔陵桃攜了她的手，微微收斂著眼神往甬道內望去，卻是「咦」了一聲。「怎麼多了個人？」

鄔八月快速地輕聲告知。「三姊姊，那是高將軍……」

「高將軍？」鄔陵桃沒見過高辰複，聞言愣了一下，見鄔八月臉色微紅，頓時恍然大悟，只當她是害羞，笑道：「原來是高將軍啊！」

鄔八月點點頭，拽著鄔陵桃要往偏殿去。鄔陵桃卻是拉住她，道：「冥冥之中自有天意，既然遇見了，我這個他現如今的舅母、未來的大姨子，總要上前同他打個招呼才是，不然多失禮。」

鄔陵桃說著便朝著高辰複和明焉的方向而去，鄔八月在她身後拉了她一下都拉不住，焦急不已。

這條路也並不長，鄔陵桃走了十幾步，高辰複和明焉便齊齊朝她望了過來。

鄔陵桃大大方方地在高辰複面前立定，不客氣地問道：「你便是高將軍？」

雖然沒有人引見，但高辰複還是猜得出來鄔陵桃的身分。他拱手施了個禮，道：「請王妃安。」

鄔陵桃笑了一聲，點頭道：「高將軍避得巧，這會兒喚我舅母的話，豈不是比我家八月矮上一個輩分。」

高辰複抿唇頷首。

「高將軍今日怎麼會來玉佛寺？難道也是前來燒香拜佛的？」鄔陵桃又開口問道。

高辰複答道：「臣今日……是來尋人的。」

「喔？」鄔陵桃笑問道：「何人？」

高辰複便指向明焉，明焉只得硬著頭皮上前道：「驚擾王妃了。」

鄔陵桃笑著擺手，道：「不礙事。之前聽八月說，你是高將軍手下一員大將，高將軍能來此處尋你，想必你對高將軍十分重要。」

明焉低垂著臉，臉上的譏誚一閃而逝。

鄔陵桃並未注意，輕聲道：「既然高將軍尋你有事，那你們聊，我們就不多打擾了。」鄔陵桃看向高辰複，對他輕輕頷首。「高將軍隨意。」

「恭送王妃。」

高辰複低垂著頭，聽著鄔陵桃和鄔八月漸行漸遠的腳步聲，這才緩緩抬頭，對明焉道：「漠北之事，我要與你一個解釋。」

明焉冷聲道：「我不需要聽任何解釋。」

「你不聽也得聽。」

高辰複伸手抓住明焉的肩頭，明焉要反抗，卻被高辰複死死擒住。

「你的功夫都是我教的，你還沒有達到青出於藍而勝於藍的地步。」

明焉掙扎了幾下，到底掙不過高辰複，只能悻悻作罷。

但他卻說：「你想說什麼，隨你。但是，我一句話都不會聽進去。」

言出必行，他真的一句都沒有聽進去。

回京的馬車上，鄔陵桃心不在焉。

鄔八月也有些心事。她擔心自己在漠北寒山被北蠻人擄劫的事情，是否有更多的人知道？也揣摩著高辰複和明焉之間到底生了什麼嫌隙。

雖然在漠北時，這二人相處也不算親密，但那個時候鄔八月看得很清楚，明焉對高辰複是十分依賴信任的。

怎麼回了京，他們倒好像成了……仇人一樣？他們之間的氣氛不對。

「八月、八月！」

鄔陵桃喚了她好幾聲，鄔八月才醒過神來，忙問道：「三姊姊，怎麼了？」

「妳想什麼呢？叫妳半天了。」

鄔陵桃不滿地嘀咕了一句，雙腿屈起，收環住了膝蓋，問鄔八月道：「那位明公子是什麼人？」

鄔八月愣了一下，莫名其妙地道：「三姊姊問這個做什麼？」

「我就……隨便問問。」鄔陵桃四處張望了下，道：「回去路上還有一段距離，找點話題聊。」

鄔八月沒有起疑，回道：「在漠北的時候，明公子是高將軍身邊的一名小將，同高將軍時常一起出現。後來他回了京，今日我也是才見到他。」

鄔八月頓了下，道：「明公子的身分似乎並不是那麼簡單，不過我聽他叫高將軍『小叔』呢，保不准是皇族裡不上玉牒的那種貴胄。」

鄔陵桃愣了一下，鄔八月卻是笑道：「這樣的話，嚴格說起來，明公子豈不是要喚三姊姊一聲『舅婆』？」

鄔八月兀自笑了兩聲，本以為鄔陵桃也要跟著笑，卻見鄔陵桃臉色冷凝，一點都沒有覺得好笑的意思。

鄔八月住了口，小心道：「三姊姊，我就是當說個笑話……」

鄔陵桃冷睨了鄔八月一眼，道：「這笑話一點都不好笑。」

鄔八月只當鄔陵桃不高興她將她說成是「舅婆」，把她給說得老了，當即便收了聲，還低聲道了句歉。

鄔陵桃卻已經閉上眼，靠著車壁假寐了。

入了燕京城門，鄔陵桃和鄔八月分道，一個趕往陳王府，一個趕往鄔府。

回到家中，正好趕上了晚膳。

飯畢，賀氏不由問起鄔八月這一趟玉佛寺之行。

鄔八月猶豫了一下，還是將遇到高辰複的事情給說了。

賀氏愣了一下，不由問道：「妳三姊姊也見到高將軍了？」

鄔八月點頭道：「自然是見到了。」

賀氏便笑著問道：「妳三姊姊怎麼說？」

「什麼怎麼說？」

賀氏佯罵道：「妳這孩子，妳三姊姊見到她未來妹夫，怎麼會沒有一言半語的評價？母親到現在還沒見過高將軍的面，倒讓妳三姊姊搶了先。妳快同母親說說，妳三姊姊覺得高將軍如何？」

鄔八月頓時愣了下。

賀氏再催促她，她只能硬著頭皮說道：「三姊姊說高將軍……嗯，劍眉星目，威武不凡……」

賀氏頓時掩唇笑道：「靜和長公主和蘭陵侯爺都是人中龍鳳的人物，高將軍的相貌又怎麼會差了？」

鄔八月強笑了下，起身道：「母親，天色不早了，我今兒出去一趟有些累了，先回房去了。」

賀氏應了一聲，鄔八月便回了瓊樹閣。

躺在床上，她有些冒冷汗。

是啊，三姊姊第一次見到高將軍，怎麼著也會和她言語上兩句；可是，她沒問高將軍，卻是問了明公子。

莫不是她……

鄔八月打了個激靈。要入夏的天氣，她卻覺得背脊湧上一股冷意。

第四十三章

芳菲盡的季節，蘭陵侯府的下聘隊伍終於到了鄔家。

賀氏將聘禮單子遞到官媒婆面前，有些遲疑地道：「上次蘭陵侯府退婚，歸還高家所下的聘禮也是經了嫂子的手的。這次……」

官媒婆當然知道賀氏奇怪的是什麼，她笑了笑，道：「二太太是覺得，這聘禮有些太重了？」

賀氏頓時點了點頭。

官媒婆笑著指了指聘禮單子，手指成圈劃了一下。

「除了這一部分，之外的都是侯爺夫人備的聘禮。」

「那這一部分……」賀氏心裡有些明瞭，果然，官媒婆笑道：「四姑娘好福氣，另外這一部分，是高將軍特意找了我，讓隨著聘禮一併捎往鄔家的。」

賀氏心裡一怔，隨後便是一陣歡喜。

「這……」賀氏臉上笑了笑，官媒婆插話笑道：「二太太不必憂心，您這二女婿可是個疼人的，您該高興才是。」

賀氏掩唇笑了笑。「嫂子別打趣，妳知道我在擔心什麼，只怕這……不大合規矩。再者，將來侯爺夫人知道了，我那閨女恐怕要在她這個未來婆婆面前沒臉面。」

官媒婆笑了一聲，輕聲道：「二太太是個實誠人，我也明人不說暗話，同您透個底。之前蘭陵侯府退婚，因是這位侯爺夫人的親子，我也不好說什麼。如今您這新女婿，可不是從她肚子裡爬出來的。靜和長公主嫁給蘭陵侯爺，偌大的公主府便是靜和長公主的嫁妝，何況府裡各式各樣奇珍異寶？再加上這些年來，趙賢太妃時不時地往裡添些東西，她可只得靜和長公主一個女兒，也只得高將軍這麼一個孫子。四姑娘同高將軍成親之後，高將軍恐怕是要帶著四姑娘去公主府裡住了。」

賀氏一早也想過這個可能，但因蘭陵侯爺還在世，侯爺夫人雖不是高將軍生母，但也是繼母。大夏重孝，賀氏覺得他們小夫妻搬到公主府裡去住的可能不大，倒沒想過官媒婆也這般說。

見賀氏遲疑，官媒婆笑了一聲，道：「二太太別以為我是胡說的。我可見過高將軍，這點察言觀色的本事，我還是有的。不然，高將軍也不會讓我同您這位他未來岳母說，讓到時候迎親禮，送嫁妝直接送到公主府了。」

賀氏頓時一愣，眉梢都挑了起來。

官媒婆輕笑道：「這下，二太太可是信了？」

賀氏頷首，又再次確定道：「這話可是高將軍親口說的？」

「自然是高將軍親口說的。」官媒婆點頭，道：「我還多嘴問了一句，這般做雖然不是不合規矩，但恐怕侯爺和侯爺夫人那兒，高將軍不好交代。您猜高將軍怎麼說的？」

賀氏忙問道：「他怎麼說？」

官媒婆掩唇笑道：「高將軍說啊，侯爺和侯爺夫人給聘禮是應當，可四姑娘的嫁妝往哪兒擱，那可是四姑娘的自由。他們要是反對，那聘禮收回去，以後也別怪四姑娘過了門，不喚他們父親母親。」

賀氏驚訝地張了嘴，心說高將軍這番話可真是流氓行徑。

「所以啊，二太太就安安心心地等著四姑娘出嫁，給您帶個疼人的女婿回來就行了。」官媒婆掩唇笑道。

賀氏輕笑一聲，讓人給官媒婆備了個大紅包，這才喜孜孜地送了官媒婆出門。

隨後兩日，欽天監擇定的黃道吉日也由官媒婆告知鄔府。

賀氏覺得五月初五的日子太趕，有心想多留鄔八月一陣，官媒婆卻從旁勸道：「聽說是高將軍特意尋了欽天監監正，讓取個最近的黃道吉日。高將軍歲數也不小了，想必是急著讓四姑娘過門的。」

「可是……」賀氏為難道：「八月她父親恐怕是趕不回來……」

鄔陵桃出嫁時，鄔居正便不在。如今鄔八月出嫁，鄔居正要還是不在，不知道是多大的一個遺憾。

官媒婆也明白了賀氏的為難，這事她也沒法勸，只能等賀氏的決定，再去回覆蘭陵侯府。

賀氏與裴氏和顧氏商量了一下，仍舊沒有拿定主意，賀氏便只好到了段氏那兒，問段氏的意見。

段氏撚著佛珠，想了一會兒方才道：「婚事不宜拖，這日子也不是不好，要是我們否了，反倒讓人覺得矯情，將來八月嫁過去，高將軍恐怕也會有意見。既然是高將軍特意囑咐過欽天監的，那這件事就定下來吧。至於居正，想必他也不會願意因為自己而耽誤了女兒。」

賀氏只能點了點頭，堪堪一個月後，鄔八月就要出嫁。

鄔府從現在起就有得忙了。

鄔八月的繡活做得不算好，賀氏開始讓裴氏督促著她繡嫁衣。

裴氏去守著鄔八月的時候，小顧氏多半也會在一旁陪著。

她是新媳婦，對鄔八月現在這段時間的忙碌和心亂頗有感觸，和鄔八月左言右語、一來二去，二人竟成了很好的朋友。

也因為關係親密了，小顧氏才顯露出話癆的本性，每日都會和鄔八月抱怨許多事情。

這日她忽然說，最近胃口很大，每餐都吃很多，生怕自己長太胖了，鄔良梧會嫌棄。

鄔八月愣了半晌，方才問她。「三哥知道嗎？四嬸母知道嗎？」

小顧氏搖頭。

鄔八月腦中靈光一閃，問道：「那妳月事還準嗎？要是月事不準，說不定……是有喜了。」

小顧氏捂住嘴。「可是孕婦不是都吃不了東西嗎？我是吃很多啊……」

「個人情況不一樣吧……」鄔八月也不知道自己說的做不做得了準，只讓小顧氏去請個大夫來瞧瞧。

大夫摸著山羊鬚，眯眼恭喜道：「貴府三奶奶這是喜脈啊！」

鄔陵桃之前便有猜測過小顧氏會不會過門兩月便有喜，如今沒想到是一語中的。

西府三奶奶有孕的消息，如疾風一般颳遍了整座西府。當然，也不可能漏掉隔壁的東府。

段氏本想讓裴氏收斂一些，對這件事別太張揚，畢竟東府那邊才剛夭折了一個男孩兒，但裴氏卻道：「東府媳婦兒有喜了，都是大張旗鼓地吆喝，我兒媳婦有喜了，憑什麼就好像作賊心虛一樣不能說？」

段氏一直覺得她三個兒媳婦都是溫吞的性子，沒想到裴氏這會兒卻是挺強硬的。

段氏擺了擺手，嘆道：「罷罷，妳要去招東府的眼，到時候東府酸言酸語的，妳接著……」

裴氏笑道：「母親只管休養身體，閉門謝客。東府要是有半句不好聽的，都我來受。」

因大夫說小顧氏沒多少妊娠反應，身子骨十分康健，所以也不需要每日待在屋裡安胎，是以小顧氏十分喜歡往鄔八月這邊跑，以「過來人」的經驗「傳授」她一些將嫁的事情。

到底小顧氏是在裴氏的眼皮子底下，裴氏對她喜歡串門子的事情便也睜一隻眼閉一隻眼。

得知小顧氏有孕，鄔陵桃也大張旗鼓地送了一堆安胎養身的東西過來。

這下，東府再不能忍了。

二奶奶小金氏月子還沒坐完，便掙扎著要去西府瞧瞧小顧氏這個好妯娌。

三太太李氏斥道：「養好身體，再懷孩子也容易，坐著月子還出門，傷了風妳就且等著遭罪吧！人家有孕和妳有什麼關係？妳那炮仗脾氣什麼時候能改改?!」

小金氏對李氏這個婆母向來不怎麼上心，她更依附自己的親姑姑金氏。

小金氏咬了唇不吭聲，正委屈著，門外的丫鬟卻噔噔地跑了進來，對李氏道：「三太太，不好了，老夫人她帶人去西府問罪了！」

若要段氏來評價鄭氏這個嫂子，段氏興許會罵上一句「草包」。

鄭氏也是名門望族奉恩公府鄭家出來的人，但或許是在家中被人寵慣了，嫁到輔國公府來後，沒有婆婆欺壓，也沒有妯娌給她罪受，鄭氏這一生可謂是過得順遂非常。

除了次子早亡之外，應當是沒有其他遺憾了。

或許也正因為她這些年來過得都十分順利，所以才造就了她有些自視甚高的性格，在處理一些事情上，鄭氏多照著她自己的想法來做，完全不會顧及他人的感受。

小金氏沒了孩子，鄭氏的感情是很複雜的。

一方面，小金氏是金氏的姪女，鄭氏不高興金氏搶她的權，連帶著也不會喜歡她的姪女兒。

但另一方面，小金氏嫁的又是她早亡的次子唯一的兒子。

對小金氏肚子裡的孩子，鄭氏是既期待，又有些膈應——從小金氏嫁進輔國公府，鄭氏對小金氏的膈應就沒有消失過。

小金氏生的兒子夭折，鄭氏當然心痛，但還能在鄔陵桃攔陳王歸寧的那個當口忍住沒有往西府跑。

但現在得知西府孫輩媳婦有了身孕，鄭氏卻是坐不住了。

她腦子裡想的東西很簡單，她就覺得，東府的孩子剛夭折，西府就有了喜訊——這不是西府占了東府的運道是什麼？

聽得鄭氏帶人去了西府，要尋段氏興師問罪，李氏愣了一下，皺眉問傳話的丫鬟，道：「老夫人拿什麼話去問西府的罪？」

丫鬟也愣了下，茫然道：「回三太太，奴婢不知……」

「老夫人真是糊塗了。」李氏淡淡地說了一句，揮手讓傳話丫鬟下去，轉而對躍躍欲試、一臉興奮的小金氏說道：「妳乖乖躺在床上養身子，別蹦躂。」

小金氏伸手抓過李氏，眼中有克制不住的快意。「母親，老夫人這是去給咱們東府討公道嗎？」

李氏撥開她的手，皺眉道：「什麼公道不公道？妳還真信是西府搶了東府的運道這種鬼話？」

小金氏不由道：「怎麼不是……」

「怎麼是了？」李氏厭惡地冷哼了一聲，警告小金氏道：「老夫人腦子拎不清是她的事，妳可別跟著做那無謂的猜測，枉自和西府結怨。」

小金氏滿不在乎地撇了撇嘴，李氏知她沒聽進去，補充一句說道：「妳要是不聽我這婆母的話，就別怪我作主，給良柯納兩房美妾。」

小金氏對鄔良柯還是很有感情的，他們夫妻倆雖也有磕磕絆絆、爭執吵鬧，到底還是夫妻。這話對小金氏的殺傷力極大，她頓時便偃旗息鼓了下來。

西府內，鄭氏已到了段氏房裡。

段氏半躺在軟榻上，腰部以下蓋著輕羽薄毛毯。

鄭氏站在她旁邊，語氣十分惡劣。「二弟妹，聽說良梧媳婦兒有身孕了？」

段氏見鄭氏面色不善，便知道她是攜氣而來，心裡便有些不喜。

再者二人之前因鄔八月被宮中攆了出來，被迫要去漠北的事情生了嫌隙，已有數月未曾說過一句話了，是以見到鄭氏也沒有好臉色。

段氏還算禮數周全，淡淡地吩咐了丫鬟給鄭氏看座。

「煩勞大嫂跑一趟，恕我身體不適，沒能起來迎接。」段氏話裡有淡淡的嘲諷味道，她面色如常地道：「良梧媳婦兒的確有孕了，這也是我們西府的喜事。」

鄭氏陰陽怪氣地道：「是喜事啊，我們東府才出了喪事，你們西府就有喜事了，可真是輪著輪著來啊……二弟妹，妳說是吧？」

段氏淺淡地笑了笑，沒打算接鄭氏的話。

鄭氏卻不依不饒。「二弟妹怕是高興壞了吧，西府可是要添丁了。」

自己能抱上重孫，段氏當然高興，但這話從鄭氏嘴裡說出來，自然而然地變了味道。

段氏沈沈地吸了口氣，道：「能添丁自然是喜事……」

話音剛落，門口打住丫鬟稟報聲的裴氏便掀了門簾，高聲道：「大伯母來了啊，真是稀客！」

段氏瞥了裴氏一眼，心裡好笑。這兒媳婦想必是記著她之前說的，東府有任何不好聽的話，都由她接著。

她這是聽到消息，趕著來踐諾了。

裴氏不是一個人來的，她身後還跟著鄔八月。

收到鄭氏來西府消息的時候，裴氏正好在鄔八月的瓊樹閣，小顧氏自然也在那兒，婆媳兩人都盯著鄔八月繡嫁衣。

得知鄭氏登門，裴氏二話不說就要來段氏這邊。鄔八月擔心段氏，也跟著去。小顧氏也要跟，裴氏怕鄭氏對她不利，不許她跟著。

二人進了門，分別和鄭氏、段氏行了禮。鄔八月徑直走到了段氏身邊，挨著在軟榻邊坐下。

裴氏臉上的笑讓鄭氏覺得刺眼。

裴氏說道：「大伯母怎麼來了？也不先讓丫鬟說一聲。」

鄭氏暗哼一聲。「怎麼著，我來西府，還得讓人通稟了，等西府諸位主子答應了，我才能來？」

「倒沒有這般大的規矩，只是大伯母先遣了人來說一聲，我們西府也好先行布置布置。大伯母您說是吧？」裴氏掩唇笑道。「咱們雖說是分府不分家，但到底也是分著府住的，各府管各府的事，錯了規矩，下邊可就亂了。」

鄭氏臉色鐵青。她雖然草包，但也不是一點人話都聽不懂。裴氏這明裡暗裡都在說她不合規矩，鄭氏如何忍得下去？

「妳婆婆都沒說我什麼，妳倒是充起主母來了。」鄭氏冷哼一聲。「我要是沒記錯，西府裡掌事的是妳二嫂子吧？」

段氏身體不好，便不怎麼理事了，西府內宅諸事，確實是賀氏在掌管著。

但賀氏尊重段氏，大小事情多半會請示了段氏之後，才作決定。且賀氏和兩個弟媳相處得也不差，攸關闔府之事，賀氏也會詢問裴氏和顧氏的意見。掌事的雖然是賀氏，但裴氏也不是半點內宅之事都不涉獵。

鄭氏這話明顯看輕她，覺得她狗拿耗子多管閒事，甚至有在暗暗諷刺她越俎代庖的意思。

裴氏倒也不惱，仍舊笑著一張臉回鄭氏道：「是二嫂掌著府呢，可最近八月的婚期定了，時間緊迫著，二嫂可不得攢著勁兒給八月備嫁嗎？母親身體不好，府裡的事，姪媳婦也能暫時管一管。」

鄭氏本想繼續對裴氏發難，聽裴氏提到鄔八月，鄭氏卻是將目光放到了鄔八月的臉上。

鄔八月沈靜地坐在段氏身邊，大家閨秀的溫婉氣質一覽無遺。

鄭氏越發憤恨。

不管是金氏同她說的，還是她自己認為的，鄭氏都篤定，鄔八月能有現在這大好姻緣，那都是託了鄔陵桐的福氣。

要不是鄔陵桐在皇上面前提她，她能嫁京畿衛統領嗎？高將軍的職位是多少人夢寐以求想要得到的，可這鄔八月倒好，非但不感恩，這會兒也在她面前裝相了。

鄭氏對裴氏道：「妳管妳的，要管我，還輪不著妳。」

裴氏正要接話，鄭氏卻不停頓地望向了鄔八月道：「八月倒是瞧著越發沈靜了，從進屋到現在，除了請了句安，卻是什麼都沒說。打妳從漠北回來伯祖母還沒見過妳的面呢，該不會是宮裡發生的事把妳給嚇傻了？也對，勾引皇子這種事情被人拆穿舉發，多少有些——」

鄭氏話說得很順，似乎將心裡憋著的一股氣全都發在了鄔八月的身上，彷彿逮住了鄔八月的一個把柄就能讓她永遠翻不了身。

鄔八月卻不等她說完便起身打斷她道：「伯祖母請慎言，伯祖母沒有親眼見到我勾引皇子，就不要用篤定的口氣說這樣莫須有的事。」

鄭氏笑了聲。「莫須有？太后娘娘都發了話了，妳還覺得自己無辜？那豈不是說太后娘娘犯了錯？」

鄔八月頂不喜歡聽人提起姜太后，尤其鄭氏還一副「太后說妳勾引了妳便是勾引了」的態度，臉色也拉了下來。

「大嫂。」

一直半躺坐在軟榻上的段氏緩緩開口了。

段氏道：「八月無不無辜，那都是我西府的事情。當初大嫂那般對八月，如今，也沒那個資格在我面前說八月的不是。」

鄭氏倒吸一口冷氣，怒瞪著段氏。

段氏眉眼清淡地望著她。「妳管妳的孫女就好，我的孫女如何，妳管不著。」

裴氏站在一邊，心裡只覺痛快。

說到「管孫女」，可不得想到小金氏早產，便是她安插在大老爺身邊的田姨娘生的庶女鄔陵柳做的好事？

裴氏哈哈笑了兩聲，像是在緩解鄭氏的尷尬，但往深裡想，卻是在嘲諷鄭氏。

裴氏道：「母親說的是呢，咱們也是分了府的，自家管自家的姑娘，大伯母想必手也沒那麼長，能管到咱們府上來。」

鄭氏心裡氣憤難平，可她嘴皮子也不算太利索，一時間卻是找不到話來反駁裴氏。

鄭氏氣急，腦中忽然靈光一閃，翻了個白眼，直顛顛地就裝暈了過去。

鄭氏裝暈，段氏等人如何看不出來？

段氏瞧不上鄭氏這麼大年紀了還倚老賣老，裴氏也對這個長輩嗤之以鼻。

鄔八月上前平靜地道：「祖母、四嬸母，伯祖母暈在這兒也不是辦法，還是找個大夫來吧？」

「都愣在這兒做什麼？讓人去請個郎中，給妳們主子扎兩下。」裴氏站在一邊，冷笑地睨著鄭氏帶來的一眾丫鬟，道：「等妳們主子醒了，趕緊送她回東府去。」

丫鬟們面面相覷，倒也不敢耽擱，慌作一團地開始忙了起來。

瞧著她們做事沒什麼章法的模樣，裴氏心裡止不住又是一記冷哼。

這還是國公府裡的丫鬟呢，規矩連西府裡的丫鬟都趕不上，也就是鄭氏才能帶得出這般無狀的下人。

鄔八月淡淡地對段氏道：「祖母，孫女瞧著，咱們西府的風水似乎是剋著伯祖母，這沒說兩句話她就暈過去了，可見與咱們這地方不對盤，還是別讓伯祖母一直留在這兒。伯祖母那麼信命的人，真讓她繼續待在這兒，耽擱時間，病情越發嚴重了可怎麼辦？現在便將伯祖母送回去吧，大伯母那邊也能照應著。」

段氏笑了一聲，點點頭道：「八月說的是。老四媳婦。」

裴氏忙應了一聲，眼中帶著幸災樂禍。「兒媳聽到了，這便讓人抬了大伯母回去。」

裴氏說著便點了西府的丫鬟，讓她找幾個健壯的婆子，幫著把鄭氏給送回東府去。

鄭氏帶來的丫鬟目瞪口呆，結結巴巴地上前道：「老、老太太，四太太，我們、我們老夫人還暈著呢……大夫也還沒、還沒請來……」

「等郎中來了，直接送他到東府去不就行了？」裴氏不耐煩地哼了一聲，道：「耽誤了妳們主子的性命，妳們可承受得起？」

鄭氏閉著眼睛心裡暗暗咬牙，可奈何她這正暈著呢，要是就這般醒了，她也覺得失面子。最終，鄭氏也只能認命地讓西府婆子把她抬回了東府。

她卻沒有深想，單就是這一幕，已經讓她十分丟臉了。

鄭氏鬧西府之事荒唐地結束了，這場鬧劇雖然並沒有鬧大，但東、西兩府的人都知道，兩府的恩怨，這會兒真是幾乎擺到明面上來了。

東府國公爺鄔國棟回來之後大罵了鄭氏，說她毫無國公夫人的氣度，簡直是給國公府丟人。西府，鄔國梁對段氏也略有微詞，雖然他也不滿鄭氏上門挑釁的舉動，但他還是覺得，段氏讓人將昏迷的鄭氏直接送回東府去，太讓鄭氏難堪，幾乎是在對兩府中人宣布兩府的不和。

鄔國梁和段氏的關係早在去年就因鄔八月的事而有些僵冷，段氏對鄔國梁的這份指責倒也沒有太多的情緒起伏。

鄔八月卻不願段氏受鄔國梁詰難，上前承認，將鄭氏直接送回東府去的事情是她提議的。

鄔國梁頓時冷冷地看向了她。

鄔八月絲毫不避開鄔國梁的視線。

聖旨已下，她一個月之後便會出嫁，出嫁從夫，到時候祖父再也管不著她。她有高辰複這個後盾了。

段氏坐在軟榻上，淡淡地說道：「你別瞪八月，便是她提了，我不答應，下邊的人也不敢把你大嫂就這般送回東府去。」

鄔國梁陰沈著臉，道：「妳倒是不覺得妳做錯了。」

「我做錯什麼？」段氏輕聲回道。「我唯一做錯的，就是沒早一日同東府劃清界線。」

鄔國梁「啪」一聲拍了桌子。「兩府一家姓，母親她老人家可還活著呢！這句話要是她老人家聽到了，可是誅心之言！」

段氏還是那副清淡模樣，聞言道：「老太君想要你們兄友弟恭，也架不住你大哥大嫂對你生嫌隙。屢次三番熱臉去貼人家的冷屁股，事事委曲求全，你不嫌臊得慌，我還覺得那模樣讓我們整府難堪。」她哼了一聲，道：「休想讓我和東府修復關係。」

鄔國梁氣憤難平，一向尊重支持自己的老妻竟然這般和他唱反調，這讓他難以置信。

難堪上臉，鄔國梁甩袖離開。

鄔八月目送他大步流星地走遠，不由憂慮地伏在了段氏腿上，輕聲問道：「祖母，這般將祖父給氣走了，恐怕……」

「他氣便氣，我好脾氣了這麼多年，也該輪到我發發脾氣了。」

段氏摸了摸鄔八月的頭，道：「別怕，同他鬧了便也鬧了，難不成他這一大把年紀了，還要休妻另娶？」

段氏說著便笑了起來，鄔八月身子微微一僵，這才低低呢喃了一聲。「祖母，不管如何，孫女始終是站在您這邊的。」

段氏欣慰地點了點頭。

日子過得飛快，彷彿只是轉眼間，就快要邁入姹紫嫣紅的仲夏五月。

裴氏的「盯梢」行動取得了顯著成效，鄔八月已經將嫁衣全部繡好，只等著出嫁那日穿上身，豔驚四座。

小顧氏也終於有了孕婦的妊娠反應，不如之前那般是個十足的吃貨，開始會撫胸嘔吐了。

賀氏喜氣洋洋地給鄔八月備嫁妝，一抬一抬的嫁妝擱在一起，瞧著也頗為壯觀。

段氏偏疼鄔八月，給鄔八月的添妝遠比給鄔陵桃的豐厚。鄔陵桃知道了卻也不惱，她在陳王府忙著和陳王的各個姬妾鬥，哪有心思生自己娘家人的氣。

賀氏、裴氏、顧氏三人坐在一起，再次核對嫁妝單子。

顧氏笑道：「再過幾日，四姑娘便要出嫁了。時間過得可真快呀。」

裴氏掩唇，臉上一派喜色。「五弟妹，妳們家陵柚少說還有六年。」

「四嫂又打趣人！」顧氏笑嗔了她一聲，望向賀氏道：「對了，二嫂，八月即將出閣，老太君那邊……」

裴氏也望向了賀氏。

按照慣例，東、西兩府的姑娘出嫁，小子娶妻，老太君那裡都會有一些表示。老太太那邊給了多少添妝，裴氏和顧氏不會去問，她們心知肚明，老太太最喜歡四姑娘，給的添妝定然不菲。

但鄔八月出閣在即，老太君那邊沒點表示，她們就不得不斟酌了。

賀氏臉色有些不好，動了動唇，輕聲道：「恐怕是因為上次大伯母來西府的事，惱了八月吧。」

鄔八月提議將昏迷的鄭氏直接送回東府去，老太君肯定也是知道了。她因此惱了鄔八月，倒也說得過去。

裴氏和顧氏互視一眼，顧氏輕聲道：「老太君瞧著，不是那般計較的人……」

「是啊，老太君肯定也明白，這事本就是大伯母挑起來了，她何至於生八月的氣……」

賀氏笑了一聲，道：「沒事，老太君的私產，她給八月一些做添妝，是八月的福氣，也是老太君的情分。老太君不給，那也是老太君的本分，咱們怨不著。」

「也就二嫂想得開……」裴氏笑嘆了一聲，道：「我要是有閨女，被這般差別對待，心裡肯定早怨恨上了。」

賀氏聞言笑了笑，裴氏又接著道：「不過二嫂這般想也是對的，只要八月日子能過得舒心，嫁妝多還是少，倒也沒太多所謂。」

顧氏也道：「是啊，等八月過了門，就隨著高統領去公主府住，上沒有婆婆欺壓，中間沒有妯娌給她罪受，高統領也沒什麼妾啊通房的，下邊更沒有庶子庶女搗亂，只要她和高統領和和美美的，早點給高統領生個兒子，這日子過起來別提多舒心。」

賀氏附和了兩句，到底因為老太君那邊沒點表示，心裡有些不大舒坦。說了要去八月那兒看看，便與裴氏和顧氏告了別，往瓊樹閣的方向去。

賀氏也想同鄔八月談一談老太君不給添妝的事，她不希望女兒出嫁的時候帶著怨懟。

瓊樹閣裡倒是歡聲笑語交織著。小顧氏正在和鄔八月說笑話，鄔陵梅和鄔陵柚兩個小姑娘也在，時不時插兩句嘴，氣氛十分和諧。

見賀氏前來，幾人連忙給賀氏行了禮，也知趣地告退。

鄔八月送了她們出門，迎過賀氏問道：「母親這時候來，可是有什麼事？」

賀氏動了動嘴皮，卻是先笑了笑，道：「妳舅父舅母不日就要到京中了，今兒早上接到消息，大概明、後日就能來家。」

鄔八月頓時笑道：「母親久不見舅父舅母，想必也想念他們得緊。」

賀氏理了理鄔八月的鬢髮，笑道：「當然，血濃於水，母親自然是思念親人的。他們前來，還正好能趕上送妳出嫁，倒也是十全十美了。」

賀氏頓了頓，卻是輕聲道：「不過雖是血濃於水，但還是有親疏內外之分。這一點，八月也要記得，更要理解。」

鄔八月沈吟了下，方才恍然笑道：「母親今日是來開解我的？有話，母親不妨直說。」

女兒不日就要出嫁，賀氏也沒有與她打啞謎的意思，直接同她說了老太君那邊的毫無反應。

賀氏道：「老太君本不是這樣的人，大概這次是惱了妳擅自提議讓人將妳伯祖母抬回東府的事。離妳出嫁還有幾日，妳自己琢磨琢磨，要不要去東府給老太君賠個禮？」她頓了頓。「道歉倒是不必了。」

鄔八月笑了一聲，賀氏道：「不論如何，妳能回燕京來，的確是老太君從中干涉的結果。若非如此，妳回不來此地，也沒可能得聖上賜婚。這份恩情，咱們還是該銘記的。」

鄔八月笑道：「母親覺得我該去給老太君賠個禮，我去便是。只是……就怕東府有人嚼舌根子，說我是因為沒得到老太君給的添妝，厚著臉皮上東府去討要了。」

「那起子小人，就只知道以小人之心度君子之腹。」賀氏嗤了一聲。「妳只管去，我們也不缺老太君那一點添妝。」

賀氏頓了頓，又淺笑著對鄔八月輕聲道：「妳祖母給了許多，老太君給不給，倒是無礙了。說句不好聽的，我就不信等陵梅出嫁的時候，老太君也能和對妳一樣毫無表示。妳是妳祖母最疼的孫女，陵梅還是老太君最疼的曾孫女，想必等陵梅出嫁，老太君那兒給的不在少數，橫豎東府都只有瞧著生悶氣的分。」

鄔八月暗笑一聲。「母親真是猴兒精。」

「我可不是算計著老太君的私產，橫豎也輪不到我身上。」賀氏輕哼一聲。「我就見不慣東府那般作態，能在某些事情上噁心噁心他們，倒也不失為一件快事。」

賀氏既然這般說了，鄔八月便也照做，當日便前往東府去見老太君。

第四十四章

鄔八月吃了個閉門羹。

東府的婆子守在二門，不讓鄔八月的小轎進去，臉上表情寫著十足的不耐煩。

朝霞覺得詫異，和鄔八月面面相覷後，只能先回了西府。

「老太君如是生姑娘的氣，這般對姑娘即將出嫁的事情不『言語』，想來是個威脅手段，應當是正等著姑娘上門請罪去的才是，又怎麼會讓人攔著姑娘不讓姑娘進東府呢？」

朝霞輕聲分析了一番，道：「奴婢覺得，這肯定不是老太君的意思。」

「那是當然了。」鄔八月笑了笑。「老太君又不管內宅，東府內宅是誰掌著的，妳忘了？」

朝霞恍然大悟。「是國公夫人和大太太。」

鄔八月淺笑了笑，道：「不管是誰，這是想讓老太君對我徹底生厭呢，說不準還想連帶著拖陵梅下水。沒見這段時間連陵梅都沒去東府了嗎？」

「難道也是守門婆子攔的？」朝霞輕聲問道。

鄔八月搖頭。「這我可就不知道了，妳要想弄個明白，不如直接去問陵梅。」

朝霞當真去尋了鄔陵梅，鄔陵梅卻是笑著回朝霞道：「我這段時間都沒去東府呢，祖奶奶那邊自然也沒去請安。喜兒說東府守門的婆子多了好些，把著門凶神惡煞的，以前可沒這樣過。」

「那……五姑娘不去給老太君請安，老太君想五姑娘了可怎麼辦？」

鄔陵梅在絹帕上下了一針，盯著即將成形的緋色牡丹，道：「老太君想我了，自然會讓人來尋我。到時候東府的人做了什麼，豈不是就一清二楚了？」

她看向朝霞笑道：「朝霞姊姊回去只管告訴四姊姊，若是老太君問起，我自然會主動提及四姊姊被攔在東府之外的事。我也有說辭，是怕老太君厭惡了我們，這才不敢貿然前去打擾。」

朝霞眼中閃過一絲深意，躬身福禮後告辭回了瓊樹閣，將鄔陵梅的話轉述給了鄔八月。

鄔八月默默思索了一會兒，輕嘆一聲，道：「陵梅……真是個聰明的孩子。」

朝霞輕聲道：「五姑娘此舉是在將計就計，讓老太君將厭惡的對象，直接變成了國公夫人她們……」

鄔八月點了點頭，低聲說道：「這招也是有風險的，若是老太君壓根兒不問起，我們便只能吃啞巴虧。陵梅敢這般做，是對老太君和她之間的曾祖孫情義無比篤定。」

第二日，鄔八月舅父一行終於抵達了燕京。

賀氏娘家來人，早已稟報給了段氏知曉，一行人要在鄔府住上一陣子。

鄔八月的舅父名為賀文淵，舅母羅氏，膝下只一子一女，長子賀修齊，長女賀嫵兒。

賀家乃書香門第，賀文淵也比較熱衷功名，只是自己在試場上連續失利了三次後，心灰意冷，再不赴考，便將一腔心思全部付予嫡子賀修齊身上。

賀修齊自小聰慧，有為官之才，如今他將要在京中住上大半年，準備來年春試金鑾殿參試，賀家全家都很重視。

鄔八月直到下午時，方才見到了舅父一家。

賀文淵長相清雋，年紀不大，卻隱隱有點仙風道骨了。他屢試不第，遂未曾為官，在元寧之地任教書先生，頗受當地學子敬重。

羅氏長得討喜討巧，嘴皮子利索，和鄔府之人見面說話，讓人頗有好感。

賀修齊瞧著卻是與其父其母都不同，見到鄔八月時，竟然暗中朝鄔八月眨了個眼。

嫵兒倒是挺正常的一個小姑娘，今年只十二歲年紀，比株哥兒小了一歲，斯文秀氣，很有大家閨秀的模樣。

給賀家的接風宴是在鄔府辦的，鄔國梁照例沒有露面，段氏也不讓人去請他，尋了個藉口說他很忙，將這個話題揭了過去。

雖然鄔居正這個妹夫沒在，賀文淵還是挺高興的，席間與鄔居明、鄔居寬推杯問盞，幾杯酒下肚，便開始與他們稱兄道弟起來。

男人喝酒，女人便下了席。

羅氏拉了鄔八月，笑著說道：「舅父舅母這次可是趕了巧，正好能幫著妳母親送妳出嫁。」

鄔八月笑著福禮，謝過了羅氏。

羅氏又看向賀氏，關切地問道：「親迎禮就要到了吧，一應事項可都準備好了？」

「都準備好了。」賀氏點頭，道：「嫂子放心，這事便是我不盡心，老太太那裡可是盯得死死的呢。」

「是是是，妳家八月可是老太太最疼愛的孫女。」羅氏掩唇笑了笑，又道：「妳還別說，我和妳兄長還是好些年前見著的老太太，那會兒只是覺得老太太與八月有些相似。如今八月長大了，老太君又老了些，但這祖孫倆卻是越長越像……再往前回憶，妳剛出嫁那會兒，我和妳大哥給妳送嫁，老太太的模樣，和八月現在的模樣，可是九成相似。我想著，老太太年輕時候，恐怕和八月長得是一模一樣。」

鄔八月在一旁聽著心驚。

她一向知道自己和祖母長相相似，卻沒有聽人講過她們倆有十成相像的說法。

如果她和祖母真有一個模子裡刻出來般的樣貌，豈不是太招眼了？

鄔八月低了低頭，羅氏只當她是不好意思，又打趣了兩句，便收了口，與賀氏說起賀修齊的事情來。

賀修齊靠坐在羅氏身後的位子上，手虛握著，掌背撐著輪廓分明的下巴，正似笑非笑地望著鄔八月。

鄔八月感受到他的視線，不由回頭，扯了扯嘴角，瞪了他一眼。

賀修齊挑了眉梢，衝她露出一個笑。

「……有病。」鄔八月嘀咕了一聲，起身對賀氏和羅氏告辭。

這會兒天色也晚了，賀氏自然不會留她，讓她回瓊樹閣好好休息。

鄔八月起身走了，賀修齊竟然也告辭，跟了上去。

出了定珠堂沒多遠，賀修齊就追上了鄔八月。

「表兄這是何意？」鄔八月停住腳步，望向賀修齊問道。「我可有哪兒得罪過表兄？」

賀修齊悶笑一聲，用只有他和鄔八月能聽見的聲音說道：「八月妹妹真忘了？妳可是說過，會給我做新娘的。如今，妳卻要另嫁他人了，難道不該給我一個說法？」

「啊？」鄔八月愣了一下，仔細想想，腦海裡卻沒這段記憶。

即便她真說過，想來也沒放在心上。小孩子過家家說的話，自然當不得真。

鄔八月便問道：「表兄，我幾歲時說的這話？」

賀修齊道：「三歲。」

鄔八月頓時氣悶。賀修齊來燕京前剛舉行過了弱冠之禮，他比鄔八月大了五歲。鄔八月三歲時，他已八歲，早就記事了。

但三歲娃娃說的話，賀修齊都能當真？

「……表哥，你莫不是失心瘋？」鄔八月撇了撇嘴道。

賀修齊嘿嘿一笑。「不是，我只是逗妳呢。」

賀修齊在鄔府是客人，又是外男，居住的地方自然會離內宅較遠。說完這句話後，賀修齊便衝鄔八月挑了挑眉，瀟灑地走了。

鄔八月目送著他的背影遠去，方才對朝霞和暮靄說道：「不許和別人提起此事。」

朝霞點了個頭，暮靄卻凝視著賀修齊離開的方向，道：「姑娘，表少爺真好看啊……」

「妳之前還覺得大皇……軒王爺好看呢。」朝霞睨了暮靄一眼，鄔八月莞爾一笑。「將來暮靄找夫婿可就難嘍，男人要長得好看，也不那麼容易。」

「姑娘打趣人家！」暮靄跺了跺腳，躲到朝霞身後。

朝霞伸手抓了她一把，又望向鄔八月道：「姑娘，表少爺雖然瞧著有些輕浮，但到底是姑娘的兄長，親迎禮那日表少爺也能送嫁。就是老太君那兒……要是等到姑娘出嫁那日，老太君還是沒消息，恐怕……」

鄔八月笑了笑，道：「出嫁之前，我肯定是要去給老太君磕頭拜別的。東府的人要是仍舊攔著不讓進，祖父那兒鐵定瞞不了。東府要是想將事情鬧得更大，咱們也不怕。」

朝霞想了想，點頭說道：「姑娘說的是，船到橋頭自然直，這件事歸根究柢是東府那邊做得不對，咱們全了禮數，別人也說不著咱們什麼。」

鄔八月頷首，帶了朝霞和暮靄回了瓊樹閣。

時隔兩日，宮裡傳了消息，說是鄔昭儀臨盆了。

東府接到消息後亂作了一團，鄭氏和金氏擺了香案叩首天地，祈禱鄔陵桐能一舉生下皇子。

李氏聞言只淡淡笑了笑，沒參與其中，也命令小金氏不許跟著摻和。

西府卻是顯得從容許多，段氏只道了一句。「昭儀娘娘誕育皇嗣，自有皇家張羅著，咱們何必摻和。」

西府闔府都未表現異常。

然而鄔陵桃卻在消息傳出的當日，帶了如霜、如雪回了鄔府。

對於陳王妃的登門，西府卻是要比收到鄔昭儀臨盆的消息要激動幾分。

賀氏先領了鄔陵桃去見過了賀文淵和羅氏，羅氏的讚美之詞一說，鄔陵桃便笑著掩了口，道：「舅母還是這般會說話，外甥女謝過了。」
見鄔陵桃雖成了王妃，卻沒有位高的架勢，羅氏也放鬆了許多。
兩家人坐了下來，賀氏問鄔陵桃。「今兒個怎麼回來了？」
鄔陵桃說道：「也沒什麼事，就是聽說宮裡那位臨盆了，想著回來等等消息。」
她擺弄了下手指，左右望了望，問道：「八月呢？」
「她窩在瓊樹閣呢。」賀氏笑道：「離出閣的日子就只剩下三日了，我讓她好好養養精神，也別出門曬太陽。」
「同我那時一樣。」鄔陵桃笑著起身，道：「我去瞧瞧八月。」
鄔陵桃一路行到瓊樹閣，鄔八月卻正趴在小樓上層聽鳥鳴風聲。
「今兒五月初一。」鄔陵桃倚靠在門框邊，玩味地勾起唇角，道：「五月初一，諸事不宜呢。」
鄔八月聽到她的聲音，驚訝地回頭，道：「三姊姊，妳怎麼回來了！」
隨後她又皺眉道：「妳方才說什麼？」
鄔陵桃施施然地走了進來，讓如霜、如雪闔上了門，盤腿坐在屋正中的蒲團上，望著鄔八月笑道：「我說今兒的日子不吉利。」
鄔八月沈默了片刻，輕聲道：「三姊姊是在暗示大姊姊？」
「命運這東西呢，信則靈，不信則不靈。」
鄔陵桃笑了一聲，招呼鄔八月也坐了過來，道：「八月信不信？」

鄔八月抿唇道：「信什麼？」

「命運。」

鄔陵桃抬起手將中間的竹桌往鄔八月那邊推了推，問道：「八月猜猜，鄔陵桐這一胎，是男是女？」

鄔八月張了張口，緩緩搖頭。「不管是男是女，都是皇家骨肉。」

「非也。」鄔陵桃笑了一聲。「命有矜貴粗賤之分，於皇家而言，公主是比不得皇子矜貴的。」

「大姊姊自然是希望能有個皇子傍身，這樣，以後她在深宮之中也算是有了依靠。」鄔八月平靜地說道。

鄔陵桃又是一笑。「我倒是希望她能生個公主呢。」

「三姊姊……」鄔八月望了鄔陵桃一眼，鄔陵桃掩唇道：「望我做甚？別告訴我，妳沒想過鄔陵桐生男還是生女的問題。」

鄔陵桃頓了頓，接著說道：「如果是男孩，東府可會闔府狂歡，今後日子也有了大奔頭。如果是女孩，東府恐怕要失望至極。」

鄔陵桃看向鄔八月，淡淡地道：「聽說妳這馬上要出嫁了，東府的門都沒進去過，老太君也無絲毫表示？」

鄔八月訝異地望向鄔陵桃。

「好奇我是怎麼知道的？」鄔陵桃笑了一聲。「陵梅給我傳了信。」

鄔八月恍然大悟。「三姊姊……」

「放心。」鄔陵桃輕聲道。「這個公道，姊姊自然會給妳討回來。」

鄔陵桃站起身，伸手去拍了拍鄔八月的頭。「姊姊這就上東府去。他們這會兒肯定亂著呢，不妨讓東府更亂些。」

鄔陵桃向來是個行動派，下定決心的事情，誰都不能攔住她。

鄔八月也明白這一點，只能眼睜睜看著鄔陵桃帶了人往東府去。

陳王妃的駕，東府豈敢攔？鄔陵桃回來也是帶了王府侍衛的，門上的婆子只要出手攔了，鄔陵桃壓根兒不同人廢話，直接讓王府侍衛將其攆到一邊，還要安她們一個大不敬之罪。

如此，鄔陵桃得以暢通無阻地直往田園居而去。

鄔八月在鄔陵桃走後，匆匆忙忙地稟告了賀氏這件事。

賀氏聞言一驚，剛站起身，想了想又坐了回去。

鄔八月一愣，喚道：「母親，您不去阻止三姊姊？」

賀氏瞥了她一眼，淡淡道：「王妃娘娘大駕，我怎麼攔？」

鄔陵梅微笑著坐在一邊，低聲細語地道：「四姊姊合該安心待在府裡，等王妃娘娘回來才是。」

鄔八月盯了鄔陵梅一會兒，伸手拉她道：「陵梅，我有話同妳說。」

鄔陵桃的消息，是鄔陵梅讓人告訴她的。

鄔八月一向知道，陵梅瞧著不顯山不露水，卻是十分聰慧的一個孩子。

對陵梅此舉，鄔八月有些不解。

姊妹二人坐在了假山亭中，鄔八月率先開口道：「陵梅，這到底是怎麼回事？三姊姊說，府裡的事情是妳讓人遞了消息去陳王府的。」

鄔陵梅並不狡辯，坐得筆直，點了點頭道：「是啊，是我傳了信給三姊姊。」

「陵梅妳——」

「四姊姊何必擔心。」鄔陵梅淺淺一笑。「不過是在火上再添點柴罷了，四姊姊只管在一旁看著就好。」

「我怎麼能就在一旁看著？」鄔八月焦慮地道。「尋常日子倒也罷了，可這個當口，是大姊姊臨盆的日子……」

「鄔昭儀娘娘臨盆，和東府、和我們，又有什麼干係？」鄔陵梅偏頭一笑，面露嬌憨。「不是說出嫁從夫嗎？昭儀娘娘早就是皇家的人，即便是生了金尊玉貴的皇子，那又如何？」

鄔陵梅道：「便是鄔昭儀以後生的皇子有大出息，妳以為，我們還能沾得了光不成？既然未來沾不了光，還不如趁著現在關係漸趨惡劣，將這關係給斷了為好。」

鄔八月凝視著鄔陵梅的臉，不由脫口而出道：「如果是光，我們沾不了。但如果是禍……」

鄔陵梅笑了聲。「四姊姊明白就好。何況，東府有什麼好橫的？我們現在也不差。三姊姊是王妃，四姊姊將是京畿衛統領夫人，我們西府的人比東府多，鄔昭儀今後如是仰仗東府，怕是沒那麼堅固。誠然三姊姊和四姊姊的婚事可能多少都有大姊姊在其中斡旋的原因，但那種恩惠也是算計來的。他們想以恩人自居，還要看我們認不認這個帳。」

鄔八月良久不語，半晌之後，她方才低聲問道：「這是妳想的，還是……」

「是我想的。」鄔陵梅言道。「祖奶奶雖然豁達，但終究跳不出世俗倫常，只覺得祖父和伯祖父乃親兄弟，東、西兩府就應該相親相愛。但時局早已不是祖奶奶陪著曾祖父南征北戰的那個時候了，祖奶奶這般固執，興許有一日，會害了整個鄔家。」

「所以，妳替父親母親、替整個西府，都作了決定？」

鄔八月有些難以置信。她雖然以前也曾想到過這一點，但很快就把這想法給棄到了一邊，因為她不敢深想。

鄔八月沒有想到，只有十一歲的鄔陵梅竟然有這樣深遠的想法。

更甚者，她還能這般作決定。

「是。」鄔陵梅答得坦蕩。「我相信，母親也是有這份意思的。」

五月初一這日很快便過去了。

宮裡還沒來消息，鄔陵桐這是頭胎，想必也不是那麼快能生得下來的。

鄔陵桃從東府回來並沒有同鄔八月說什麼，只是神秘地笑了笑，再與段氏等人寒暄了幾句，沒有用晚飯便回了陳王府。

臨走前，她對鄔八月說，初五那日，她會回來送她出嫁。

東府仍亂著，老太君那裡似乎沒什麼異常。

等消息的時光卻是過得很漫長，但初二的天明還是到來了。

西府如往常一般，粗使婆子和丫鬟晨起打掃，大廚房裡的人一大清早就忙碌了起來。各院裡的丫鬟瞧著時辰將主子給喚醒，梳洗完畢後趕著去給段氏請安。

唯一有些不同的，大概就是多了賀家一家子。

從段氏院裡出來，羅氏挽了賀氏說道：「之前妳幫我們瞧京中的宅邸，可有瞧好了能定下的？咱們家也不缺那點租賃銀子，要是瞧著地段合適，四周也清靜，便定下來為好。」

羅氏頓了頓，輕聲又道：「鄔府再不計較咱們這親戚久住在府裡，可這裡到底也是鄔府，是妳婆家，我和妳兄長可不能讓人對咱們有絲毫意見，免得連累了妳。」

賀氏嘆了一聲，道：「委屈大哥大嫂了……」

「不委屈。」羅氏笑著拍了拍她的手。「妳得這般想，我們在這兒住著，每日也得給老太太晨昏定省呢，搬出去是咱們偷了懶。」

賀氏笑了一聲，點了點頭。

羅氏多嘴問了一句。「那邊還沒消息嗎？這都一天一夜了。」

賀氏知道羅氏問的是鄔陵桐，她搖了搖頭。「沒有。」

羅氏便低嘆了一聲。

鄔陵桐的消息沒等到，老太君卻是破天荒地登了門。

二丫捧著個錦盒，抬頭挺胸地跟在老太君身邊，腰板挺得直直的。

路過鄔八月的時候，二丫悄悄朝她擠了擠眼睛。

段氏攜了媳婦兒和孫輩給老太君請安。

「起吧。」

老太君隨意揮了揮手，面色並不怎麼好看，徑直就坐了上座。

「陵梅，妳可真是忘恩負義，這麼久都不來瞧祖奶奶。」往下邊望了一圈，老太君便伸手朝著鄔陵梅招了招。

鄔陵梅面上露出一派克制著的激動表情，聞言便衝了上去，撲到了老太君懷裡，抽噎了一聲道：「祖奶奶惡人先告狀，東府的門都被婆子守著，不讓人進，怎麼說是我不去瞧祖奶奶？」

老太君臉上的表情便是一沈。

她伸手拍了拍鄔陵梅的背，道：「祖奶奶知道了，咱們陵梅受委屈了。」

鄔陵梅抿了唇不說話，只依賴地靠在老太君懷裡。

有些話，過猶不及。這把火已經夠了。

「二小子家的，聽說妳娘家兄嫂來了？」老太君安慰完鄔陵梅，又抬頭看向賀氏問道。

賀氏上前笑著應了一聲，羅氏知機地暗中拽著賀文淵給老太君請安，賀修齊和賀嫵兒也上前行禮。

老太君笑道：「真是兩個周正的孩子，聽說你們家大兒子要考功名了？」

「是。」羅氏笑著應道。「準備明年春的大比。」

「有出息。」老太君誇了一句，這才看向段氏，淡淡地道：「這段時間，東府裡也出了不少事。」

段氏垂著眼，只微微笑著。

老太君又道：「雜事多了，其他事就有些顧及不了。妳還要多擔待些。」

段氏低應了一聲，老太君擺了擺手，二丫上前將那錦盒捧了上來。

「二小子家的，再過幾日西府辦喜事，這算是我給的添妝，拿著吧。」

賀氏愣了一下，二丫已經走下階來，將錦盒直愣愣地塞給了巧蔓。

賀氏不得不硬著頭皮，拽著鄔八月上前福了個禮，道：「謝老太君。」

「嗯。」

老太君從頭到尾都沒點鄔八月的名，自然是還在怪她胡亂出意見的事情。

鄔八月心裡暗暗嘆了一聲。

老太君又看向裴氏身後的小顧氏，倒是露了個笑，說道：「梧哥兒家的有喜了？」

裴氏有些尷尬地掃了賀氏和鄔八月一眼，見這母女倆臉上表情還算正常，定了定心神，笑道：「回老太君的話，是呢，小媳婦兒剛過門不懂事，要不是八月見她有那症狀，喚了大夫來瞧，恐怕這好消息還得過一段時間才能知道。」

小顧氏紅著臉，偷偷瞄了一眼老太君。

老太君點了點頭，權當沒聽到裴氏提到過鄔八月。

老太君道：「既然有了身孕，就要好好養著，我這可等著抱玄孫子呢。」

裴氏忙笑著應了。

老太君便起了身，淡淡地說東府那邊還有事，要先回去，走前道：「我也有一陣子沒見陵梅了，今兒我帶她去東府住兩日。」

段氏自然不敢攔，賀氏也只能笑著道：「就怕給老太君添麻煩。」

「她小孩子家家，能添什麼麻煩？我們陵梅最懂事了。」老太君道。

段氏攜眾人送了老太君出院子，淺淺地舒了口氣。

老太君到底還是給了添妝，雖然不知道給了多少，好歹這面上功夫是全了。

賀氏讓巧蔓將錦盒送到庫房那邊去，清點一下，擬個單子回來給她。

段氏嘆了一聲，道：「老太君還是生咱們西府的氣。過來說個話，連八月的名都不提，瞧也沒瞧八月一眼。」

賀氏垂首坐在段氏下首，道：「母親不用擔心，老太君好歹是親自過來給了添妝了，也算是給了八月面子。」

「這倒也是。」段氏嘆了一聲，又望向皇城宮牆所在的北方，眉間微微蹙了蹙，道：「怎麼還沒生下來？」

直等到這月上柳梢頭，宮裡終於敲了鐘聲。

一聲聲鐘響如重鼓一樣敲在闔府人的心上。

鄔八月靠坐在床邊，手裡捏著本書的書脊，仔細地數著鐘鳴。

一，二，三，四，五，六。

整整六聲。鄔陵桐產下了一個皇子。宣德帝第五子降生。

朝霞端著一盆乾淨清水佇立在盆架前，待鐘聲不再響後，她回過頭來看向鄔八月，道：「姑娘，昭儀娘娘誕下麟兒，東府今晚恐怕會興奮得睡不著覺吧。」

「睡不著覺的又豈止東府。」鄔八月擱下手裡的書，嘆了一聲道：「恐怕皇后娘娘今夜也要徹夜不眠了。」

鄔八月對蕭皇后的印象還是很好的，當初在宮裡被麗婉儀、如今的麗容華所誣衊，被姜太后所咄咄定罪時，蕭皇后站在公正的立場，出來為她說了兩句話。

四皇子竇昌洵鄔八月也見過，不知道當時那個頑劣的小子，如今可有學得兩分皇子該有的模樣？

這一夜，宮裡注定很多人失眠。

東府終於得償所願，而當初他們想要達成的三門公卿聯合起來，爭奪儲君的目標，終於有了一個可以實現的前提——皇子。

「天晚了，睡吧。」

鄔八月嘆了一聲，朝霞遞過擰乾的帕子讓鄔八月擦了手，這才伺候著她躺下床去，隨後吹熄了燭火。

翌日，鄔八月去給段氏、賀氏請了安，又被賀氏攆回了瓊樹閣。鄔八月親自繞了段路，去將單氏接到身邊。

單氏還是那副清清淡淡的模樣。

「單姨，我找您來，是有件事想問問單姨的意思。」

鄔八月頓了頓，直言道：「後日就是我出嫁的日子了，親迎禮的花轎定然是要抬到蘭陵侯府去的。單姨覺得，是等我和高將軍搬到公主府去住了之後，再來酈府接您，還是現在就將您送到公主府去？」

單氏淺淺地抿了抿唇，道：「八月姑娘作主就好，我都沒意見。」

酈八月想了想，便道：「那我就替單姨作了主，待我們在公主府安頓下來之後，再來接單姨過去。」

單氏點了點頭。

酈八月正想與單氏再說會兒話，暮靄卻是匆匆地跑了過來，氣喘吁吁地道：「姑、姑娘，奴婢方才聽到、聽到一個消息，說是酈昭儀娘娘生五皇子時難產，不單是五皇子可能已經因此傷了腦子，昭儀娘娘也因難產傷了身子，以後可能都不能再有孩子了！」

酈八月聞言一驚。

暮靄說得言之鑿鑿。「這是奴婢聽東府那邊的人傳的消息，既然是東府的人說的，那肯定是宮裡有什麼風聲。奴婢覺得，這消息八九不離十……」

酈八月沈了沈眼，單氏起身道：「八月姑娘應該還有事，我就先告辭了。」

「抱歉單姨。」酈八月淡笑著起身親自送了單氏出門，等回來時才微微變了臉色，問暮靄道：「妳確定這消息是真的？」

「奴婢能肯定。」暮靄點頭，輕聲道：「昭儀娘娘誕下皇子，也沒見東府有多少喜慶，想來正是因為這個緣故。」

酈八月緩緩吐了口氣，坐在繡墩上，臉色沈沈。

如果這消息是真的，那這對整個東府而言，可是二重傷害。

皇子傷了腦子，將來肯定是和皇位無緣了。大夏的帝王寶座不可能讓一個白癡或傻子坐上去。

而鄔陵桐要是傷了身子無法再生育，這輩子也只能有五皇子一個兒子。她想要在將來母憑子貴，這條路幾乎就被斷了，整個東府也再沒了盼頭。

從希望到絕望，不過是短短的一夜時間。

鄔八月蹙著眉，朝霞見狀輕聲道：「姑娘莫要多心，您後日就要出嫁了，多想無益。」

鄔八月望向朝霞，有些失神地道：「我只是在想，現在大姊姊在宮裡……會是怎樣一幅場景。」

「姑娘，多想無益。」朝霞輕聲勸慰了一句，鄔八月擺了擺手道：「心有些煩亂，我去抄點佛經吧。」

這佛經一抄起來，就似乎停不下來。

各種各樣的消息源源不斷地傳到鄔八月耳朵裡，有說鄔陵桐哀傷欲絕、尋死不成的，有說五皇子半夜發高燒，差點夭折殞命的，還有說鄔陵桐和五皇子都好好的，根本沒有難產、傷腦這種事情的……反反覆覆的說辭讓鄔八月都糊塗了。

然而就在這個時候，在鄔八月出嫁的前一天，宮裡卻來了旨意，讓鄔八月入宮。

第四十五章

下旨的是慈寧宮。旨意上給的理由是，鄔八月的婚事乃宮中賜婚，所以要她今日入宮謝恩，明日再行出嫁。

賀氏接到姜太后懿旨時有些犯糊塗。

她望著同樣困惑不已的裴氏和顧氏問道：「宮中賜婚，新人要入宮謝恩這是應當的，可不該是在成親之後，一對新人攜手而去？怎麼會提前到今日這般趕？」

裴氏也道：「是啊，這著實有些說不通……」

顧氏想了想，問道：「會不會是因為高統領的身分？」

賀氏望向她，顧氏解釋道：「高統領領了五萬京畿衛，他身為統領，應當是不能輕易入宮見駕的。」

「雖是如此，但規矩也不應該定得那麼嚴苛……」

賀氏輕嘆了一聲，道：「不管是出於什麼原因，宮裡既然來了旨意，這一趟，八月是必須去了。」

瓊樹閣裡，朝霞和暮靄幫著鄔八月換了身茜色衣裳，清淡地收拾了一下，匆匆送了鄔八月出門。

臨近皇宮城牆宮門，高辰複的馬車也剛好趕到。

二人下得馬車來，互視一眼，都從對方眼中看到了意外和疑惑。
鄔八月沈吟了片刻，款款走到高辰複不遠處，福了個禮道：「高統領。」
高辰複點了個頭，沈聲問道：「太后去鄔府下的旨？」
鄔八月頷首，高辰複「唔」了一聲，道：「既然遇到了，那就一路去慈寧宮吧。」
鄔八月淺淺地舒了口氣，點頭應道：「是。」
入了宮，自有宮人抬的小轎等著。高辰複和鄔八月二人各乘一頂，朝著慈寧宮而去。
甫一下轎，鄔八月便聽到慈寧宮中一片歡聲笑語，似乎慈寧宮裡有什麼喜事。
慈寧宮外的傳話內侍笑著上前給二人打了個千，揚聲便朝宮內高喊道：「高統領到！鄔四姑娘到！」
鄔八月心下一顫，見高辰複筆直地跨步進去，也只得定了定神，做了個深呼吸，跟在高辰複身後，儘量從容不迫地踏入了慈寧宮。
再來到這個地方，鄔八月的心境卻是一點都沒變。
她抗拒厭惡這個地方，更抗拒厭惡這個地方的主人，大夏王朝最尊貴的女人，姜太后。
鄔八月心裡很明白，姜太后突然讓她入宮，肯定是有目的的。
內侍一路將二人引向了慈寧宮正殿，果然，慈寧宮正殿之中正搭了戲臺，這會兒大概是戲正好演完，下邊坐的一眾妃嬪、貴夫人正在熱烈討論著方才的戲目。
高辰複站在階下，等著內侍通稟。
正殿外的歡聲笑語漸漸停了下來，有宮人請高辰複和鄔八月上前。

「大家快瞧瞧這兩個金童玉女一般的孩子。」

高臺之上，姜太后那口吳儂軟語聽在鄔八月耳中卻尖利刺耳。

「這兩孩子明兒可就要成夫妻了。」

姜太后說著，自顧自地笑了起來，她身邊的人皆附和地笑著。

鄔八月垂首盯著前方高辰複的鞋後跟，聽著高辰複給姜太后請安，這才跟著也道了一句安。

「瞧鄔家這姑娘，還沒嫁呢，就夫唱婦隨了。」

姜太后莞爾，招手喚過高辰複和鄔八月，讓他們上前坐下來聽戲。

「今兒雖說名頭是讓你們來謝恩，但其實哀家是想著，等明兒個你們小夫妻成了親，哀家可就不能再隨意讓複兒你媳婦入宮來了。複兒之前在漠北恐怕是不曉得，哀家一直都挺喜歡八月的。」

姜太后一臉慈愛地望著鄔八月，低嘆一聲。「那會兒宮裡有傳言，言之鑿鑿，哀家即便有心偏袒，但礙於人多口雜，也不得不將這事給稀裡糊塗地混了過去。複兒，你今後可不要因此事心裡有疙瘩才好。」

高辰複臉上表情沒有露出什麼變化，他只望了望鄔八月稍稍有些陰沈了的臉，應了姜太后一聲。「是。」

姜太后滿意地點了點頭，招呼道：「別愣著，來，上來坐。下一齣戲就要開演了。」

高辰複應了一聲，抬頭一看，這方高臺上只剩下兩個相鄰著的位子在最側方，空位旁邊坐著軒王竇昌泓。

他眼中頓時一沈，沈吟片刻後，率先朝著軒王旁邊的位子坐了下去。

鄔八月一直垂首跟著高辰複，並沒有發現周圍人的視線全都集中到了她、高辰複和竇昌泓的身上。

直到高辰複停步坐了下來，鄔八月方才後知後覺地抬頭。

然而她正好站在了竇昌泓的面前。

這一抬頭，就撞進了竇昌泓日漸深邃幽沈的眼裡。

鄔八月愣了一下，迅速收回視線，避開竇昌泓，看到高辰複身旁的空座。

她悄悄鬆了口氣，轉到高辰複身側，緩緩坐了下來。

姜太后今日舉動的目的，她應該明白了。

將軒王爺和高統領安排在一起，搶在鄔八月之前說上兩句看似安撫、實為挑唆的話，好讓高統領在未成親之前就對自己產生懷疑和嫌隙。

周圍眾人若有似無的曖昧、看戲等表情，無疑會加深高統領的懷疑。

若是她之前從未和高辰複認識、接觸，恐怕這個啞巴虧，她是吃定了。

想到這兒，鄔八月心裡便沈了沈。

之前她見自己回來，姜太后那邊沒什麼動靜，還以為姜太后已經暫時放過了她。

沒想到，姜太后果然是姜太后，怎麼可能就此收手呢？

鄔八月緊握著絹帕，雙手擱在膝上，下巴微合，對正在上演的一齣新戲目【花屏記】置若罔聞。

她只盼著這齣戲演完之後，便能起身向姜太后辭行。

當著這麼多人的面，姜太后總不至於扣著她不讓她回家去吧？

明日到底是她出閣的日子，姜太后要是留人，實在是沒有道理。

鄔八月克制著心裡的不耐煩，任由戲臺上那吱吱呀呀的聲音縈繞在耳邊。

可漸漸地，她卻開始覺得不對勁。

怎麼周圍的人，似乎都不怎麼專心在戲上，反而是時不時地朝著他們這方望過來？

鄔八月深吸一口氣，索性抬起頭來，環視一圈後，那些探頭探腦望她的人忙都收回了視線。

鄔八月暗暗冷哼一聲，看向戲臺。

然而看了不過片刻，她就愣住了。

這戲……怎麼給人的感覺，是在影射她、高將軍以及軒王？

鄔八月側頭看向高辰複，見他也是微微鎖著眉頭，臉上露出一絲不豫。

鄔八月臉色一沈。

【花屏記】是這樣的一齣戲目。

戲中的三大主角，分別是兩男一女。女子名為金娥，乃是一名世家千金，兩名男子一為鎮國將軍莫桑，一為上大夫岑源。

金娥與岑源一見傾心，已到了山盟海誓、非君不嫁的地步，奈何金娥受父親連累，陰差陽錯之下卻是要嫁予莫桑。

岑源與莫桑不是仇敵，二人因家族關係，與對方有親屬血緣，是五服以內的兄弟。岑源因金娥將嫁給兄弟為妻而懊惱傷心，莫桑不知未婚妻與兄弟之間的深情厚誼，還心心念念著娶妻之事，想要與妻長相廝守。

奈何金娥為情所困，無法自拔，竟在與莫桑成親之後，和岑源依舊往來頻繁。莫桑雖有所察覺，但只認為愛妻與兄弟不可能背著他做下那等苟且之事，是以也從未放在心上。

事情終有敗露的一天，莫桑終於親眼目睹了妻子和兄弟雙雙背叛自己的實情。一怒之下，莫桑提劍刺傷岑源。

金娥見事情敗露，深以為恥，自覺無顏苟活於世，吞金而亡。

莫桑因傷人之罪，被投下大獄。

整個故事就是這般風花雪月，若是看做一般才子佳人的故事，倒也有些許看頭，但這故事多少有些離經叛道——故事的女主人翁，乃是一個婚後還與情人過從甚密的女子。

這等戲目能在慈寧宮上演，不得不說是個奇蹟。

鄔八月忍耐著將這場戲看到了最後，戲班領頭攜了眾人叩首，道：「太后娘娘大善。」

姜太后作勢抹著淚，道：「這戲雖是新出，瞧著倒頗有意思，尤其幾人真情，讓人心下惻然不已。哀家且問你，最終莫桑下獄，岑源重傷，金娥亡故，便是最終結局？」

戲班領頭忙回道：「回太后娘娘的話，草民這民間戲臺班子排此齣戲的時間也不長，這戲本原本是個秀才賣予戲臺班子的，裡頭這結局之後，還有個後記。」

「喔？」姜太后堪堪坐直，迫切問道：「可還有什麼後記？」

「回太后娘娘的話，這後記有說，岑源重傷後甦醒，方才知曉金娥身死。他前往大獄探望莫桑，告訴莫桑，金娥與他之間，從來沒有容得下過旁人……」

姜太后不忍再聽，抬手打斷戲班領頭，唏噓不已。「才子佳人卻成了一齣悲劇……莫桑可憐，岑源癡心，而那金娥……」

「臣妾倒是覺得，金娥也是個可憐人。」席間看臺上一位宮嬪說道：「她與岑源本是一對有情人，命運作弄，未能相知相守。嫁予莫桑之後，卻又管不住自己的心，與岑源藕斷絲連，最終引發悲劇……」

「臣妾倒是有別的看法。」另一名宮嬪道。「那金娥本就是個該死之人。若非她這般搖擺不定，與舊情無法割捨，恐怕也不會害得莫桑將軍無辜受累，投下大獄。」

姜太后揩了揩眼角，嘆道：「終是悲劇一場……」

她看向戲班領頭又問道：「岑源告訴莫桑將軍，他與金娥之間從來沒容得下過旁人，那莫桑將軍如何回應？」

戲班領主輕聲道：「莫將軍一夜白頭。」

姜太后頓時慟哭。

坐在姜太后稍後面一些的蕭皇后，自然明白姜太后安排幾人看這齣戲的目的，此時見姜太后表演得這般賣力，心裡生出一股無力感。

她輕聲說道：「母后不要傷心了，不過是讀書人杜撰出來的一齣戲目，兒臣相信不可能會有這般明目張膽的女子。將軍夫人哪能隔三差五便去與情人約會？這情人又並非販夫走卒。」

姜太后心下不悅，吸了吸鼻道：「皇后難道就沒覺得感動？」

蕭皇后笑了笑，道：「要兒臣說，該是這戲班領頭的不是，拿這麼一齣催人熱淚的戲目給母后瞧，害得母后傷心。」

姜太后低低嘆了兩聲，又說了些場面上的話，這才讓戲臺班子的人下去。

一眾人移步到了慈寧宮內，鄔八月進正殿前望了望外面的天色，按下對姜太后安排這齣極有影射意味的戲目的不喜與厭惡，打算進了內殿便同姜太后辭行。

她想要讓「莫桑將軍」提早知道「金娥」和「岑源」之間「姦情」的目的已經達到了，想必也沒別的理由留她了。

望著前方高辰複的背影，鄔八月心裡默默地嘆了口氣。

不知道他心裡會不會真的有疙瘩……

眾人坐定，姜太后又與妃嬪們扯了兩句閒話，這才看向鄔八月，道：「八月啊，倒是冷落了妳。」

鄔八月上前拜道：「太后娘娘垂愛，讓臣女跟著看了一齣『絕好』的戲目，臣女感激還來不及，哪裡會覺得受冷落。」

鄔八月頓了頓，沒有留說話的時機給姜太后，接著道：「只是這光陰過得也真快，臣女恐怕要和太后辭別了。再在宮中耽擱下去，宮門下了鑰，臣女可就出不了宮了。」

姜太后笑著說道：「哀家自然不會攔著妳這個準新娘子。」她掩唇格格笑了起來，抬手道：「正好，八月妳就隨複兒，同軒王爺夫婦一同離宮吧。」

鄔八月抬頭望了姜太后一眼，見到她眼中一閃而過的笑意。

高辰複拱手道：「臣遵旨。」

軒王也帶著軒王妃躬身道：「兒臣遵旨。」

一行四人退出慈寧宮，姜太后的聲音還在身後響著。

「瞧瞧這兩對金童玉女……」

鄔八月面色沈沈，走在高辰複右邊，只覺得難堪。

宮裡的人誰不知道她當初被逐出宮之事？這些人一個比一個會演戲，在她面前、在姜太后的面前，作戲作得這般流暢自然。

這宮裡，就沒有所謂的「真實」。

「鄔四姑娘。」

鄔八月正在心裡忿忿著，卻突聞一聲溫柔的輕喚。

她停下腳步望過去，見是同軒王爺一起離開慈寧宮的軒王妃。

「王妃。」

鄔八月福了個禮，許靜珊輕輕點頭，拉過她的手道：「鄔四姑娘或許不認得我。」許靜珊笑了笑，道：「不過，我倒是見過鄔四姑娘的母親。」

鄔八月抬首，有些驚訝。

許靜珊道：「我出嫁那日，令堂也來許府道賀了。我母親後來同我說，她與令堂一見如故，說令堂是個極好的人。」

鄔八月便只能謙虛地道一句——「翰林夫人過獎了。」

許靜珊笑著輕輕牽引著鄔八月與她一同走，一邊說道：「明日鄔四姑娘便出嫁了，說起來，高統領和軒王乃是表親兄弟，我們今後也勉強能稱得上是妯娌。」

鄔八月有些受寵若驚。

許靜珊輕輕拍了拍鄔八月的手，放輕聲音道：「今日鄔四姑娘進宮，太后娘娘也沒想到要同鄔四姑娘說一說鄔昭儀娘娘的事。」

許靜珊頓了頓，方才緩緩地道：「就我所知，鄔昭儀娘娘的確是在生五皇子的過程中傷了身子，以後極難再有身孕。至於五皇子，他年紀還小，有沒有問題，還得等五皇子大一些了才知道。」

許靜珊嘆了聲。「軒王也十分擔憂五皇子這個皇弟。」

鄔八月默然。

夕陽已經快要西下了，好在他們四人趕在了宮門下鑰之前出了宮。

一路上，軒王爺只和高辰複偶爾說上幾句，兩人幾乎無話。

而許靜珊倒是打開了話匣子一般，和鄔八月說了許多話。

出了宮門，軒王爺便和軒王妃坐了轎輦，帶著一眾僕從回軒王府去了。

許靜珊臨走前還與鄔八月相約，今後兩府可要多多走動。

軒王爺倒是沒什麼表示，連個眼神都沒給鄔八月。

目送軒王府的車馬漸行漸遠，鄔八月緩緩吐了口氣，回頭正想與高辰複作別，卻見高辰複站在離她不遠的地方直直望著她，眼睛深邃像一潭水，根本猜不到他現在心裡在想什麼。

鄔八月心緊了緊，輕聲道：「高統領……」

高辰複應了一聲，眉眼又沈了沈，說道：「我送妳回鄔府。」

「不、不用了……」鄔八月忙擺手道。「府裡有車馬在宮裡等著接我。」她指了指不遠處正駛來的馬車，道：「多謝高統領了。」

高辰複仍舊盯著她，忽然輕聲開口道：「我雖然不信那什麼【花屏記】，但就事論事地說，如果我是莫桑，如果我娶了金娥，就不會讓她有和岑源舊情復燃的可能，也不會對妻子與兄弟的過從甚密不起絲毫疑心，更不會在得知真相後衝動之下做出傷人之事……」

「高統領，你誤會了……」鄔八月急忙出聲解釋，高辰複卻是抬了手道：「我沒有誤會，是妳誤會了。」

他望著鄔八月，斬釘截鐵地說道：「妳今日看向軒王的次數不足五次，且妳看他的眼神中沒有絲毫女子看男子的情意，自然對他沒有特殊的感情。即便是有，我也相信，妳，不是金娥。」

鄔八月鬆口氣。

但緊接著，那口氣又提了起來。

「那麼現在，我就要問問妳。到底妳和太后之間發生了什麼樣的事情，讓她竟然拿了這麼一齣不堪入目的戲目羞辱妳，引我百般猜疑？」

高辰複的洞察力如此敏銳，這是鄔八月沒有想到過的。

他竟然能從姜太后的舉動當中看出姜太后的用意，且還這般問了出來，這讓鄔八月有些難堪。

高辰複卻是仍舊望著鄔八月，等待著她的回答。

可這要她如何回答？

在這個節骨眼上，鄔八月要想出一個託詞，也並不是件容易的事情。何況，她也不認為自己的撒謊，會瞞得過高辰複那洞悉人世的眼睛。

鄔八月咬著唇，臉上神情倔強。

她不開口，高辰複自然知道，她這是不肯說。

就和之前一樣，她不習慣於在他面前說謊，當她有事不想告訴他時，她會選擇沈默，而不是編造謊言。

她這樣的性子，高辰複有些無奈。但在這無奈中，他又隱隱察覺得到她的酸楚。

面對佳人，難免心生憐惜。

「算了。」

高辰複輕嘆一聲，他著實有些不忍心逼迫這個倔強得讓人心疼的女子，道：「妳既然不想說，那我便不問了。天色暗下來了，我還是送妳回鄔府比較妥當。」

高辰複帶著趙前、周武和另外一小隊護衛，趕在宵禁之前，將鄔八月親自送到了鄔府門口。

鄔八月下得馬車，躬身給高辰複施了個禮，抿了抿唇，方才道：「統領，你之前問我的話，請原諒我現在還不能將這件事情……告知統領。」

「我理解。」高辰複微微頷首，輕輕露了個笑容，道：「每個人都有不能言說的秘密，在不適當的時候，對不適當的人，是無法講述這些秘密的。」

他頓了頓，輕聲道：「不過，我有足夠的耐心。」

鄔八月抬頭怔怔地看著他。

高辰複微微笑了笑，說道：「別想太多，明日還有得忙，回去後好好休息吧。」

鄔八月望進他的眼裡，只覺得這個人時而冷硬、時而溫柔，卻從一開始就讓她覺得心安。

而明日，她將要嫁予他為妻，從此以他之榮為榮，為他生兒育女，操持家業。

他們今後將要成為一體，這已是無法更改的事情。

鄔八月緩緩地彎唇笑了起來，輕輕點頭道：「統領也請好好休息，明日……再見。」

鄔八月蹲身福禮，帶著朝霞進了角門。

高辰複立在馬車旁，靜靜地望著鄔八月纖細的背影在角門後漸行漸遠。

守角門的婆子臉上堆著笑，小心地同他告了罪，緩緩地將角門闔上。

整個天也都徹底暗了下來。

「統領，我們該回府了。」趙前上前稟道。「再過不久，就要宵禁了。」

高辰複緩緩頷首，跨坐上馬，視線掃過已裝潢布置一新，只等著明日新郎迎親、新娘出嫁的鄔府。

他輕聲道：「回公主府。」

「統領？」

趙前和周武同時愕然地驚呼一聲。

高辰複什麼也沒說，只提拉了馬韁，輕夾馬肚，低喝一聲。「駕！」

一人一馬朝著昏暗的前方，奔了出去。

而鄔八月這一晚，一夜好眠。

天色還未亮，她便被賀氏從床上挖了起來。

鄔陵梅已於昨日從東府回來，此刻也淺笑盈盈地站在賀氏身邊，對著鄔八月笑得溫柔。

鄔八月伸了個懶腰，內寢房裡已然是燈火通明。

「可不能再睡了。」賀氏急匆匆地吩咐著婆子、丫鬟端水遞帕，伺候鄔八月起身，一邊對鄔八月說道：「今兒個上妝可要花費好一陣子工夫，不能拖延。」

鄔陵桃出嫁的時候，鄔八月也是在場的，這些流程她也知道。

認命地起床，鄔八月由著婆子丫鬟折騰了一番，撫了撫肚子說道：「母親，能不能吃點東西？」

「可不能吃東西，要是想出恭可就出醜了。」

賀氏話是這樣說，但還是讓人給鄔八月端了一碟點心，規定只讓她吃兩小塊糕點。

全福嬤嬤給鄔八月梳起婦人頭的時候，賀氏沒忍住，淌了淚。

鄔八月的閨房裡又是哭聲又是笑聲的，隨後不久，舅母羅氏也來了。

賀家一家已經定好了在京中居住的宅邸，計劃等送了鄔八月出嫁，便闔家搬出去。

段氏那兒也已經知道了，段氏開口留了兩句，倒也知道賀家是定了主意，便也沒有勉強。

「瞧八月這小模樣……」羅氏驚嘆地望著菱花鏡中的鄔八月，不由誇讚道：「八月真是好模樣啊……」

賀氏與有榮焉地點點頭，隨後笑道：「瞧我，竟然不知道謙虛兩句。」

「我說實話，妳有什麼可謙虛的。」

羅氏掩唇笑了笑，嘆道：「等新郎官來接人的時候，八月去給老太太辭別，還不知道要怎麼招老太太流淚呢。」

羅氏看向賀氏。「我覺得老太太瞧見八月這般盛裝打扮、即將出嫁的模樣，定然會想到自己年輕時候嫁給妳公公的場景。」

賀氏笑了笑，點頭道：「八月和老太太的確長得很像，就是不知道，老太太年輕時候和八月有幾分相似。」

門外的丫鬟打了簾子，稟道：「二太太，三太太來了。」

賀氏一怔，然後立刻道：「快請。」

鄔八月出嫁，東府除了老太君幾日前來送了添妝，便再無動靜。賀氏沒想到李氏竟然會來。

李氏是那種關起門來過自己日子的人，她對周遭的事情並不怎麼關心，更別說巴結兩府的其他人。

賀氏迎了李氏進來落坐，李氏淺笑道：「我之前一直沒得空，今兒八月出嫁，還是得來一趟。」

李氏讓丫鬟遞上了添妝單子，對鄔八月道：「三嬸母寒酸，這點禮，八月不要嫌棄。」

鄔八月連道不會。

李氏坐了一會兒，聽幾人說了會兒話，便告辭離開了。

賀氏送了人出去，嘆道：「東府除了老太君，也就三嫂不那麼勢利了。」

李氏是知禮懂事的人，鄭氏來西府鬧的時候，她壓著小金氏不讓她跟著摻和打聽，如今東、西兩府的關係降至冰點，李氏也權當不知道、不在意，在鄖八月出嫁的日子，還親自登門來送了添妝。

嚴格來說，李氏這態度倒是在打金氏的臉了。

作為東、西兩府的大太太，賀氏、李氏等人的大嫂，金氏在這樣的關口卻是毫無表示。

鄖陵柳出嫁，賀氏等人還去了呢。

金氏雖然能以鄖陵桐產子傷身的事情為藉口，人可以不來，但禮數總要周全的，派丫鬟來送點添妝、問候兩句也不是什麼難事。

人家是壓根兒就沒想恭賀鄖八月出嫁。

賀氏倒也看得很淡，對金氏的態度並不在意。

——未完，待續，請看文創風330《一品指婚》3

2015年8月出版

閒婦好逑

文創風 319～321

貴為國公府的嫡長孫女，
雙親卻是公認的「重量級」廢柴組合，怎不悲劇？
即使眾人都看衰他們大房，但她相信天助自助者，
來自現代的她還是有信心能幫襯爹娘，讓爹娘帶她上道……

寧負京華，許卿天涯／花月薰

親爹高富帥、親娘白富美……這都跟她穿越投胎沾不上邊，
想她蔣夢瑤一出世，雙親就是「重量級的廢柴雙絕」，
親爹雖是大房子孫，卻在國公府中受盡苦待，還遭逐出府。
好在這看似不靠譜的雙親很是給力，
親爹繼承國公爺的衣缽從戎去，親娘經商賺得盆滿缽滿。
好不容易他們一家人熬出頭，
不料，她的婚事卻被老太君和嬸娘們給惦記上，
她剛機智地化解一場烏龍逼婚、相看親事的戲碼，
受盡榮寵的祁王高博後腳就登門來求娶，
猶記兩人初見是不打不相識，之後竟還越看越順眼……
怎知才提親不久，高博就被聖上褫奪祁王封號、流放關外？!
也罷，既嫁之則隨之，脫離這繁華拘束的安京，
只要夫妻同心，哪怕是粗茶淡飯也是幸福的……

目錄